THE CHALK MAN

粉笔人

C.J.TUDOR

〔英〕C.J. 图德 著
吴奕俊 赵玉琪 译

人民文学出版社
PEOPLE'S LITERATURE PUBLISHING HOUSE

著作权合同登记号　图字 01-2018-3331

图书在版编目(CIP)数据

粉笔人/(英)C.J.图德著;吴奕俊,赵玉琪译.
—北京:人民文学出版社,2018
ISBN 978-7-02-014368-9

Ⅰ.①粉…　Ⅱ.①C…　②吴…　③赵…　Ⅲ.①长篇小说-英国-现代　Ⅳ.①I561.45

中国版本图书馆 CIP 数据核字(2018)第 127333 号

责任编辑　**卜艳冰　张玉贞**
封面设计　**钱　珺**

出版发行　**人民文学出版社**
社　　址　**北京市朝内大街 166 号**
邮政编码　**100705**
网　　址　**http://www.rw-cn.com**

印　　刷　**山东德州新华印务有限责任公司**
经　　销　**全国新华书店等**

字　　数　**230 千字**
开　　本　**890 毫米×1240 毫米　1/32**
印　　张　**8.75**
版　　次　**2019 年 8 月北京第 1 版**
印　　次　**2019 年 8 月第 1 次印刷**

书　　号　**978-7-02-014368-9**
定　　价　**49.00 元**

如有印装质量问题,请与本社图书销售中心调换。电话:010-65233595

献给贝蒂，献给她们二人。

目 录

楔　子

女孩的头颅躺在一小堆橘褐色的树叶上。

她那双杏仁眼凝望着枫树、山毛榉和橡树的树冠，却看不见金色阳光穿过枝叶照射在林间地面上的光影斑驳。那双眼睛不再像四处乱窜的甲壳虫那般炯炯有神。除了黑暗，那双眼睛中再无他物。

不远处，一只惨白的手从盖着它的小落叶堆中伸了出来，好像在求救，又好像在寻求安慰，想确认身体的其他部分还在。但它什么都没找到。她身体的其他器官并不在这只手的可触范围内，它们被藏在林中的其他隐蔽处。

近旁，一个小树枝折断了，折断声大得如同寂静中燃放的爆竹声。一群鸟被惊起，从树丛中飞了起来。有人来了。

他在目光空洞的女孩身边蹲下来，温柔地抚摸她的头发，轻抚她冰冷的脸颊，他双手颤抖着，有所期待。随后，他捧起那头颅，拂走粘在其脖子周围的落叶——那脖子被砍得参差不齐——之后小心翼翼地将它放进包里，与包中的粉笔头为伴。

犹豫片刻，他又将手伸进书包，帮她合上了双眼，然后拉上书包拉链。随后，他站起身，带走了她的头颅。

几个小时之后，警察和法官到达现场。他们编号、拍照、检查，最后他们把女孩的身体带去太平间，在那里停放数周，似乎在等找到她的全尸。

但他们始终没能找到。警方进行了大范围搜查，询问和张贴告示，所有的警官和镇上居民都竭尽所能，尽管如此，还是没能找到她的头。所以，那被抛尸林中的女孩始终没能得个全尸。

2016

故事的开始。

问题是，我们从没对这一切的开端有过定论。是从胖子盖文收到一盒粉笔生日礼物时开始的吗？是从我们开始画粉笔人的时候开始的吗？或者，是当粉笔人自己出现的时候才正式开始的？是那次严重的意外事件吗？或者是在他们发现首具尸体之后？

任何一个开始。任何一个，我想，都可以称为开始。但是，说真心话，我认为，一切都是从那天的游园会开始的。对那天我记忆犹新。不用多说，这是因为我在那天遇到了华尔兹女孩，但也因为，从那天起，一切都变得不正常了。

如果把我们的世界比作水晶球，而那天，不知何方神圣恰好出现，他拿起水晶球猛烈摇晃，之后又把它放回原地。尽管水晶球里泛起的泡沫和小雪花都已回落，但它们和之前已经不同。不完全相同。可能透过玻璃看，它们和之前还是一样，但是，对玻璃罩子里面来说，一切都变了。

正是在那天，我第一次遇见哈洛伦先生。所以，谈到开始，我觉得那天是个很好的开始。

1986

“埃迪，今天会有暴风雨。”

我的父亲很喜欢用深沉、权威的口吻来预报天气，像电视里的气象员那样。他总是把握十足，但一般情况下他都说不对。

我望了一眼窗外，天空湛蓝透亮，看的时候还得微微眯眼。

“外面看起来不会有暴风雨，爸爸。”我含着一口芝士三明治说。

“那是因为今天不会有暴风雨，”妈妈说，她不声不响地走进厨房，像个忍者似的，“广播说接下来一周都是热烘烘的大晴天……埃迪，把嘴里的食物咽了再说话。”

“嗯……”当老爸不同意妈妈的观点但又不敢反驳时，总会“嗯”一声。

家里没人敢反对老妈的观点。妈妈曾经——其实现在仍然——有些吓人。她很高，留着一头黑色短发，棕褐色的双眼可以充满快乐，但她生气时瞳孔也可以变得黑漆漆的（有些像电影《无敌浩克》的主人公，最好不要惹她生气）。

妈妈是一位医生，但不是那种给人们包扎伤口或打打针什么的普通医生。爸爸曾告诉我，她会“帮助那些陷入麻烦的女人”。他没说是什么样的麻烦，但我想，如果需要找医生的话，那肯定是非常严重的麻烦事。

爸爸也工作，但是在家工作。他是个给杂志和报纸供稿的作家。但他又不是一直有工作。有时他会发牢骚，抱怨没人想给他工作，或者苦笑着说：“埃迪啊，这个月的读者群不适合我。”

作为一个小孩，我感觉爸爸并没有一个“合适的工作”。作为一个爸爸，他的工作不应该是这样的。他应该穿西装打领带，清早出门上班，晚上回家吃饭。我爸爸却穿着一件短袖和睡裤坐在电脑前，就在家里的一间空屋子里工作，有时甚至头也不梳。

我爸爸和别的爸爸穿着打扮也不太一样。他留着浓浓的胡子，还扎着长马尾，经常穿由长牛仔裤裁成的短裤，上面还有破洞，甚至在冬天他也这么穿。还有，他还穿那些已经褪色的旧短袖，上面总印着老乐队的名字，如齐柏林飞艇[①]和“谁人”乐队。有时他还穿凉鞋。

胖子盖文曾说我爸是个“他妈的嬉皮士”。他说得可能没错。但当时，我觉得这很侮辱人，当即推了他一把，结果我被他一个抱摔，摔得鼻青脸肿，一瘸一拐地回了家。

当然，我们后来重归于好。胖子盖文有时很混蛋——就和那些胖孩子一样，他总是最吵、最烦人的那个，比那些真正的霸凌还过分——但他也是我最好的朋友之一，是对朋友最忠诚和包容的人。

“怪物埃迪，朋友之间要相互照应。”有一次他十分郑重地跟我说，“朋友就是一切。”

怪物埃迪是我的绰号，因为我姓亚当斯，正好和一个叫《亚当斯一家》的美剧撞名了。当然，《亚当斯一家》里的小男孩叫帕格斯利。而怪物埃迪出自电视剧《明斯特一家》[②]，当时这个名字取得特别应景，而且就像所有的绰号那样，你是甩不掉的。

怪物埃迪、胖子盖文、铁牙米基（因为他戴牙齿矫正器）、霍普（大卫·霍普金斯）和妮基，我们五个男孩是死党。妮基因为是个女生，所以没有绰号。尽管她想尽办法假装自己不是女孩。她像个男孩一样穿着打扮，像个男生一样爬树，还能像个男生一样打架。但她看起来还是个女孩，还是一个很漂亮的女孩。

那个周六我们本来约好了要见面。我们总是在周六碰面，去彼此家里玩，或去游乐场，有时去林子里玩。但这个周六很特别，因为那

---

① 英国的一个摇滚乐团。——译者注，下同

② 原名为 The Munsters，“Munsters”发音类似“monster”，怪物。

天正好是一年一度的游园会。游园会在靠近小河边的公园里举办。今年，我们第一次被允许独自参加，不用家长看管。

自从镇里贴上宣传海报到现在，我们已经盼了好几周。游园会上有碰碰车、陨石降落、海盗船和三百六十度转椅，超棒！

“嗯，”我飞速咽下三明治，“我跟其他伙伴约好了两点在公园外碰面。”

“好，到时候就沿着大路走，”妈妈说，“别抄近道，也别跟陌生人说话。”

“知道了。”

我从坐椅上滑下来，往门口走去。

“带上你的腰包。”

“噢，妈……”

“你肯定会玩娱乐项目，钱包可能会从口袋里掉出来。所以，带上腰包。这件事没商量。”

我张开嘴又闭上，脸颊滚烫。我超级讨厌腰包，肥胖游客才戴。而且，戴上腰包并不酷，尤其是在妮基面前。但妈妈每次这样说的时候，就真的是没商量的余地了。

“好吧。”

其实并不好，但看到厨房里的钟已经快两点钟了，我得赶紧出发。我跑上楼去，拿起那个蠢腰包，把钱放了进去——五英镑，一大笔钱，拿好赶紧返回楼下。

“待会儿见。”

“好好玩。”

我心想，我一定会尽情玩的。外面太阳特别好，我穿着自己最喜欢的短袖和匡威鞋子。我已经可以隐约听到公园里传来“咚咚咚”的音乐声，能闻到汉堡和棉花糖的香味。今天一定会很完美。

我到的时候，胖子盖文、霍普和铁牙米基已经等在大门口了。

胖子盖文冲着我喊道："嗨，怪物埃迪，你这包真不错。"

我脸色一下变青，朝他竖了个中指。霍普和铁牙米基都被胖子盖文逗乐了。接着，霍普，他总是最好的那个人，是个和事佬，跟胖子盖文说："至少这个腰包没你的短裤那样骚气，傻帽。"

胖子盖文咧嘴大笑，干脆提起短裤翩翩起舞，像一个芭蕾舞者那样翘起他的大粗腿。这就是胖子盖文的性格。谁也不能激怒他，因为他根本不在意。或者，至少他给别人的感觉是这样。

"不管怎么样，"我说，尽管霍普替我说了一句话，但我仍然觉得腰包很蠢，"我是不会戴着它的。"

我解开腰包的腰带，把钱包放进裤兜，然后朝四周望了望。公园外围有一圈厚厚的灌木丛。于是，我把腰包塞进了灌木丛中，这样既可以不被路过的人发现，我又能较快地找到它。

霍普问我："你确定要放这儿？"

"是啊，要是被你妈咪发现了怎么办？"铁牙米基怪声怪气地问。

尽管铁牙米基是我们小团伙的一员，也是胖子盖文最好的朋友，我却从来不怎么喜欢他。因为他嘴很损，说的话和他嘴里带的牙套一样又冰冷又丑陋。但是当时，因为知道他老哥的德行，或许他这个样子也不意外。

"我不在乎。"我撒谎了，还耸了耸肩。

"没人在乎。"胖子盖文不耐烦地说，"我们现在能不管这个破包，然后赶紧去玩吗？我想先玩旋转椅。"

铁牙米基和霍普开始往公园走——我们通常会跟着胖子盖文行动，可能是因为他的年龄和声音都最大。

"但是妮基还没来呢。"我说。

"那又怎样？"铁牙米基说，"她总是迟到，我们可以直接走，她会找到我们的。"

米基说得对，妮基总是迟到。但从另一方面来说，这并不是我们约定好的。我们应该抱团。独自逛游园会不安全，尤其是女孩子。

“我们再等她五分钟吧。”我说。

“你开玩笑呢吧！”胖子盖文大声喊道，同时使出他的绝技——其实他模仿约翰·麦肯罗的口吻说了这句话，但模仿得很烂。

胖子盖文总是会模仿别人，主要是美国人；但他模仿得太差，总是逗得我们哈哈大笑。

铁牙米基笑得没有我和霍普那样开心。他不喜欢别人持反对意见。但不论如何，这都不重要，因为我们刚笑完，一个熟悉的声音就传了过来：“什么这么好笑？”

我们转身，看到妮基走上小坡，朝着我们走了过来。像往常一样，一看到她，我的胃就开始奇怪地蠕动，好像我突然变得很饿，还有些恶心。

她的红发今天披散着，乱糟糟地披在背上，长度几乎能够到她已经脱线的牛仔布短裤边缘。她穿着一件黄色无袖衫，领口的地方有蓝色小花。她脖子上戴了一个十字架项链，闪闪发光。她肩上背着一个很大而且看起来很重的粗麻布书包。

“你迟到了，”铁牙米基说，“我们正等你呢。”

说得好像是他让我们等似的。

“你书包里背的是什么？”霍普问。

“我爸爸想让我在游园会分发这些垃圾。”

她从包里拿出一张传单，递给我们。

来圣托马斯教堂吧，来此赞美上帝。这才是最棒的体验。

妮基的爸爸是我们当地教堂的牧师。我从没怎么去过教堂——我父母不喜欢参加这类活动——但我在镇上看到过他。他戴个小圆眼镜，秃头皮上也爬满了皱纹，鼻子和妮基有些相像。他总是会笑着打招呼，但我觉得他有些可怕。

“那就是一堆烦人的破烂儿吧。”胖子盖文说。

“烦人”和“破烂儿”是胖子盖文的口头禅，通常后面会跟着“老兄”，不知是什么原因，他会用波兰口音说这句话。

“你不会真的去发传单吧？”我问，突然想象到我们浪费一整天，围在妮基周围看她发传单的场景。

她看了我一眼，表情有些像我妈妈。

“当然不会，”她说，“我们就拿一些，随便乱扔一下，假装是人们把它们丢了，然后把剩下的丢进垃圾桶。”

我们都笑了。没有什么能比不听大人的话更爽了。

我们随意分发了一下就把剩下的和包包一起扔了，然后直奔游园会。我们玩了旋转飞车（非常棒！）碰碰车，玩这个的时候胖子盖文撞得太猛，差点儿把我的脊柱撞断。还有太空火箭（去年感觉挺爽，但今年有些小无聊）、旋转滑梯、陨石降落和海盗船。

我们吃了热狗，胖子盖文和妮基尝试钓娃娃，但他们发现每次钓上来的并不一定是自己想要的，然后他们就嘻嘻哈哈地回来，把抓上来的劣质动物玩偶朝彼此扔着玩。

这个时候，已经临近黄昏。我们的激动心情和肾上腺素都开始消减了。我也渐渐意识到，我剩下的现金大概只能再玩两到三个项目。

我伸进裤兜儿摸钱包时，心一下子跳到了嗓子眼儿，钱包丢了。

“该死！”

“怎么了？”霍普问道。

“我的钱包丢了。”

“你确定？”

“当然了，我真他妈的确定。”

以防万一，我翻看了另一个口袋，但也是空的。糟糕。

“你最后一次用它是什么时候？”妮基问道。

“在卖热狗那儿。”

那家热狗摊儿在旋转飞车和陨石降落对面，要穿过整个游园会。

“妈的。”我又骂了一句。

“走吧，”霍普说，“我们回去找找。”

“那又怎么样？”铁牙米基说，“肯定被人捡走了。”

“我可以借给你一些钱，”胖子盖文说，“但我也没剩多少了。”

我敢肯定他没说真话。胖子盖文总是比我们的零花钱多，就像他的玩偶总是最新最好的，自行车总是最闪的一样。他爸爸在当地开了一家酒吧，叫公牛。他妈妈是一位雅芳女士。胖子盖文很大方，但我也知道他真的很想再多玩几个项目。

我还是摇了摇头。“多谢，没事的。”

没事才怪。我的眼泪就快决堤。不单是因为丢了钱，还因为丢钱这件事太蠢，今天本来是要尽情玩乐的。而且老妈知道了肯定会生气，还会说一句：“早就告诉你了。”

“你们先去玩吧，”我说，“我回去看看。我们没必要全部把时间浪费在这儿。”

他们拖着脚走了。我能看出他们如释重负。毕竟丢钱包的不是他们，扫兴的也不是他们。我开始朝着热狗摊的方向往回走。它就在华尔兹欢乐转椅的正对面，我以此作为参照物。你真不能错过经典的旋转木马。而它就在游园会的正中心。

音乐传出来了，但老旧的设备让音乐有些失真。彩灯闪烁，随着木马旋转速度越来越快，玩的人尖叫声不断。

当我离那里越来越近时，我开始低头找，脚步挪得也更慢些，仔细查看着地面。但地上只有垃圾、热狗包装袋，没有钱包。当然不会有了。铁牙米基说得对。肯定有人捡到了我的钱包，掏走了里面的钱。

我叹了口气，随后抬起了头。我先看到的是一位白脸男。这当然不是他的名字。我后来才知道他叫哈洛伦，是我们的新老师。

白脸男在人群中很显眼。首先，他很高，很瘦。他身穿石磨水洗的牛仔裤，跟布袋一样宽松的白衬衫，还戴了个大草帽。他看起来就和我妈妈喜欢的七十年代的歌手一样，像大卫·鲍伊。

白脸男站在热狗摊附近，边喝饮料边看华尔兹转椅。好吧，是我以为他在看华尔兹转椅。

我发现自己也在看同一方向，然后就看到了那个女孩。虽然我仍为丢钱包一事非常恼火，但我也是一个荷尔蒙刚开始发育的十二岁男孩。我晚上躲在被窝里举着手电筒看的并不全是漫画书。

她和一个金发朋友站在一起，我隐约记得她是周边镇上的人（她爸爸干的是警察之类的工作），但我的心思不在金发女孩身上。虽然很残酷，但美丽的人，真的超级美丽的人总会让身边的一切人和物都黯然失色。金发女孩很漂亮，但华尔兹女孩——我总是这么喊她，即使在我知道她的名字之后也是如此——却美得更胜一筹。她又高又瘦，头发又黑又长，腿也很长，被太阳晒得有些发黑，却很光滑。她穿着短裙，荧光绿的内衣外搭了一件宽松马甲，上面写了“放松”字样。她把头发别在一只耳朵下面，露出金色的大耳环，在阳光下闪闪发光。

起初，我看到她的时候并没怎么注意脸，关于这点我有些小羞愧。但当她转身和金发朋友聊天时，那张脸没让我失望。她美得让我心头一颤，她嘴唇丰满，长着弯弯的杏仁眼。

但这美貌随后就消失了。

上一秒钟她还站在那里，脸也还在。但转眼间，一阵撕裂耳膜的噪声传来，就好像某种大型野兽从地底钻出来了似的。后来，我发现这是华尔兹转椅上的转盘断裂的声音，这转椅已经有了年月，过度使用，过少维修。她的脸闪过一道银光，或者说她的半张脸被削了下来。剩下一个满是软骨、脸骨的血肉模糊的裂口。流了好多血。

不一会儿，我还没来得及张嘴尖叫，一个巨大的黑紫色东西摔裂过来。断裂声震耳欲聋——摇摇欲坠的华尔兹马车像下冰雹一般地砸向热狗摊，破铜烂铁一阵乱飞——人们边尖叫边跑。我弯下腰来，但被撞倒在了地上。

还有其他人倒在我身上。有人踩到我的手腕，有人的膝盖撞到我的头，还有人的靴子踢在我肋骨上。我疼得尖叫，但我还是尽力蜷起身子，滚到了一边。然后我又尖叫了一声。华尔兹女孩就躺在我旁边。幸好，头发盖住了她的脸，但是我能认出她的短袖和荧光内衣带，尽管这两件衣服都染满了鲜血。她双腿流的血更多。有一块尖铁直接刺穿了她膝盖下面的骨头。她的小腿几乎要掉下来了，就靠肌腱连着。

我赶忙爬走——她分明死了。我什么都不能做——就在那时，她伸出双手抓住了我的胳膊。

她用血肉模糊的脸看向我。在那张血红的脸上，还有一只棕色的眼瞳盯着我，另一只眼睛挂在她被毁容的脸颊上。

“救我，”她尖叫道，“救我。”

我本想跑开。一时间，我想大叫大哭，还想吐。如果这时没有另一双坚定的手放在我的肩膀上，没有那温柔的声音对我说：“没关系的。我知道你害怕了，但是我需要你仔细听我说，按我说的做。”我可能真的会一次性把这三件事做了。

我转身。白脸男低头看着我。直到那时我才发现，在他宽宽的帽檐下，是一张和白衬衫一样白的脸。尽管他的眼睛如雾般半透明，看起来他还是很像幽灵，或者吸血鬼。在其他情况下遇到他，我可能都会很害怕。但是现在，他是一个成年人，而我需要一个大人告诉我该怎么做。

“你叫什么？”他问。

“埃、埃迪。”

“好的，埃迪，你受伤了吗？”

我摇了摇头。

“那就好。但是这位年轻姑娘受伤了，所以我们需要帮助她，好吗？”

“你要做的就是……抬住她腿这里，紧紧地抓住，务必紧紧的。”

他拿起我的双手，把它们放在姑娘的腿上。因为血的缘故，她的腿又热又黏。

“可以吗？”

我又点了点头。我的舌尖满是恐惧、痛苦和金属的味道。她的血流从我的指缝中渗了出来，尽管我尽力紧紧抓住了她的腿，尽我可能抓紧了……

在远处，实际上比听起来的距离还要更远一些的地方，我还能听到“砰砰”的音乐声和人们高兴的尖叫声。但眼前这个女孩不再欢呼了。她一动不动地躺在这里，安安静静的，只有她艰难的呼吸声，而这呼吸声也越来越微弱了。

“埃迪，你得专心。好吗？”

“好的。”

我望着白脸男。他解下裤子上的腰带。腰带对他的细腰来说长了太多。于是，他在腰带上多打了几个孔，这样就能系得紧些。真有趣，你在最糟糕的时候注意到的都是很奇怪的事情。比如，我注意到华尔兹女孩的鞋掉了。是双粉色的果冻鞋，闪闪发亮。我还想她今后可能再也不需要这双鞋了，因为她的腿几乎已被砍断。

“埃迪，你还在听我说吗？”

“在呢。”

“好的。我们就快到了。干得漂亮，埃迪。”

白脸男拿起腰带，绑在女孩上半截腿上。他绑得很用力，真的很用力。他比看起来强壮。可以说我立马就能感到她的血流减小了。

他看了一下我，点点头：“你现在可以松手了。我已经搞定了。”

我拿开了手。随着紧张感的消失，我的双手开始颤抖。于是我抱住自己，用胳膊把手压住。

“她会没事吗？”

“我也不知道。但愿能保住她的双腿。”

“那她的脸呢？”我低声问。

他看向我，灰白的眼瞳里闪过一些什么，让我安静了下来。“埃迪，你之前在看她的脸吗？”

我张开了嘴，但是不知道说些什么，或者，我不理解为什么他的声音不再友好。

然后，他又看向别处，轻声说："她能活下来。这才是重要的。"

他刚说完这话，我们头顶就响起一声惊雷，下起了雨。

我想，这是我第一次明白什么叫作瞬息万变。我们认为理所当然的东西可能被瞬间夺走。也许这就是我为什么要带走它的原因。为了守住什么。为了让它安全。反正我是这么告诉自己的。

但是，像许多我们告诉自己的东西那样，可能只是烦人的破烂儿。

当地报纸称我们为英雄。记者们把我和哈洛伦先生又重新聚在公园，还给我们拍了照。

不可思议的是，当时正玩华尔兹马车的两个人只是有些骨折和些许外伤。还有一些旁观者只是被划伤了，缝几针就好。还有些在慌乱中躲避的人，因为踩踏而导致腿骨骨折和肋骨骨折。

甚至华尔兹女孩（真名是埃莉莎）也活了下来。医生设法将她的腿重新接在一起，还保住了她的眼睛。新闻报道说这是一个奇迹。但他们没怎么提她的另外半边脸。

就像所有的电视剧和惨剧那样，人们对这件事的兴趣开始逐渐削减。胖子盖文不再乱开玩笑（大部分是关于失去腿的），就连铁牙米基也厌烦了喊我"英雄男孩"或者问我披风哪儿去了。因为有其他的新闻和八卦占据了头条。三十六街发生了一场车祸，一个校友的堂兄妹去世，任职五年的玛丽主教怀孕了。所以，生活照旧向前进行着。

我不怎么在意。我自己也有些烦这件事了。而且我不是那种喜欢被人关注的小孩。再说，我越少提到这件事，就越少回想华尔兹女孩失去的那半张脸。做噩梦的次数也逐渐减少。我偷偷往洗衣筐里扔脏床单的次数也逐渐减少。

妈妈有几次问我想不想去医院看望华尔兹女孩。我总是说不想。我不想再见到她。不想再看到她被毁容的脸。不想让她那双棕色的眼睛盯住我无声控诉：我知道你想逃开，埃迪。如果不是哈洛伦先生抓住了你的肩膀，你肯定会把我扔在那里等死。

我想，哈洛伦先生应该看过她，很多次。我猜他有的是时间。他到九月份才开始在我们学校教课。很明显，他决定提前几个月就搬进租来的小屋，想在镇上先安定下来。

我觉得这个主意不错。这能让大家习惯他的到来。让大家在他正式教课之前理清他身上的谜团。

他的皮肤有什么毛病？对此，大人耐心地解释道，他是个白化病患者。也就是说他的皮肤里少了一种能让人皮肤发粉红或棕色的色素。他的眼睛？也是同样道理。只是因为少了色素。所以，他不是怪胎、怪物或鬼怪咯？不是，他只是一个身体状况欠佳的普通人。

他们都错了。哈洛伦先生身上的特质很多，但“普通”绝不是他的特质。

2016

那封信来得不声不响，没有丝毫预兆。它就那样被塞进信箱，夹在麦克米伦的慈善信和一家新开的披萨外卖传单中间。

再说了，现在这个时代谁还寄信啊？就连我那七十八岁的老妈都开始用邮箱、推特和脸书了。实际上，她对新科技的了解比我多多了。我还有些抗拒技术进步。这一点一直被我的学生拿来逗乐，他们说起阅后即焚应用色拉布、收藏夹、话题和应用照片墙时，我就像在听一门外语似的。我经常会遗憾地对他们说，虽然我教的是英文，但我根本不知道你们说的是什么鸟语。

我认不出信封上的字迹，但这段时间我几乎连自己的字体也认不出。现在都用键盘和触摸屏了。

我撕开信封，坐在厨房的桌边读边喝咖啡。实际上并不完全是这样。我坐在桌边盯着信看，任由一旁的咖啡逐渐变凉。

"那是什么？"

我吓了一跳，望向四周。克洛伊轻轻地走了进来，睡眼惺忪，还伴着哈欠。她披散着染黑的头发，乱糟糟的发尾翘了起来。她穿着一件运动衫，脸上还有昨晚的残妆。

"这个，"我说，小心翼翼地将它折起来，"就是我们称之为信的东西。人们过去常常将它作为通讯方式。"

她给了我一个蔑视的表情，还朝我竖了个中指。"我知道你在说话，但我能听见的只有嗡嗡嗡。"

"这就是现在年轻人的毛病。他们就是不听人说话。"

"埃德[①]，你这个年龄最多也就能当我爸，但为什么你一开口就跟

---

① 埃迪的昵称。

我爷爷似的？”

她说得对。我现在四十二岁，而克洛伊已经二十多快三十了。(我是这么认为的。她从来没跟我说过，我也总觉得问年龄太没礼貌。)我们之间实际没隔太多岁，却总觉得跟相差几十岁似的。

克洛伊年轻，爱扮酷，看起来就像个青少年。我和她正好相反，看起来像个靠养老金养活的人。你可以好心地形容我有一张“饱经风霜”的脸。尽管我发现让人变老的并不是风霜，而是忧虑和悔恨。

我的头发还算浓密，大部分还是黑色的。但是不久前，我的笑纹就开始越来越难看了。像很多高个子一样，我也驼背。我最喜欢穿的衣服被克洛伊称为“慈善商店的流行款式”——套装、马甲和与之相配的鞋子。

我可以说这是因为我喜欢教书，但是没人如此热爱自己的工作。我当老师只是因为我需要钱。这也是为什么克洛伊能住在这里的原因。她是我的房客，不过我更倾向于称她为朋友。

需要承认的是，我们是奇怪的组合。我一般不会找克洛伊这类人做房客。但是最近，一位即将入住的房客突然退房了，而一个熟人又知道“这个女孩”非常需要一个住的地方。这看起来行得通，而且不仅有人付房租还有人做伴。

我竟然还需要房客，这也许看起来有些奇怪。我的工资水平相对不错，住的房子是妈妈给我的。我敢肯定，大部分人都认为这样的房子又舒服又没有还贷压力。

但不幸的是，买这房子的时候正赶上利息涨至两位数，后来为了装修又被二次抵押，后来为了给我爸付医疗费又第三次抵押，当时他的病情十分严重，无法再在家里照顾他了。

直到五年前，我和母亲一直都住在这里，直到她遇到格里，他很友善，曾是一名银行家，但决定辞职回家过自给自足的生活，他在威尔特郡（英格兰南部的一郡）建了一个生态家园。

我没什么好讨厌格里的，但也没什么好喜欢他的。但他似乎能让母亲幸福，而这，就像我们喜欢撒谎一样，恰恰就是症结所在。尽管我已经是个四十二岁的人了，但还是接受不了母亲和除父亲之外的男人幸福生活。这很幼稚、不成熟和自私，而我很擅长这一点。

除此之外，坦率地来讲，已经七十八岁的老妈其实一点儿也不在意这件事。当她决定要搬去和格里同居时，并没有明明白白说出来，但我从字里行间看了出来：

“我需要从这里逃离出去，埃德，这里有太多回忆。”

“你想把房子卖了吗？”

“不，我想把房子给你，埃德。只要能再多些爱，这会是一个很好的家庭小窝。”

“妈，我现在连个恋人都没有，更别说家庭了。”

“现在还不晚。”

我没回话。

“如果你不想要这个房子，卖了就好。”

“所以，信是谁寄给你的？”克洛伊问，说话间她走到咖啡机那里，倒了杯咖啡。

我把信塞进睡衣口袋。“不是什么重要的人。”

“哦，神秘人哦。”

“也算不上，只是……一个老朋友。”

她挑起了一边眉毛。“又一个？哇。他们是全蹦出来了吗？没想到你这么受欢迎啊。”

我皱起眉头。后来我又想起曾跟她说我今晚要招待客人。

“别这么震惊。”

“我是挺吃惊的，像你这样不善社交的人，身边有一个朋友都让人震惊。”

“我在安德伯雷[1]这里有很多朋友啊，你认识他们，盖文和

---

① 地名似为虚构，故采取音译。

霍普。”

“他们不算。”

“为什么？”

“因为他们不是真正的朋友。他们只是你一直认识的人而已。”

“这不就是朋友的定义吗？”

“不，这是圈子的定义。只是因为习惯和历史因素，让你觉得不得不和他们一起出去，而不是真正想陪伴他们。”

她说的也有道理，稍微有些道理。

“不管怎么说，”我换了个话题，“我最好还是去洗漱一下，今天得去学校。”

“与流行观念相反的是，一个老师的工作并不会因为暑假来了就结束。”

“作为爱丽丝·库珀的歌迷，你是从不会失望的。”

“我爱他的音乐。”我说，故意板着脸。

克洛伊邪魅一笑，原本长相平平的脸变得引人注目。有些女人就是这样。第一眼看时长相不寻常，甚至有些奇怪，但一个微笑或轻轻挑起的眉毛都会彻底改变她们。

我想我可能有些喜欢克洛伊，这并不是说我会承认这一点。我知道，在她眼里我更像一个能保护她的叔叔而非男朋友。我也永远不会让她感到不舒服，让她以为我对她除了父辈的喜爱之外还有其他情感。同时，我也很清楚，以我的职业，在这样一个小镇上，与一位这样年轻的女孩谈恋爱很容易被人曲解。

“你的另一位老相识什么时候来？”说话时，她端着一杯咖啡朝着桌子这边走过来。

我向后推推椅子，站起身。“大约七点吧。”我停顿了一下，“欢迎你加入我们。”

“我就不加入了。不影响你们叙旧。”

“好吧。”

“不过，也可以下一次。我感觉他应该是个有趣的人。”

“是的。”我勉强一笑，“他的确有趣。”

从我家到学校走路只需十五分钟。如果碰上今天这样的天气——让人心情愉悦的温暖夏日，薄薄的云层间透出几点蓝天——那将是一段让人身心愉悦的路程。它能让我在工作前理一下思路。

在上课期间，这一小段路程对我来说很有用。我在安德伯雷学校教的很多学生都很有“挑战性”。在我那个年代，他们会被叫作“一群垃圾”。有时候，面对他们之前我得做好心理准备。还有些时候，唯一能帮上忙的只有我早上喝咖啡时掺在里面的伏特加。

与许多小集镇一样，乍一看安德伯雷，很像一个如诗如画的理想家园。这里有许多鹅卵石铺就的老街道、茶馆和一个小有名气的大教堂。这里每两天有一场集市，还有很多美丽的公园和沿河小路。这里离伯恩茅斯海滩和新福里斯特国家公园都不远。

不过，如果你撕破这一表面，就会发现小镇的旅游光环仅止于此。这里有很多工作都是季节性的，失业率很高。有很多无聊的年轻人在商店和公园晃悠。年轻的妈妈推着喧闹的宝宝在商业街上逛来逛去。也许这只是我的观点。通常情况下，随着年龄增长的并不是智慧，而是包容心。

我去了旧草地公园。这是我学生喜欢聚在一起耍的地方。相比我那个时候，它变了很多，显而易见。这里新开了家旱冰场，而我们小团队当时喜欢玩的游乐场被改成了一个新的现代“娱乐场地”，它坐落在公园的另一头。那儿有秋千、大滑梯、高空飞索，还有一堆我们小时候想都不敢想的好东西。

奇怪的是，我们以前的玩乐区还在，但已无人烟，年久失修。攀爬架已经生锈，秋千绳绕在顶杆上，木制的旋转圆台曾涂着亮色油漆，现在油漆已经起泡，掉屑了。还有上面老早就在的涂鸦，人们恐怕早忘了为什么“*海伦是个婊子*”或者“到底为什么喜欢安迪·W.”。

我在那儿站了一会儿，望着那里，回忆着。

儿童秋千晃动时轻轻的吱呀声，清晨凛冽的寒风，柏油路面上鲜亮的粉笔。又一条信息。但这一条信息有所不同。它不是粉笔人……而是别的什么。

我猛然转过身。不是真的。不可能再来这里。我不会再被吸引过来。

学校的工作没花多长时间，午饭前我就完成了。我收起书，锁上房门，又走回镇中心。

公牛酒吧在主街道的中心，最后一个称得上“当地”的店家。安德伯雷曾经还有其他两个酒吧，分别叫龙和惠特谢夫，但后来全国连锁店开到了我们小镇，以前的老店家纷纷倒闭。盖文父母为了维持生意，不得不减价，举办女士之夜，设立欢乐时间和家庭优惠等。

最终，他们也受够了。后来，他们搬去马略卡岛，在那里开了家叫布里茨的新酒吧。盖文自十六岁就一直在公牛兼职，父母走后他接管了酒吧，从此就一直留在了那里。

我推开沉重的旧门，走进去。霍普和盖文正坐在我们的老地方，角落里靠窗的桌子。盖文腰以上的身材还是很宽厚，让我想起为什么以前都叫他胖子盖文。不过，现在他身上长的主要是肌肉而不是赘肉。他的胳膊像是树干，血管像蓝色的电线一样突出。他的脸部轮廓鲜明，灰色的短发稀稀疏疏。

霍普几乎没变。尽管他穿着水电工工作服，如果你只是扫一眼，还会误以为他是个装扮成大人的十二岁男孩。

他们两个聊得认真，都没怎么喝桌上的啤酒。霍普点的是吉尼斯黑啤酒，而盖文的则是健怡可乐，但他们都没怎么喝。

我跟一个看起来很暴躁的服务员点了一杯黄啤酒，她先是冲我皱了皱眉，又朝着酒泵皱眉，好像酒泵惹了她似的。

“我得换一下酒桶。”她嘟囔道。

“好的。”

我在一旁等待。她翻了个白眼。

“我会给你送过去的。”

“谢谢。”

我转身穿过酒吧。当我回头看时，她还没动。

我坐在霍普身旁一个摇摇晃晃的凳子上。

“下午好。”

他们抬起头，我立马察觉出有些不妙，发生什么事了。盖文自己摇着轮椅从桌子后面走了出来。他胳膊上的肌肉和悬在轮椅中的废腿形成鲜明对比。

我坐稳凳子。“盖文？怎么——”

他一个拳头砸向我的脸，我的左脸颊疼痛难耐，摔倒在身后的地板上。

他低头瞪着我：“你知道这件事多久了？”

1986

尽管胖子盖文是我们中个子最大的，还是我们默认的小领导，但他是我们中年龄最小的。

他的生日是八月初，假期刚开始的时候。我们都很嫉妒这一点，尤其是我。我是年龄最大的。我的生日也在假期，圣诞节的前三天。这意味着，我得到的生日礼物不是生日礼物加圣诞礼物两件，而是一个“大”礼物，或者两个不怎么样的礼物。

胖子盖文却总是有一堆礼物。不光是因为他的爸爸妈妈给他买了很多，他的亲戚也很多，爷爷奶奶、太爷爷太奶奶、叔叔婶婶、堂兄堂妹。

对这点我也有些嫉妒。我只有爸爸妈妈和奶奶。因为奶奶住的地方远，我们都没怎么看过她。而且爸爸说她变得有些“疯癫”，我也不怎么愿意去看她。她住的房间总是又热又臭，她还老是看同一部电影。

“难道朱莉·安德鲁不漂亮吗？”她总会叹口气，泪眼蒙眬，我们不得不点头说“漂亮”，然后吃下旧饼干盒里软软的消化饼干[①]。

每年胖子盖文的爸爸妈妈都会给他办个大生日派对。今年，他们将办个烧烤野餐。到时还会有魔术表演，甚至还可能有舞会。

我妈妈看到邀请函时翻了个白眼。我知道她不怎么喜欢胖子盖文的爸妈。有一次我听见她跟爸爸说他们“总是传染病”。我长大后才意识到她说的其实是“炫富”[②]，但是好多年来我一直以为她的意思是说他们藏有很多怪病。

---

① 一种起源自英国的微甜饼干。

② 英文中的传染病“contagious”和炫富“ostentatious”发音相似。

“还有迪斯科舞会？杰夫。”她怪腔怪调地跟我爸爸说。我听不出这语气的含义。“你怎么看啊？”

正在洗碗的爸爸挪过来，瞥了一眼请柬，说：“看起来挺有意思。”

“你不能去，爸爸，”我说，“这是一个儿童派对。你没被邀请。”

“实际上，我们被邀请了。”妈妈说，指向邀请函，“欢迎父母来，顺便带点儿香肠。”

我又看了一遍请帖，皱眉。爸妈参加儿童派对？我可不觉得这有什么好，一点儿也不好。

“你要给胖子盖文买什么生日礼物？”霍普问。

我们坐在公园的攀爬架上，晃着腿，喝着冰可乐。墨菲，霍普的老拉布拉多，躺在我们身下的草坪上，在阴凉处打盹儿。

如今已经接近七月末，距离游园会那天差不多过去两个月了，离盖文的生日还有一个星期。一切都开始步入正轨，这让我很高兴。我这个小孩不怎么喜欢激动或者出乎意料的事情。有人说，我是一个喜欢按部就班的人。尽管只有十二岁，我放袜子的衣柜却十分整齐。我的书和磁带都是按字母排列的。

或许，这是因为我家里的一切都杂乱无章。首先，我们的房子还没完全建好。再者，这就是我父母和其他父母的主要不同之处。除了霍普，他和妈妈一起住在排屋，学校里其他大部分孩子都住在漂亮的新式房子里，家里都有干净的小方花园，看起来千篇一律。

我们生活的房子是幢难看的维多利亚风格老房子，房子四周总是有很多脚手架。后院花园很大却过分茂盛，我从来没能成功走到底。而在我家楼上，至少有两间房子是你能透过屋顶看到天的。

在我非常小的时候，我的父母本来想买来这个房子自己装修的。就我所知，八年前，我们楼上的房间还有许多需要收拾的地方。主要的房间还是能住的。但是走廊和厨房的墙上都没怎么涂灰泥，而且哪儿都没铺地毯。

我们还留着楼上的旧洗手间。浴缸是用很早以前的搪瓷做的，里面爬满了家蛛，而且还漏水。马桶冲水是老式手拉的那种。这个洗手间还不能洗澡。

作为一个十二岁的小孩，我觉得这让人很尴尬。我们家甚至没有电暖炉。爸爸只好在屋外砍好柴，抱进屋里点火取暖。感觉就他妈跟黑暗时代的人过得差不多。

“我们什么时候能把房子装修好啊？”我有时会问。

“嗯，这都需要时间和钱。”爸爸总是这么回答。

“我们还没钱吗？妈妈是医生。胖子盖文说医生能挣很多钱。”

爸爸叹口气。“我们之前已经谈过这个了，埃迪。胖……盖文不是万事通。你得记住，我的工薪水平也不像人家那么好，有时还比不上平均水平。”

我有好几次都差点儿忍不住说：“为什么你不能找个好工作？”但是这只会让我爸爸烦恼。我不想这样。

我知道爸爸总为钱的事情感到惭愧，因为他挣得比妈妈少。在他给杂志投稿的间隙，他尝试写一本书。

“等我成了热销书的作者，一切都会改变的。”他总这么说，说罢笑笑，还会冲你眨个眼。他假装是在开玩笑，但实际上，我想，他心里肯定偷偷地相信，有一天美梦会成真。

但美梦终究没能实现。他曾经十分接近了。他给几个代理商投了稿，有些代理商表示对书感兴趣。但不知怎的，再无后话。或许，他如果没有开始生病的话，也许能最终实现自己的梦想。其实，当疾病逐渐吞噬他的心智时，首先吞掉的，就是他的挚爱——语言能力。

我狠吸了一口冰可乐。“我还真没想过要送什么礼物。”我跟霍普说。

谎话。我曾想过送礼物这件事，努力想了很久。这得怪胖子盖文。他什么都不缺，所以，要给他买个能让他喜欢的礼物非常难。

“你呢?”我问。

他耸了耸肩，说:“我也没想好。”

我换了个话题:“你妈妈要去参加派对吗?”

他拉长了脸:“我不确定，她可能要工作。”

霍普的妈妈是清洁工。你总能看到她开着老旧的里来恩特知更鸟牌三轮汽车在街上慢慢悠悠地走。后备厢堆满了拖把和水桶。

铁牙米基背着霍普叫她“吉卜赛人”。我觉得这有些刻毒，但她留着乱糟糟的灰发，穿着不修边幅，看起来的确有点儿像吉卜赛人。

我不知道霍普的爸爸去哪儿了。霍普从没怎么谈过他，但在我的印象中，他爸爸在霍普很小的时候就离开了。霍普还有一个哥哥，但他去参军还是什么的了。回想一下，我猜想我们几个混在一起的原因可能是我们的家庭都不怎么“寻常”。

“你的爸爸和妈妈会去吗?”霍普问。

“应该吧。希望他们不要把派对变无聊。”

他耸了耸肩，说:“没事的。到时候会有魔术表演。”

“嗯。”

我们都笑了。霍普又说:“如果你想的话，我们现在可以去逛下商店，给胖子盖文挑个礼物。”

我犹豫了。我喜欢和霍普出去玩。因为你不用时时刻刻保持精明，或保持警觉。和他相处就是很随意。

霍普不是我们中最聪明的孩子，但他知道如何做自己。他不会刻意去博他人喜爱，比如像胖子盖文那样，也不会为了融入团体而改变自己，像铁牙米基那样。因为这点，我有些尊敬他。

这就是为什么当我告诉他“对不起，我不行。我得回去帮爸爸一起装修房子”时，感觉有些歉疚的原因。

这个理由经常被我用来脱身。没人不相信我家房子里“活儿”很多。

霍普点了点头，喝完冰可乐，把包装随手一扔。“好吧，我去遛墨菲了。”

“好的，回见。”

“再见。”

他慢慢走远，有些头发耷拉在脸上扫过来扫过去的。墨菲跟在他身边慢跑着。我把冰可乐的包装扔进了垃圾桶，朝反方向走了，家的方向。之后，当我确定他看不见我之后，我拐了个U形弯儿，返回了商业中心。

我不喜欢对霍普撒谎，但是有些东西是无法分享的，即使对方是你最好的朋友。孩子都有秘密，有时甚至比成年人的还多。

我知道，在外界的眼中，我是我们小团体中的书呆子，勤奋好学，有些古板。我喜欢收集东西——邮票、硬币、汽车模型，还有其他东西——贝壳、从林子里捡来的小鸟尸骨、钥匙。我捡到钥匙的频率高得让人震惊。溜进别人家里的想法让我很喜欢，尽管我不知道捡来的钥匙属于谁，他们又住在何处。

我很珍惜我的收藏品，把它们藏得很好很安全。我想，在一定程度上，我喜欢控制的感觉。孩子们不能掌控自己的人生，但是只有我才知道我的盒子里都放了些什么。只有我能往盒子里放东西，或拿东西。

自从游园会之后，我收集的东西越来越多。其中有我捡来的，也有人们随意乱放的（我开始意识到人们有多粗心大意；好像他们没能意识到好好看管某些东西的重要性，不知道很多东西他们可能永远找不回来了。）

有时候——如果我看见一些非要不可的——我会拿走本该付钱买的东西。

安德伯雷不是个大镇，但夏天时会变得超级繁华，沙滩上都是游客，大部分是美国人。他们穿着太阳裙和宽松短裤，深一脚浅一脚地走在人行道上，眯着眼看地图，时不时指指周边建筑。

还有大教堂，那儿有一个商业广场，开了一家大型德本汉姆百货商场，有许多小茶店，还有一家高档旅店。主要商业街上都是些无聊的店铺，如超市、药店和书店。然而，那里还有一家超大的伍尔沃斯连锁店。

对小孩儿来说，伍尔沃斯绝对是我们最喜欢的商店。店里的东西应有尽有。一排一排的玩具，从又大又贵的到成堆的塑料烂玩意儿，你能买一堆这些便宜货，还能剩些钱买散糖果。

店里有一个特别凶的保安，他叫杰博，我们都很怕他。杰博是个光头，我听说，他身上有很多文身，背上还文着纳粹党的十字记号。

幸运的是，杰博的工作并不需要他做什么。他大部分时间都用来在外面闲逛，吸烟，色眯眯地看女孩儿。这就意味着，如果你机灵且动作快，逃过杰博的视线易如反掌，只需要等着他分心就好了。

今天我运气不错。一群少女正好在电话亭那儿晃悠，就在街那头。天气暖和，所以她们穿了迷你裙或短裤。杰博靠在商店的一个角上，手里夹着一支烟，舌头快舔到地板了。尽管这些女孩儿只比我大了几岁，他看上去像渴了似的，或者其他的什么。

我急忙走过马路，轻松自如地走进店里。店里的商品都呈现在眼前，我的左边是糖果和组合散糖柜台，右边是录像带和唱片，正前面是玩具柜。我不禁漾起一阵期待之感，但是我不能细细品尝，或者这情绪不能持续，店里的员工说不定会注意到。

我目标明确地走向玩偶区，边看边评估我看上的。太大、太便宜、太蹩脚。然后，我看到了它——魔法 8 号球。史蒂文·吉梅尔有一个。他有一天把它带到了学校，我记得当时觉得特棒。我也很确定胖子盖文没有这个，这就使得它很特殊了。而同样使其特殊的，是这实际上也是货架上最后一个魔法 8 号球。

我拿起它，向四周望了望。紧接着，我一步到位，一个快速动作把魔法球偷偷塞进了背包。

我悠闲地走回糖果区。有些紧张。我能感到偷来的战利品砰砰地撞在背上。我拿了一个糖果组合袋，努力让自己表现得悠闲些，选了一些可乐瓶软糖，还拿了些白色老鼠和飞碟形状的。然后，我径直走向收银台。

收纳员是一个留着大卷儿的胖女人，她称了称糖果，然后冲我笑笑："亲爱的，这是四十三磅。"

"谢谢。"

我从口袋里拿出零钱，给她。

她把钱放进收银机，然后皱眉了："你还差一磅，亲爱的。"

"哦。"

该死。我又在口袋里摸索一番。没钱了。

"我，嗯，我还是往外拿一些糖吧。"我说，脸烫得厉害，手心出汗，背上的包愈发重了。

卷发女士看了我一会儿，然后欠了欠身子，朝我眨了个眼。她的眼皮上都是皱纹，像褶皱的纸。"别担心，亲爱的。假装是我数错了。"

我抓起那袋糖。"谢谢。"

"走吧，出去吧。"

我不需要再听一遍。我赶忙逃回阳光下，路过了杰博，他刚刚吸完烟，几乎看都没看我一眼。我快速沿着街走，越走越快，兴奋和激动还有成就感爆发，我跑了起来，一路小跑回了家，满脸都是傻笑。

我做到了，而且这不是第一次。我常常想，我在其他方面都是个好孩子。我努力表现得和善，不会出卖朋友或在背后说他们坏话。我甚至努力听爸爸妈妈的话。容我为自己辩解一句，我从来没拿过钱。如果我捡到谁的钱包，我会分文不动地把钱包还回去（但是可能钱包里的全家福不见了）。

我知道这不对，但是，就像我说的那样，每个人都有秘密，他们知道自己不该做但还是做了的事情。我的秘密就是拿东西——收藏东西。让人讨厌的是，只有当我想要拿回什么东西时，我才会真正紧张焦虑。

派对那天很热。好像夏天的每一天都很热。但我很确定事实并非如此。我很确定一位天气预报员——一位真正的预报员，而不是我爸爸那样的——会说夏天会有很多雨天，阴天和让人不舒服的天气。但小孩子的记忆总是很奇怪，时间观念也不太一样。连续三天高温对于成年人来说就像一个月都是大热天一样。

胖子盖文生日的那天超级热。衣服黏在身体上，汽车车座烫腿，柏油马路热化了。

“照这样，我们根本不需要用火烧烤食物。”我们出发时爸爸调侃道。

“你居然没说让我们带上雨衣，真稀奇。”妈妈说完，锁上家门，又用力拉了几下确认。

她那天很漂亮。她穿了一件纯蓝色的背心裙和罗马式凉鞋。蓝色很适合她，她还戴了一个闪闪发亮的发夹，把刘海别了起来。

爸爸看起来，嗯，就像爸爸，穿的是裁短的牛仔短裤，一件写着“感恩而死”乐队名字的短袖，还有皮革凉鞋。至少妈妈帮他修了一下胡子。

胖子盖文的家位于安德伯雷最新的住宅区之一，他们去年才搬到那里。在那之前，他们就住在酒吧上面。即使他们的房子现在几乎还是新的，胖子盖文的爸爸已经开始扩建，所以，有很多额外的部分与原来的房屋有些不相称，前门的大白柱子看起来和古希腊画里的很像。

今天，他们挂了很多写有“12”的气球。门上还横挂着一个亮亮的横幅，上面写着“生日快乐，盖文”。

妈妈还没来得及评论一番，以示对此嗤之以鼻，甚至还没等她按响门铃，门就打开了。胖子盖文站在那里，穿着一身漂亮的衣服：夏威夷短裤、荧光绿短袖，还戴了海盗船长帽子。

“生日快乐，盖文。”我们齐声说道，尽管我差点儿把他叫成“胖子盖文”。

“烧烤在后院，”胖子盖文告诉爸妈，然后他抓住我的胳膊。“跟我一起去看魔术师吧，他很帅。”

胖子盖文说得没错，他的确很帅。烧烤也很棒。当天还有很多游戏项目，有两个灌满水的大水桶和很多水枪。胖子盖文拆完礼物后（他说魔法 8 号球超棒），我们和其他学校里的孩子打了一场水仗。天气很热，即使你湿了水也能立马干。

打了一半，我感觉想上洗手间。于是，稍微淋湿的我又折回花园，经过那些大人，他们一小拨一小拨地站着，手里拿着碟子，直接拿着啤酒瓶喝酒，或者拿着塑料杯喝酒。

妮基的爸爸也来了，这令在场的所有人都感到吃惊。我觉得牧师一般不会来派对或玩乐。他穿着白领衣服，在太阳下面闪闪发亮，你老远就能看到。我当时觉得他肯定热得不得了。可能这就是他为什么喝那么多酒的原因。

他当时正和爸妈聊天，这也让我感到震惊，因为我爸妈不怎么信教。妈妈看到我，冲我笑了笑。“埃迪，你还好吗？”

“嗯，妈妈。挺好的。”

她点了点头，但是她看起来不怎么开心。我漫步过去的时候，听见我爸说：“我觉得这不是一个适合在儿童派对谈的话题。”

马丁牧师回应时音量逐渐提高：“但是我们谈论的正是儿童的生命。”

我一点儿也听不懂，这是大人之间的事。除此之外，我早被其他东西吸引了。另一个熟悉的身影。高高瘦瘦，穿着黑色的衣服，尽管天气如此酷热，他还是戴了一个大大的帽檐耷拉的帽子。哈洛伦先生。他站在花园的尽头，不远处有一个小男孩向鸟盆里撒尿的雕像，他正和其他的爸爸妈妈聊天。

我觉得胖子盖文的父母邀请老师来派对很是奇怪，尤其是他甚至还没开始教学。但是，他们可能是为了让老师觉得他被接纳了。他们就是这样。此外，胖子盖文还曾告诉我："我妈妈会确保她认识了所有人。这样，她就能知道大家都在做什么。"

很奇怪，人们总是能感觉到有人正在盯着自己看。哈洛伦先生扫视四周，看见了我，举手示意。我稍微举了举手，有些尴尬。虽然我们一起救了华尔兹女孩，但是他仍然是一位老师，而让别人看见跟老师打招呼可不是什么好事。

几乎就像他知道我在想什么似的，哈洛伦先生冲我点头示意，又转身了。怀着感激之心——不光是因为我越发鼓胀的膀胱——我快速穿过露台，走过法式门。

起居室里面，又黑又凉快。我让眼睛适应了一下周围环境。礼物堆得到处都是。成堆成堆的玩偶。其中不乏我的生日清单上列过但永远也无法拥有的玩偶。我羡慕地看着四周……就在那时，我看到了它。在屋子正中央，有一个中等型号的盒子，用的包装纸是《变形金刚》。还没打开。一定是有人来晚了，就把它放在这里了。胖子盖文绝不会忘记拆礼物。

我在洗手间干了该干的事。当我穿过起居室回去的时候，又看了一眼礼物。犹豫片刻，我拿起了它，然后带了出去。

孩子们分散在院子里。胖子盖文、妮基、铁牙米基和霍普围成个半圆坐在草坪上，喝着饮料，脸红红的，流着汗，看起来很开心。妮基的头发还有些湿，乱糟糟的。她的手臂上还有水滴。她今天穿了一件裙子，很适合她。妮基身上总有瘀伤。我都不记得什么时候她身上是没有棕色或紫色伤痕的。甚至有一次，她的眼睛都黑青了。

"嘿，怪物！"胖子盖文喊道。

"嘿，你猜我发现了什么？"

"你终于戒酒了？"

"哈哈。我发现一个你还没拆的礼物。"

"不可能，我拆了所有的礼物。"

我拿出了那个盒子。

胖子盖文一把抓过去。“棒!”

“这是谁送的?”妮基问道。

胖子盖文摇了摇，研究了一下包装纸。没有标签。

“谁关心这个?”他开始拆包装纸，然后脸拉了下来，“什么鬼东西?”

我们全部盯着礼物。一盒彩色粉笔。

“粉笔?”铁牙米基嘲笑道，“谁会送粉笔?”

“不知道。没放标牌，天才。”胖子盖文说。他撕开粉笔盒上面的那层，抽出几根粉笔。“我用这些垃圾干吗?”

“这没你想象得那么糟。”霍普说。

“兄弟，这就是一堆破烂玩意儿。”

我觉得他这么说有些过分。毕竟，有人费劲给他买了这个礼物，还包了包装。但是，胖子盖文当时被太阳晒得有些烦躁，这盒粉笔只是起到了催化作用。我们都很烦。

他满是厌恶地扔下粉笔。“算了吧。我们再去玩一轮儿水枪大战吧。”

我们都开始起身。我让他们先走，然后快速蹲下，捡了一根粉笔，塞进了口袋。

还没等我站直，就传来一声巨响和尖叫。我转过身去，不知道会看到什么。或许是有人掉了什么东西或摔倒了。

好一会儿我才明白眼前发生了什么。马丁牧师躺在地上，周围散了一堆杯子、碟子、碎了的沙司瓶和小菜。他捂着鼻子，发出奇怪的呻吟声。一个身材高大、衣衫不整的人俯视着他，挥着一个拳头。穿着短裤和被撕扯的短袖，那人是我爸爸。

天啊。我爸爸把马丁牧师打倒在地了。

我站在那里，目瞪口呆，爸爸粗着嗓子厉声说道：“如果你敢再跟我妻子说话，我发誓我会……”

但是还没等他说完，胖子盖文的爸爸就把他拉开了。有人帮马丁牧师站了起来。他脸通红，鼻子在流血，白领衣服上也沾了血点。

他指着我的爸爸和妈妈："上帝会做出最终判决。"

爸爸又想扑上去，但是胖子盖文的爸爸死死地抓住了他："别理他，杰夫。"

我的眼前闪过一道黄色身影，原来是妮基跑了过去，跑向马丁牧师。她扶住他的胳膊，说："走吧，爸爸，我们回家。"

他挣脱了她，太用力以至于她有些踉跄。随后，他拿出一张纸巾，轻轻擦了擦鼻子，然后对胖子盖文的妈妈说："谢谢你邀请我。"然后笔挺地走回房间。

妮基朝着花园的方向瞄了一眼。我想，她的绿色眼瞳和我的眼神撞在一起了，我们之间有相互理解的情感交流。但实际上，她可能只是想看看有谁注意到了这场骚动——每个人，可想而知——在她转身跟他走之前。

有一瞬间，似乎一切都停止了，走动、对话都定格在那里。然后胖子盖文的爸爸拍了拍手，大声嚷道："谁还想要大香肠？"

我不觉得谁是真的想吃，但是人们冲着他点头示意。胖子盖文的妈妈打开了音乐，一瞬之间。

有人在背上给了我一拳，我疼得跳了起来。原来是铁牙米基，"哇，你爸爸刚才居然打了牧师，真是难以置信。"

我也不能相信。我觉得我当时脸红得像火烧一样。我看向胖子盖文："真的很抱歉。"

他笑了："别这样，刚才太棒了。这真是有史以来最棒的生日派对。"

"埃迪。"我的妈妈走了过来，给了我一个异常而焦虑的微笑，"你爸爸和我现在准备回家了。"

"好的。"

"如果你想留就留下吧。"

我的确想留下来，但是我也不想让别人像看怪物一样看着我。铁牙米基会一直把这件事作为谈资。所以，我闷闷不乐地说："不，没事的。"尽管事实并非如此。"我也和你们一起回去。"

"好的。"她点了点头。

那天之前，我从没听过父母道歉。你是听不到的。作为孩子，你总是那个说抱歉的。但是那天下午，我听到他们两人对胖子盖文的父母说了无数次抱歉。他父母那天很好，还跟他们说别担心。但是我能听出他父母有些恼火。胖子盖文的妈妈最后还是送了我糖果礼品袋，里面有蛋糕和一些其他糖果。

他们一关上门，我就转向爸爸："发生了什么，爸爸？你为什么要打他？他对妈妈说了什么？"

爸爸用一个胳膊搂住我的肩膀："以后再告诉你，埃迪。"

我本想争辩，想冲着他大喊。毕竟，朋友的派对差点儿被毁了。但是我没有。因为，归根结底，我还是爱爸爸妈妈的。而且他们脸上的表情告诉我，现在还不是时候。

所以我任由爸爸抱着，妈妈牵着我另一个胳膊。我们一起沿街走着。妈妈说："要买些薯片就茶吗？"我挤出一个笑容说："嗯，不错。"

爸爸从没跟我解释。但最后，我还是自己弄明白了，是在警察来到家里以涉嫌企图谋杀的罪名逮捕他之后。

2016

“两周，”我回答，“他给我发了邮件，抱歉。”

霍普伸过手来。我拉住了他的手，然后重重地坐在凳子上。“多谢。”

我本应告诉盖文和霍普，米基回到安德伯雷了。这是我首先应该做的事情。我不知道为什么没有这么做。可能是好奇心作祟，也或许是因为米基让我不要告诉他们，还可能是我就想自己弄明白他到底想干什么。

我已经了解了一些我们这位老朋友的背景故事。几年前我去看过他，他的生活索然无味，而且他还过度饮酒。他的名字不是唯一一个我会放在谷歌中搜索的，但确实是唯一一个能收集到信息的。

他过得风生水起。他在一家广告代理公司工作——公司名称上有着不必要的变音符号，还不喜欢用大写字体。我还看到了他在产品发布会上和客户的合影，手里拿着香槟，笑得欢快。

这些都不让人意外。米基是那种能靠着自己的聪明才智过活的孩子。他也很有创造性，通常是在真实的事件基础上添油加醋。这点在他的工作中肯定很受用。

他在邮件里提了一个正在忙的项目，一个能实现双赢的项目。我很肯定他不是在安排同学聚会。事实上，我只能想到一个原因来解释为什么，这么久过去了，米基却想找我谈谈。这是因为他准备将一把钝刀插进一个已经生锈、满是蛆虫的罐子。

我没和盖文和霍普提这件事。我擦了下还在发抖的脸，然后扫了一眼酒吧。酒吧的座位只坐了四分之一。几位顾客匆匆看了一眼就赶忙转移视线，又看向自己的酒和手中的报纸。嗯，他们能向谁抱怨呢？盖文又不可能因为他这一出而把自己赶出去。

“你是怎么知道的？”我问。

“霍普看见他了，”盖文回答，“在商业大街上碰见的，他穿得稀松平常，和之前相比更丑了。”

“好吧，我知道了。”

“他甚至还敢跟我打招呼。说他拜访了你，很惊讶你居然没提这件事。”

我顿时火气上来了。好你个老米基，还是像往常一样爱搬弄是非啊。

酒吧的女服务员把啤酒端了过来，漫不经心地放到桌子上。啤酒在杯里来回晃。

“服务员不错，”我跟盖文说，“脾气真可爱。”

盖文尴尬地笑了笑。

“对不起，”我又跟他说了一遍，“我应该跟你说一下的。”

“那是当然，”他咕哝道，“我们本是朋友。”

“那你为什么没说？”霍普问道。

“他告诉我别说，先等他和我谈一下。”

“然后你同意了？”

“我觉得应该给他个无罪推定。”

“我不该打你，”盖文说道，然后喝了一口健怡可乐，“我乱套了。只是，再次看到他，往事历历在目。”

我盯着他。我们中没人喜欢米基·库珀。但是，盖文比我们中任何一个人都更恨他。

我们十七岁那年参加了场派对。但那个派对我没去，或者说，那个派对没邀请我。我记不清了。米基睡了霍普在约会的女孩。他们为此大吵一架。盖文喝得烂醉，米基被说服开车送盖文回家……但是他们没能安全回到，因为米基从笔直的路上转向，撞向了一棵树。

米基昏迷了一周，奇迹般地醒了过来。胖子盖文则撞坏了脊柱上几个至关重要的椎骨，不能修复。自那之后，他就开始坐轮椅了。

事情最后归因于米基过度饮酒，还不是一般的过度。尽管他抗议称自己当时除了健怡可乐什么也没喝。胖子盖文和米基自那以后再也没说过话。我和霍普都知道最好不要提这事。

你生命中有些东西是可以改变的——体重、外貌，甚至名字——但是也有些是你希望、尝试、努力改变却不能改变的。而正是它们塑造了我们。不是我们能改变的，而是我们不能改变的东西塑造着我们。

“那么，”盖文说道，“他为什么回来了？”

“他没详细说。”

“他说了些什么？”

“提了一个他正在忙的项目。”

“就这些？”霍普问道。

“是的。”

“但这不是问题所在，对吧？”盖文说。他看向我们，蓝色的眼眸闪着怒火。“真正的问题是，我们要怎么应对这件事。”

我回到家的时候房里没人。克洛伊不是出去见朋友就是工作去了。我现在不太清楚她的行踪。她在博斯库姆的几家另类服装店打工，休息时间经常变来变去。她可能告诉我了，但是我的记性不如从前，忘了。这点让我很担心，无比担心。

我父亲的记忆力衰退是在他四十多快五十岁的时候。他主要是忘掉一些细枝末节的东西，我们都容易忽略的小东西。忘记他把钥匙放在哪里了，或者把东西放在奇怪的地方，比如把遥控器放在冰箱里，把香蕉放在我们放遥控器的餐具柜里。一个句子说一半就忘了，或者错误搭配词语。有时候我能看出，他努力想一个正确的词语，却和原来的没有差别。

当他的阿尔茨海默症病情加重后，他会弄混星期，最终，真正吓到他的是，他想不起周四后面是周几，完全记不起每周的最后一个工作日是周几。我还记得他当时目光中的惊慌失措。忘记如此基本的事物，我们从儿童时期就知道的事物，使他最终被迫承认此前种种并非健忘。他的情况比健忘严重得多。

在这个问题上，我可能有点儿像个疑似患者。我进行大量的阅读以保持心智敏锐，还会做数独，尽管我不怎么喜欢。事实上，阿尔兹海默症通常会遗传。我知道未来将会面对什么，所以我会做任何事情来避免出现这一情况，尽管这意味着我会命短或其他的什么。

我把钥匙扔在摇摇晃晃的门厅桌子上，照了一眼它上方落满灰尘的小镜子。我的左脸上有道浅浅的瘀伤，主要集中我脸上凹陷的地方。很好，这样我就不用向他人解释一个坐在轮椅里的男人如何把我一顿好揍。

我走进厨房，想着要不要泡杯咖啡，后来又觉得自己刚吃完午饭，太饱了。于是，我直接上楼。

我父母的房间现在让克洛伊住着。我睡在我的旧房间。而我爸爸的书房和其他空房间都被我用来贮藏东西。许多东西。

我不认为自己是囤积狂。我的“收藏品”都整洁地存在盒子里，细心地标了标签，整齐地码放在架子上。但是它们的确差不多填满了楼上的空房间。的确，如果没有那些标签，我也会忘记大部分此前收集过的东西。

我的指尖划过一些标签：耳环、瓷器、玩具。玩具装了好几盒。有八十年代的复古玩具，有我童年时期自己的玩具，还有一些是买来的——在易趣网上花大价钱买来的。在另一个架子上，有好几个箱子上标了“照片”，其中并不全是我的家庭照片。还有一个盒子里装了鞋，亮晶晶的女人鞋子。装画的盒子有六个，是在从货市场淘来的水彩画和蜡笔画。还有许多盒子上面只标了“杂七杂八”。即使是警察询问，我恐怕也说不出里面装了什么。只有一个盒子里的东西我铭记在心——已经打印过的纸张、一双旧凉鞋、一件脏短袖和一个还没用过的电动剃须刀。这个盒子的标签仅仅是“爸爸”。

我在桌边坐下。我很确定克洛伊没在家，一时半会儿也回不来，但我还是锁上门才打开今早收到的信，又看了一遍其中的内容。里面没写一个字，但是传达的信息很明确，那是一个脖子上绕着套绳的简笔画小人。

它是用蜡笔画的，这不对。但或许这是额外的提醒，写信者还有其他层面的暗示。我把信封扔到桌子上，荡起一团灰尘。一根白色粉笔。

1986

自从游园会之后，我还没正式和哈洛伦先生见过面。我认为那次游园会是“糟糕的一天”。其实，我看到过他——看到他在镇上沿着河散步，还在胖子盖文的派对上见到他——但是我们没怎么讲话。

把发生的事情藏在心中，这看起来可能有些奇怪。尽管我们被一起困在某个糟糕的情况中，却并不意味着我们之间突然被一种神奇的纽带联结在一起。至少，我不认为我们有，至少那时如此认为。

我推着自行车穿过公园去和林子里的其他朋友会面，在公园碰见了他。他坐在长椅上，腿上放着一个速写本，旁边放着一小盒铅笔和其他什么东西。他穿着黑色牛仔裤、厚重的靴子和一件宽松的白衬衫，还打了一个细细的黑领带。像往常一样，他戴了一个大大的帽子遮阳。我仍旧对他没有热到融化感到惊奇。我当时很热，所以就只穿了背心、短裤和运动鞋。

我在那里徘徊片刻，有些犹豫，不知道要跟他说些什么，但是我也不能直接走过他，对他不理不睬。正当我犹豫之际，他抬起头看到了我。

“嗨，埃迪。”

“嗨，先生。”

“你怎么样?”

“呃，很好，谢谢。”

“那就好。”

然后我们都沉默了一会儿。我觉得应该说些什么，于是，我问：“你在画什么?”

“人。”他笑了，因为脸太白，牙齿看起来总有些黄，“你想看一下吗？”

我不是真的想看，但是直说很没礼貌，所以我说：“好啊。”

我把自行车放在一旁，走过去，坐在他旁边椅子的边缘上。他翻着速写本，让我看他一直在画的东西。我吸了一口气。

“哇，真的很棒。”

我不是在胡诌（尽管我觉得，即使他画得不好也得说好）。正如他所说，他画的都是在公园里的人物素描。有附近长椅上坐着的一对老夫妻，一个遛狗的男人，还有几个坐在草坪上的女孩。听上去或许没有什么，但是其中所蕴含的东西让人感觉很棒。即使我只是一个孩子，我也能看出哈洛伦先生很有天分。谁都能描摹，而且能描摹的很像。但是要将场景、人物画的栩栩如生，却是需要天分的。

“谢谢，还想看吗？”

我点点头。哈洛伦先生向前翻了几页。有一幅画的是一位穿雨衣的老人，吸着烟（你几乎可以嗅到灰色烟圈的味道）；有一幅一群女人在大教堂附近的鹅卵石街道上闲聊；还有一幅就只画了大教堂，我和其他人一样都不怎么喜欢那儿……

“但是我不想让你觉得无聊。”哈洛伦先生说，于是，我还没来得及看下一幅画他就突然把本子拿走了。我就瞄到一个长长的黑发，和一个棕色的眼睛。

“没有，”我说，“我真的很喜欢。你在学校会教我们美术吗？”

“不会。我要教你们英语。绘画，嗯，只是我的爱好。”

“好吧。”反正我也不怎么喜欢绘画。我有时会随便画画我最喜欢的卡通角色，但画得不怎么样。不过，我写作能力挺高的。英语是我学得最好的科目。

“你是用什么画的？”我问。

“这些。”他拿起一包看起来像是粉笔的东西，“这是彩色蜡笔。”

“它们看起来很像粉笔。”

“嗯，它们在一定程度上是一样的。”

“胖子盖文生日那天收到一盒粉笔，但是他觉得这礼物太逊了。”

他脸上的肉突然抖动了一下。“他现在还这么觉得吗？”

由于某种原因，我觉得说错话了。

“但是胖子盖文有些，你懂的——”

“宠坏了？”

尽管觉得有些不忠，我还是点了头。“有点儿吧，我想是这样。”

他想了想。“我小的时候也有粉笔。我们用它在家外面的走道上画画。”

“真的吗？”

“嗯？你们从没这么玩过吗？”

我想了一下。我好像从没这么做过。就像上文提到的那样，我不怎么喜欢画画。

“你知道我们还会做些其他的什么吗？我和我的朋友，我们会创造一些神秘标志，然后用来为彼此留暗号，那些记号随处可留，但只有我们之间能看得懂。比如，我曾经有一次在最好的朋友家外面画了一个想去公园玩的标志，他看一眼就知道是什么意思。”

“你不能直接敲他家门吗？”

“嗯，可以，但那不如这样有趣。”

我想了想这个点子，能感觉到它的诱人之处。就像寻求宝藏的线索一样，像密码一样。

“不管怎么说，”哈洛伦先生给足我时间记住这个点子，但没给足我时间忘记它后，说道。他盒上了速写本，盖上了蜡笔。“我得走了，我得去看一个人。”

“好的。我也得走了。我得去和朋友会面。”

“很高兴再次见到你，埃迪。坚持做个勇敢的孩子。”

这是他第一次提到和那天游园会相关的话题。我喜欢他这一点。对于很多成年人来说，这会是他们提到的第一件事。你怎么样？你还好吗？诸如此类。

“你也是，先生。”

他又露出黄牙冲我笑笑。“我不勇敢，埃迪。我只是一个傻瓜。”

看着我疑惑不解的表情，他歪了下头。“智者三思之事蠢人急不可待。你听过这个谚语吗？”

“没听过，先生。这句话是什么意思？”

“嗯，根据我的理解，它的意思是做个傻瓜比做个天使强。”

我思考片刻但仍不太明白其中的道理。他把帽子朝我这边斜了斜：“再见，埃迪。”

“再见，先生。”

我从长椅上跳了起来，骑上车。我喜欢哈洛伦先生，但是他真的很奇怪。智者三思之事蠢人急不可待。奇怪，还有些吓人。

安德伯雷四周都是林子，农场和田野构成的郊区一望无际。尽管时间还不长，城镇已经朝着这个方向扩展。有一块林子已经被夷为平地，露出了沙砾和泥土。砖块儿、水泥和脚手架平地而起。

一个牌子上用欢快的字体写着“萨蒙房产”几个大字。“用心建房，三十年真挚品质”。场地上围着高高的电线网，透过网能看见巨型机器的庞大形状，像是一个巨大的机器恐龙，但是眼下还没被激活。穿着橘黄色马甲和裤子的魁梧男人站在机器周围，边吸烟边从马克杯喝水。广播里放着希金斯·史蒂文斯的歌曲。还有几个标牌贴在栅栏上。上面写着：**请勿入内。危险。**

我绕着这里走了走，然后走进了田野旁的一条小径。最终，我来到一个带有梯子的木头栅栏前。我跳下自行车，先把车扔了过去，然后走进了凉爽的林子。

这里不是大林子，但是很茂密，里面黑压压的。林子是自然的中空结构，中间的树木被压低了，但周边的树木很高。树木散布在矮灌木丛区和大块白色石头周围。我半推半抬着自行车往林子深处走。沿路能听见小溪的潺潺细语，还能看到穿过华盖的光线。

前面不远的地方，有人在悄声说话。我还能隐约看见蓝色和绿色的衣服，还有闪闪发光的自行车条幅。胖子盖文、铁牙米基和霍普正蹲在林间的小空地中，周围有树叶和灌木丛的掩护。他们正在搭小窝，建材就取自周围的树枝，已经搭了一半，小窝非常棒。

“嘿！”胖子盖文叫道，“原来是怪物埃迪。他爸爸是个打手。”

霍普抬起头，跟我挥手致意。铁牙米基则懒得打招呼。我小心地穿过灌木丛，把自行车放在他们的车旁，我的车是这些车中最老旧的。

“妮基呢？”我问。

铁牙米基耸了耸肩。“谁关心这个？可能正和她的娃娃玩吧。”他说完哈哈大笑。

“不确定她是否会来，”霍普说。

“哦。”

自从那天派对后，我再也没见过妮基，但我知道她、霍普和铁牙米基一起逛过商店。我开始觉得她可能在躲我。今天我很想见到她，希望一切能回归正常。

“很可能是因为她爸爸又让她做杂事。”霍普说，好像他知道我在想什么似的。

“嗯，也可能是她还在生你的气，因为你爸打了她爸。嘭！”铁牙米基又说，他从不放过任何一个搬弄是非的机会。

“哼，他可能是自找的。”我说。

“嗯，”霍普说，“他当时看起来的确烂醉如泥。”

“我觉得牧师不该喝酒。”我说。

“也许他会背地里偷喝酒。”胖子盖文转过头来，假装喝了几口酒，翻了个白眼，含糊不清地说道，“我牧师马丁。赞美我我我的主。嗝。”

还没等到有人回应，矮树丛沙沙作响，一群鸟因受到惊吓飞起。我们像受惊的兔子跳了起来。

妮基站在坑洼地边上，手里抓着车把手。不知怎的，我觉得她已经在那儿站了一会儿了。

她看了下我们。“你们都坐在这里干什么？我们不是要建个小窝吗？”

我们五个人一起动手，小窝不一会儿就盖好了。小窝很棒，挺大的，能同时挤下我们几个，即使这需要我们相互抱在一起。我们甚至还用枝繁叶茂的树枝建了个门，挡住入口的地方。最棒的是，你只有走近才能看见它。

我们盘着腿坐在外面。很热，身上被划出了一道道痕迹，但是我们很高兴。可是也饿。我们纷纷拿出三明治来吃。妮基没提派对的事情，所以我也没提。我们就像往常一样相处。这就是当你还是个孩子时的处事方法。孩子能够放下。但越长大却越难放下。

“你爸爸没给你做三明治吗？”胖子盖文问妮基。

“他不知道我出来了。我是偷溜出来的。”

“给。”霍普说。他打开保鲜膜拿出几片芝士三明治递给她。

我喜欢霍普，但是他刚刚那么做让我真的很恨他。因为他先想到了这样做。

“你也可以吃我的香蕉，”胖子盖文说道，“我不怎么喜欢吃香蕉。”

“你也可以和我一起喝果汁。”我赶紧说，不想被落下。

铁牙米基往嘴里塞了一口花生酱三明治。他什么也没有跟妮基分享。

“谢谢，”妮基说，但是摇了摇头，“我该回家了。不回家吃午饭会被我爸爸发现的。”

“但是我们才刚盖好小窝。”我说。

“抱歉，我得走了。”

她向上提了提身上的短袖，又揉了揉肩膀。那时我才发现她的肩膀上有一大块淤青。

“你的肩膀怎么了？”

她又把袖子拉下来。“没事，撞到门上了。”她迅速站起身：“我得走了。”

我也跟着站了起来。“是因为那天派对上发生的事情吗？”我问。

她耸了耸肩：“爸爸对那天的事情还是很生气。但是他会好起来的。”

我还想说些什么，但是我不确定该说什么，就只是张开了嘴。

不知什么狠狠地打在了我头上。我感到一阵眩晕，腿也软了下来，最终跪在了地上。我双手抱着头，手指变得僵硬。

不知是什么从空中飞了过来，差点儿打中妮基的头。她尖叫一声，迅速躲开。又有一阵石头雨落在了霍普和铁牙米基面前，把他们的花生酱和面包砸了个稀巴烂。他们大叫一声，赶忙往后跑，躲进林子。

更多石头雨砸向我们。大石块儿，小石子儿，中间还掺杂着砖头。低洼地上面的陡峭山坡上传来叫喊声。我抬头看，只知道有三个男孩儿站在上面。两个是黑发，另一个高的是金发。我当即认出了他们。

铁牙米基的哥哥，肖恩，还有他的玩伴儿，邓肯和基思。

胖子盖文抓了一下我的胳膊，问道：“你没事吧？”

我有些晕，还很想吐。但是我点了下头。他推着我走向树下。“快藏起来。”

铁牙米基转过身去，冲着那些大一些的男孩喊话。“别招惹我们了！肖恩。”

“别招惹我们，别招惹我们。”金发男孩——他哥哥——用和女孩一样的高声调重复着。“为什么？你们要哭了吗？你们要去找妈妈告状了吗？”

“可能吧。”

“好啊。等我打断你的鼻子，笨蛋！”邓肯叫嚣道。

“你们闯进了我们的林子！”肖恩喊道。

“这不是你的林子！”胖子盖文回嘴。

“嗯。那我们只有打一架了。”

“妈的。”胖子盖文咕哝道。

“得了。让我们去揍他们一顿！”基斯喊道。

他们开始往山坡下面走，边走边朝我们扔石头。又有一块儿大石头飞了过来，妮基的自行车被砸了一个大坑。

她尖声嚷道：“我的自行车，你们这些傻货！”

“嘿，原来是红毛儿啊。”

“红毛儿，长出红色的阴毛儿了吗？”

“滚开，你们这些败类。”

“婊子。”

一个砖头穿过树干砸了下来，砸中了她的肩膀。她痛得叫了一声，打了个踉跄。

我胸中燃起一股怒火。不能打女孩。不能朝着她们扔石块。我勉强站起来，冲出隐蔽处，从地上拿起最重的石块，用尽全力扔向山坡。

如果石块没那么重，如果它是自由下落的话，如果肖恩没有站在山坡中间，没有在山坡上的话，我说不定根本打不中他。

然而，我听见一声惨叫。不是嘲笑的惨叫声，而是因为疼痛而来的惨叫。“他妈的！我的眼。他妈的砸到我该死的眼了。”

我们暂停了战斗。一瞬间似乎时间静止了。胖子盖文、霍普、铁牙米基、妮基和我，我们面面相觑。

“你个小王八羔子！”他们中有个人喊道，“你这下惨了！”

“快跑吧。”霍普说道。

我们赶忙往自行车那里跑。那群人的跑步声和他们跑下陡坡时的喘息声已经近在耳边。

他们跑下来还需要一段时间。但是我们处于劣势，我们还得把自行车推到路上才能骑。我们并肩慢跑着，在灌木丛中笨拙地推着车子走。不一会儿，我已经能听到我们身后的叫骂声和沙沙声了。他们已经快追上我们了。我努力加快速度。霍普和铁牙米基跑在最前面。妮基跑得也很快。胖子盖文这样的大块头居然跑得也很快。他跑得比我还快。我的腿虽然最长，但是我四肢不协调，跑步很差。我隐约记起，我爸爸曾讲过的一个老玩笑，是关于跑赢一头狮子的。其实有没有狮子跑得快并不重要，重要的是，不要成为跑得最慢的那个。不幸的是，我就是跑得最慢的那个。

我们跑出了林荫，跑到了太阳底下的小路上。栅栏上的梯蹬近在眼前。我又扭头看了一眼，肖恩也已经跑出林子，紧跟在我们身后。他的左眼已经红肿，有血痕流在脸颊上。但这丝毫没有减慢他的速度。非要说的话，愤怒和疼痛似乎还使他跑得更快了。他面目狰狞地咆哮着：“我非杀了你不可，大便脸。”

我赶紧转身，心跳急剧加速，感觉它快爆了。我的头抽痛着，额头上的汗淌了下来，扎得我的眼睛疼。

霍普和米基跑到梯磴那里，先把自行车扔过去，然后再自己翻过去。妮基紧随其后，把自行车推举过去，然后像个敏捷的猴子爬了过去。胖子盖文先爬上梯蹬，然后才把自行车抬了过去，最后也翻过去了。我跟在他后面。我举起自行车，但因为它是辆旧式自行车，比其他人的都要笨重。它卡住了，轮子卡在了梯蹬上。梯蹬上的木头卡住了车的辐条。

“该死。”

我使劲儿晃动自行车，但它却越卡越紧。我试图把它举起来，但是我长得太小，而自行车太重，刚才建小窝和逃跑又都花费了不少力气，我已经筋疲力尽了。

“把车丢那儿吧！”胖子盖文喊道。

他已经骑上了自己亮晶晶的赛车，真是站着说话不腰疼。可能在他眼里，我的自行车看起来像一堆破烂儿似的。

“不行，”我上气不接下气地说，“这是我的生日礼物。”

胖子盖文又折返回来。霍普和妮基也跑了回来。不一会儿，铁牙米基也回来了。他们在另一侧帮我拉拽自行车。我在里面推。一根条幅被我们推断之后，它终于掉下去了。胖子盖文蹒跚着向后退了一步，让自行车重重地摔在地上。我爬上梯蹬，刚把腿迈过去就感觉有人在背后猛拉了一把我的短袖。

我差点儿摔下去，但是正好抓住了栏杆。我转身看，肖恩就在我身后。一个拳头攥着我的短袖，他笑了，脸上大汗淋漓，还有很多血痕。牙齿在血红色映衬下白得可怕。他那只完好无损的眼睛充满了愤怒。“你死定了，大便脸。”

由于内心极度恐慌，我又用尽全力向后蹬了一脚，踢到了他的肚子上的肌肉。他疼得弯下身子，痛苦地呻吟。攥着我衣服的拳头松了。我赶忙把另一条腿也迈过梯蹬，跳了下去。同时，我的衣服被扯破了。但那时，这不重要，重要的是我脱身了。其他人已经骑上自行车，我刚站稳时他们已经骑开了。我从地上把自行车扶了起来，推着自行车小跑加速，加起速度之后我赶紧骑了上去，使劲儿往前蹬。这次，我没再往后看。

游乐场没有其他人。我们坐在旋转圆台上，自行车被丢在地上。现在，肾上腺素已经降了下去，我的头又开始疼，头发上还沾着血。

“你看上去像个废柴。”妮基直言不讳地说。

“多谢美言。”

她的胳膊上都是擦伤，衬衫上也沾满泥土。还有些小树枝和叶子卡在她红褐色的卷发里。

“你也一样。”我说。

她看了自己一眼。“该死。”她站起身，“现在我爸爸肯定饶不了我了。”

“你可以先去我家洗一下。”我提议。

还没等她回话，胖子盖文插嘴说：“不，我家更近。”

“我想也是。”妮基说道。

“那我们接下来怎么办？”铁牙米基哀怨地说，“今天全天都被毁了。”

我们互相看着对方，都有些沮丧。他说得对，尽管我想指出这全怪他的蠢哥哥。但是我什么也没说。

然而，我的内心一直在发着牢骚，突然，我不由自主地说道：“我想到一个不错的点子，我们可以尝试一下。”

2016

我不是什么烹饪高手。这一点我跟妈妈很像。但是，独居又要求人必须掌握一些烹饪常识。所以，我能够迅速做好一盘不错的烤鸡和土豆、牛排、面食（如意大利面条、通心粉等），以及几种不同类型的鱼。我还在研究咖喱菜的做法。

我推断米基可能都是在上等餐厅用餐。实际上，他一开始就提议我们在镇上的餐馆会面。但是我想在家招待他，让他处于劣势。而拒绝晚餐邀请总是不太礼貌的，尽管我很确定他会勉强接受邀请。

我决定做意大利番茄牛肉面。这个好做，而且很有家的感觉。通常情况下，每个人都喜欢吃。我还有一瓶不错的红酒和一块蒜蓉面包来搭配。快六点的时候，克洛伊回来了，当时我正在提前准备肉馅和酱料。米基要在七点过来。

她深深吸了一口气。“嗯，将来你肯定能成为一个好妻子。”

“才不像你。”

她假装受到冒犯，把手交叉在胸前。“我一直梦想成为家庭主妇呢！”

我笑了。克洛伊通常能设法把我逗笑。她看起来，嗯，不知道怎么用言语形容。她今晚看起来很像她，扎了两条辫子，穿了一件印着杰克·斯科尔林顿的黑色运动衫，下身穿着黑色紧身裤外面套了一件粉色迷你短裙，脚上穿着一双柏哈步牌鞋子，鞋带五颜六色的。有些女人这么穿会显得很可笑，但是克洛伊能驾驭这种风格。

她去冰箱拿了一瓶啤酒。

“今晚要出去？”我问。

“不出去，但是别担心，你朋友在时我会躲在一边儿的。”

“不必如此。”

“没事。我就是觉得，你们俩回忆过去的时候我有些多余。”

“好吧。”

实际上的确如此。我越想越觉得克洛伊不在场会更好些。我不确定她对米基和我们在安德伯雷的过往了解多少，但是多年来，那件事总被往事重提，详细报道，那是总能引起人们兴趣的案件之一。我觉得这是因为它有一切引起人们兴趣的要素。奇怪的当事者，令人毛骨悚然的粉笔画以及瘆人的谋杀案。我们在历史中留下了印记。我坚信那印记就是一个小小的粉笔人。当然，随着时间流逝，事实不断地被添油加醋，逐渐地脱离了其原貌。历史本身就是个故事，由那些生存下来的人讲述。

克洛伊大口喝着啤酒。“我到时会待在楼上的房间里，如果你需要的话。”

“需要我给你额外留些意大利面吗？”

“不用了，你们自己吃就好了。我午饭吃得很晚。”

“哦，好吧。”我在等她说什么。

“噢，你们先吃吧。我也可能之后会饿。”

克洛伊瘦得跟杆儿似的，饭量却大得惊人。而且她吃饭的时间也很奇怪。我经常能看见她凌晨在厨房里吃意大利面或是三明治，还有一次，她吃的是简易油煎快菜。但那时我经常失眠，有时还会梦游。所以我没资格说别人晚上有怪毛病。

克洛伊在门口停了一下。她露出了担忧的神色。

“不过，说实在的，如果你想脱身的话，我可以给你打个电话——假装有要事发生。”

我看向她。“是一个老朋友要来吃晚饭，又不是相亲。”

“好吧，但正因为是老朋友啊。你已经十几年没有见过他了。”

“多谢提醒。”

“关键是，你们基本上没怎么联系过，所以你怎么知道你们有没有话说?”

“好吧，这么多年过去了，我们有很多要谈的。”

“但是如果真是什么值得谈的，你们早谈了，不是吗?他这么久了才来找你肯定是有原因的。”

我知道她要说什么，这让我觉得有些不舒服。

“不是每件事都需要理由的。”

我拿起酒杯，里面是我做饭时倒出来品尝的酒，然后一口喝了半杯。我能感觉到她在看我。

“我的确知道三十年前发生了什么，”她说，“那起谋杀案。”

我的注意力全在搅拌意大利番茄牛肉面上。“好吧，我知道了。”

“有四个孩子发现了她的尸体。你是其中一个。”

我还是没抬头看她。“看来你做调查了。”

“埃德，我要和一个陌生单身男子同居，还是在一个令人毛骨悚然的又大又旧的房子里。我当然要打听一下你了。”

也是，我放松了一些。“只是你从来没有提过这件事。”

“从来没觉得有必要提。我可不想哪壶不开提哪壶。”

我转过身，挤出一个微笑。“谢谢你。”

“没事。”

她把啤酒瓶倒过来，喝完了剩下的。

“不论如何，”她边说边把酒瓶扔进后门旁边的垃圾桶。“要开心。不要做任何不愿意做的事情。”

“再说一遍，我不是在约会。”

“是啊，因为约会肯定是一件值得大肆宣扬的事情。我可能会租一架飞机，然后在飞机上挂条横幅，上面写着——埃德有个约会。”

“我很开心，谢谢你。”

“我只是想说，生命短暂。”

“如果你是在告诫我珍惜光阴，我可要没收所有的啤酒了。”

“不是光阴，是珍惜你所拥有的。”她朝我眨了个眼，然后大摇大摆地走出厨房，上楼去了。

尽管我还有更好的观点，却只是又多倒了些酒。我有些紧张，这应该是正常的。我不知对今晚应该抱何期待。看了一眼钟表，下午六点半。我觉得应该穿得稍微得体一些。

我慢慢地爬上楼。冲了个澡，然后换上了灰色的灯芯绒裤子和一件我觉得比较合适的休闲衬衫。我还梳了梳头发，但它们却愈发乱得厉害。说起来头发，我的头发无论用什么造型都没用，从普通的梳子，到发蜡，再到发胶，都没用。我把头发剃到露脑壳的程度，它却在一夜之间长了些不规则的形状出来。不过，我至少还有头发。我看过米基的照片，他就没这么幸运了。

我照完镜子后就下楼了。正赶上时候，门铃恰好响了，紧接着是一阵门环砰砰砰的叩门声。我顿时有些愤怒。我很讨厌人们按门铃的同时叩门环，好像我听不见似的，又或者他们急需进来，所以不得不蹂躏我的门。

我让自己镇定下来，然后走向门厅。我停顿了一会儿，然后才开门。

那些时刻总是在书中才颇具戏剧效果，但现实中的索然无味让人沮丧。

站在门前的，是一位个子矮小、清瘦而结实的男人。他的头发几乎全掉光了，穿着一件看起来挺贵的衬衫、一件运动夹克和一条蓝黑色的牛仔裤，还穿了双平底鞋，但是没穿袜子。我总觉得男人穿鞋不穿袜子很荒唐，好像他们是在黑暗中匆匆忙忙穿的衣服，而且还是在宿醉的情况下。

我知道他眼中的我是什么样子。一个瘦瘦的、比常人都要高的男人，身上穿着破旧的衬衫和宽大的灯芯绒裤子。发型凌乱，脸上的皱纹比一般四十二岁的男人脸上都要多。但是，有些皱纹是由不得人的。

“埃迪，很高兴见到你。”

我不能简单地重复他说过的话，所以我只点了下头。趁他还没有伸出手让我不得不跟他握手，我抢先挪到一边，伸出胳膊。“快请进来。”

“谢谢。”

“从这里走就行了。”

我把他的夹克挂在门厅的衣帽架上，然后给他指了指通往客厅的路，尽管我百分百肯定米基还记得怎么走。

可能是穿着光鲜的米基与我的房间形成了强烈对比，我有些震惊地发现我的房间多么破败黑旧。一个饱经沧桑且落满灰尘的房子和一个不怎么关心房屋布置的主人。

“给你倒一杯酒？我开了一瓶巴罗洛。[①] 还有啤酒，还有——”

“啤酒就行了。”

“好吧，我这儿有喜力啤酒——”

“什么都行。我平常不怎么喝酒。”

“好的。”又一个我们的不同之处，“那我就随便从冰箱里拿一瓶出来好了。”

我走进厨房，开了一瓶喜力。然后我拿起酒杯又喝了一大口，随后又续了一杯。红酒瓶里只剩一半了。

“你把这老房子搞得还不错。”

我吓了一跳。米基站在厨房门口四处望着。我想知道他有没有看到我豪饮一杯又续满酒杯的过程。为什么我要在意这个？

“谢谢。”我说，尽管我们都知道我没怎么在这幢旧房子上费心思。

我递给他啤酒。

---

① 产自意大利皮尔蒙特区的一种干红葡萄酒。

“不过，像这样的旧房子应该很费钱吧？”他说。

“没那么糟。”

“你居然没卖了它，这让我很惊讶。”

“可能是情感方面的原因吧。”

我喝了一口酒。米基也喝了一口啤酒。有一瞬间时间似乎被拉长了，本是自然的停顿却转为令人尴尬的沉默。

“对了，”米基说道，“我听说你当了老师？”

我点头：“是啊，混口饭吃。”

“你享受这个工作吗？”

“大部分时间享受。”

大部分时间我都很喜欢我教的科目。我想把它分享给学生，想让他们享受学习，离开教室时能学到些东西。

也有时候我会感觉疲惫而宿醉，然后随意给学生评个+，就为了让他们闭嘴，别再来烦我。

“有意思。”米基摇了摇头，“我一直认为你最后会当个作家，像你爸爸一样。你的英文总是很好。”

“你还特别擅长编造故事呢。可能这就是为什么你最后进了广告行吧。”

他笑了，稍微有些不自在。然后我们又停下了。我假装去看了一下意大利面。

“我现做了一些番茄肉酱。希望你不介意。”

“嗯，很棒。”他坐下时椅子因为刮擦响了一声，“谢谢你费心准备。我是说，我也很乐意在酒吧自掏腰包吃一顿。”

“不过，不是公牛酒吧吧？”

他的表情紧张起来：“你已经告诉他们我来了吧？”

“他们”，我估计指的就是霍普和盖文吧。

“说实话，没有。但是霍普说他前些天在镇上撞见你了。所以——”

他耸了下肩："好吧，我也没想保密。"

"所以你为什么让我不要告诉他们？"

"因为我是个懦夫。"他说，"那次意外之后发生的一切……我只是觉得他们中谁也不想见我罢了。"

"你怎么知道，"我说，"人们会变的。何况那是很久之前的事了。"

这也是一句谎话，但是总好过说：你是对的。他们仍然很恨你，尤其是盖文。

"我是那么认为的。"他举起啤酒瓶又喝了几大口。如果他真的不怎么喝酒的话，那他现在的架势也真是绝了。

我又从冰箱给他拿了一瓶啤酒，然后和他面对面坐着。"我想说的是，我们以前都做过不光彩的事。"

"你除外。"

我正要接话时身后传来喷溅的声音。意大利面已经煮开了，我迅速关火。

"需要搭把手吗？"米基问。

"不用。搞定了。"

饭做好了。

"嗯？"

"你可能好奇我为什么回来了？"

"因为我做的一手好菜？"

"今年是第三十年了，埃德。"

"我知道。"

"已经有媒体想借此炒作一番了。"

"我没怎么关注媒体。"

"这可能是明智之举，大部分媒体报道都是以讹传讹。这也使我认为有人应该站出来说出真相，此人应当是本地人。"

"像你一样的人吗？"

他点头："我想找你帮忙。"

"用什么方式说出真相？"

"一本书，或者电视。我有关系。而且，我已经做了大量研究。"

我看了他一会儿，然后摇了摇头。"我还是不参与了。"

"听我把话说完。"

"我不感兴趣。我也不想重提旧事。"

"但是我想。"他把酒瓶扔回给我，"你看，多年来我一直努力不去想以前发生的事情。我一直在逃避，试图把整件事埋藏于心底。然而，我觉得现在是时候直面那些恐惧和过错，并妥善处理它们了。"

就个人来讲，我发现最好还是把你的恐惧放进一个精美而封闭的盒子里，并将它们放在你内心最深处的角落。但是要把它们分开放。

"那我们其余的人该怎么办？你想过我们是否想面对我们的恐惧，是否想回忆过去发生的事情吗？"

"我明白你的意思。我真的明白。这就是我为什么希望你参与的原因——不光参与写作。"

"什么意思？"

"我已经二十多年没回来过了。我已经成了一个陌生人。但是你仍然住在这里。你认识那些人，他们会信任你——"

"你想让我说服盖文和霍普？"

"你不会白费力气的。事成之后，会给你预付款，预付版税。"

我犹豫着。米基将我的犹豫看作沉默。

"还有其他好处。"

"什么？"

他幸灾乐祸地笑了。就在那时，我恍然意识到，他所谓的回来是为了直面恐惧都是胡扯，就是一堆狗屁不通的烂借口。

"我知道杀她的到底是谁。"

1986

暑假即将结束。

“只剩六天了，”胖子盖文绝望地说道，“其中有两天是周末，不算是放假。所以，我们其实就只剩四天了。”

我也和他同样沮丧，但是我努力不想和学校相关的事情。六天就是六天，而我执着于这一点的原因很多。一直到目前为止，肖恩·库珀都还没能找我算账。

我在镇上见到过他，但是在被他看到之前我就设法躲开了。他的右眼上有一大块淤青，还有一道看起来很恶心的伤口。那伤口可能会留疤，即使他长大成人后也甩不掉了——如果肖恩能活到那个时候的话。

铁牙米基认为肖恩已经忘了我，但我不这么认为。在放假期间躲着他只是其一。正如牛仔所说，小镇对我们两人来说够大了。但是，一旦我们开学，每天都躲开他——在午饭期间、在操场上、在往返学校的路上——会变得非常艰难。

我还担心其他事。人们总认为小孩子没有什么烦恼之事，但事实并非如此。正因为我们小，我们的烦恼才显得更大。我还担心妈妈，她最近说话总没好气，她比往常更容易发脾气了。爸爸说这是因为她压力很大，因为她要开家新诊所。

妈妈之前在南安普敦[①]工作。但现在，安德伯雷也要开一家新诊所，就在技术学院附近。新诊楼曾经是别的什么来着，我忘记是干什么的了，但它之前就是一个容易让人忽略的建筑。我觉得这才是重

① 位于英国南部的港口城市。

点。那儿甚至都没有标牌。实际上，要不是楼外有人晃荡，你可能路过那里也丝毫注意不到它的存在。

我骑车从商店回去的时候看见了他们。共有五个人，围成圈进行游行示威，他们手中举着标牌，嘴里高喊着什么。他们举着的标牌上写着诸如**选择生命**、**停止屠杀婴儿**和**痛苦的小孩**之类的抗议语。

其中有些人我认识。有一位在超市工作的女人，那天游园会上和华尔兹女孩儿在一起的金发朋友。她的金发朋友那天哪儿也没伤到，我觉得这有些不公平。她没有华尔兹女孩漂亮，而且很明显，她也没有华尔兹女孩人好。她举着一个标语，跟在其他我认识的人身后游行。还有牧师马丁。他喊得声音最大，手里举着一本打开的《圣经》，边走边朗诵。

我停了下来，坐在自行车上看他们。那天在胖子盖文的生日派对上打架之后，爸爸曾和我稍微聊了一下。我这才知道了些妈妈诊所发生的事情。但是，作为一个十二岁的小孩，我还是很难明白人工流产这件事的严重性。我只知道妈妈是在帮助那些不想养活自己孩子的女人。我也不想知道更多。

然而，就算只是一个孩子，我还是能感受到人们的愤怒——恶意——来自那些抗议者的恶意，他们的眼神，从他们嘴里喷出的唾沫，还有他们挥舞抗议标语的方式，好像那些横幅是他们的武器似的。他们似乎一直在高喊一些关于爱的口号，但看起来，他们满怀憎恨。

我往家骑得更快了。家里很安静，就是爸爸在家里翻箱倒柜的。妈妈正在楼上工作。我把买来的东西拿出来，放好，然后把零钱偷偷存了起来。我本想跟他们讲我看见了什么，但是他们都在忙。于是我就从后门出去溜达了。就在那时，我看见了车道上画的粉笔人。

那时，我们一直在画粉笔人和其他粉笔画信号，已经有一段时间了。当你还是个孩子的时候，点子就像随风飘散的种子。有些种子没能生根发芽，只得随风流浪，从此被遗忘，再无人问津。有些却得以生根发芽，努力扎根，然后成长，传播。

粉笔画就是这样一个人尽皆知的怪点子，它几乎是瞬间火起来的。我的意思是，很明显，我们最开始只是在游乐场随手乱画，画了一堆的火柴人，还写了很多“滚蛋”。但是，就当我们开始以此互相留秘密信息后，嗯，我猜粉笔人就是那时自己长腿了。

我们每个人的粉笔颜色各不相同，这样我们就能知道是谁留了信息。而不同画的意义也各有不同。比如在圈里画一个火柴人意思是我在游乐场等你，一堆横线和三角组合代表的是树林。我们还有在商店和游戏厅碰面的记号。我们也有用于提防对于肖恩·库珀和他那帮人的警告标记。我承认我们同样有代表脏话的记号，这样如果我们讨厌谁的话，就能在他家墙上写“滚蛋”或是更脏的话了。

我们对这个着迷吗？我想是的。但那就是小孩子会做的事情，他们会对一件事情非常着迷，持续时间长达几个星期或几个月，然后才逐渐厌烦那个主意，慢慢地抛弃它，最终将其抛之脑后。

记得有一次我去伍尔沃斯买粉笔，那位烫卷发的收银女士用异样的目光看向我，我想她是不是怀疑我在背包里偷藏了一盒粉笔。但她说：“你们小孩儿喜欢粉笔，不是吗？今天你是第三个来买粉笔的。我还以为你们现在就玩大金刚和吃豆人游戏呢。”

车道上的粉笔画是用蓝色粉笔画的，也就是说这是铁牙米基画的。一个站在圆圈旁边的火柴人，还有一个惊叹号意思是快点儿去。我的心中闪过一个念头，米基通常不会找我。他通常会先找胖子盖文和霍普。但是我那天不想待在家里，所以我把心中的疑问搁一边没管，喊了一句我要去见米基就冲出门，又骑上了自行车。

游乐场没人。我再一次觉得这不正常。然而，这并没有什么不正常之处。游乐场大多时候都是空荡荡的。安德伯雷有很多家庭，有很多正学走路的小孩子，他们很喜欢荡秋千。但是大部分妈妈和爸爸都会带着孩子去另外一个稍远一些的游乐场。

听铁牙米基说，人们没理由选一个闹鬼的地方。几年前有多个女孩儿在这里遇害：

“人们是在旋转圆台上发现尸体的。死者被割喉，割得太深了，头都基本上被砍了下来。”

铁牙米基很能讲故事，你得承认这点。通常，越是血腥的，他讲得越好。但那只是故事而已。他总是编造故事，尽管有时会掺杂一丁点儿事实。

上面那个故事中的“一丁点儿事实”恐怕就只有这个游乐场了。即使是在晴天，游乐场也很暗。当然，那是因为周围树木茂密，而不是什么超自然力量作祟。但是，每当我坐在旋转圆台上时，总会有一丝颤抖或者总忍不住向后看，好像有人在盯着我的肩膀看似的，所以我通常不会自己去那里。

今天，我自己推开了游乐场嘎吱作响的门，看到铁牙米基还没来，心中很是恼火。我把自行车靠在围栏上，又感到有些不对劲。铁牙米基一般不会迟到。哪里不对劲？就在那时，我听到门又嘎吱作响，身后传来一个声音：“嘿，大便脸。”

我回头看，却不想被一个拳头迎头痛击。

我睁开眼。肖恩·库珀俯身盯着我。他的脸在背阴处，我只能看到他的轮廓，但是我很确定他正在笑，而且是不怀好意地笑。没一件好事。

“一直躲着我们跑，是吧？”

我们？我平躺在地上，尽力扭头向左右看了看，就只能看到几双脏兮兮的匡威运动鞋。我不用看脸就知道哪双是邓肯的，哪双是基斯的。

我的头一阵剧痛，心提到了嗓子眼儿。肖恩把脸凑近了些，抓起我的短袖，紧紧拽着我领口的位置。“你他妈的朝我的眼睛扔砖头是吧，大便脸？”接着，他又猛推我一把，把我的头重重地撞在柏油路上，“我怎么没听到你跟我道歉啊？”

“我很……抱……抱歉。”道歉听起来很奇怪还很模糊，当时我已经呼吸困难了。

肖恩又把我猛地拽起来，我的头离开地面。他紧紧抓着我的领口。

“抱……抱歉？”他尖声细语地说，说完看向邓肯和基斯，我现在能看清他们了，他们正靠在攀爬架上，“你们听到了吗？大便脸很抱……抱歉。”

那两人笑了。“听起来没什么诚意啊？”基斯说。

“是，听起来有些混蛋。”邓肯应和道。

肖恩又把头靠近了一些。我闻到了他嘴里的烟味。“我不觉得你是真心道歉的，大便脸。”

“我……我是真心的。”

“你不是。但这没问题，因为我们会让你付出代价。”

我的膀胱不涨了。幸亏那天很热，我一直在出汗。不然的话，我体内那多出的水分只能从裤裆里流出来了。

肖恩拽着我的短袖让我站了起来。我双脚摸索着立在柏油马路上才透了一口气。他又往后推了我一把，推到了攀爬架那里。我感到一阵眩晕，几乎站不稳了，但是他紧紧拽着我，让我只能站在那里。

我绝望地望了一眼游乐场，除了肖恩、他的朋友们，以及秋千旁边他们那锃光瓦亮的越野自行车外，周遭空无一人。你总是能认出哪辆车是肖恩的。他的车身是大红色的，侧面画着黑色骷髅头。马路对面，有一辆蓝色小车停在喜伴超市外面的小停车场里。车里没人。

就在那时，我看到了什么：公园里有人影。我看不太清，但是他看起来像……

“你听见了吗？大便脸？”

肖恩把我狠狠地撞在攀爬架的横杆上。我的头撞在铁杆上，视线变得模糊。那身影消失了；一瞬间，所有的都不见了。我感觉眼前闪过一道厚厚的灰色窗帘，双腿发软无力，眼前像是一个巨大的黑暗深渊。有人甩了我一个嘴巴子，紧接着又一个，把我扇得左右摇晃，脸上一阵刺痛。那道灰色的窗帘又嗖地一下打开了。

肖恩冲着我狂笑。我现在能看清他了。浓密的金发，眼上面留着小小的伤疤，和他弟弟一样的蓝色眼瞳。但是他的眼瞳闪烁着不同的光。我想，是杀气。他的目光里透着冰冷、愤怒、疯狂。

“很好，你现在注意力集中了。”

他朝我肚子来了一拳，把我肚子里的空气全打了出来。我疼得弯下腰，甚至连呻吟的力气都没有了。我之前从没被人这么打过，也没这么疼过，我的五脏六腑像着了火似的。

肖恩又抓住我的头发，把我的头抬了起来。我满眼泪水，鼻涕横流。

“哇哦，我伤到你了吗，大便脸？要不这么办吧：你让我们看看你有多抱……抱歉，我就不打你了。”

我努力点了下头。尽管那基本是不可能的，因为肖恩死死地拽着我的头发，我的发根都在咆哮。

“你觉得你能做到吗？”

我又强忍着发根的疼痛点了下头。

“好。跪下。”

我没什么选择的余地，他抓着我的头强迫我跪下。邓肯和基斯走过来抓着我的胳膊。

我跪在粗糙的柏油马路上，膝盖被扎破了。很疼，但是我害怕得不敢吱声。我低头盯着肖恩白色的耐克鞋看，然后听见皮带解开、拉链拉开的声音，我突然明白接下来会发生什么，恐惧、惊慌和厌恶一齐涌上我的心头。

“不。”我想反抗，但邓肯和基斯紧紧地抓着我。

“大便脸，让我看看你有多抱……抱歉。帮我舔舔。”

他把我的头拉起来，我不自觉地看向他的老二，它很大，已经涨红了。而且还有异味，有汗味，还有一些发酸的奇怪味道，根部那里还有卷卷的金色阴毛。

我咬紧牙，再一次摇头。

肖恩把他的老二抵到我的嘴唇上。那令人作恶的味道十分刺鼻。我把牙关咬得更紧了。

“舔。”

邓肯抓起我的胳膊，猛地将它扭转到我背后。我因痛大叫，肖恩趁机将老二伸进我嘴里。

“舔啊，小混球。”

我呼吸不畅，嘴被塞住了，眼泪和鼻涕顺着脸往下淌。我感觉我要吐了。突然，我听见一个人喊道：

“嘿！你们在干什么？”

抓着我头的手放松了。肖恩后退一步，从我嘴中拔出老二，赶紧塞回内裤。他们松开了我的胳膊。

“我问你们到底在干什么？”

我快速眨着眼，泪眼模糊中，我看到一个身材高瘦、面色惨白的男人站在游乐场边上。正是哈洛伦先生。

他跨过游乐场的栏杆，径直朝我们走过来。他还是平常的打扮：又大又宽松的衬衫、紧身牛仔裤和靴子。今天他戴了个灰色的帽子，有白头发从帽子后面冒了出来。他的脸色沉重，眼中暗藏怒火，看起来非常生气，很吓人，很像漫画中的复仇天使。

“什么也没干。我们什么也没干，”肖恩说，语气不像刚才那样趾高气扬，“我们刚闹着玩呢。”

“就只是闹着玩？”

“是的，先生。”

哈洛伦目光关切地看向我：“你还好吗？”

我努力爬起来，点了下头：“还好。”

“你们真的只是在闹着玩吗？”

我瞄了一眼肖恩，被他瞪了回来。我知道他是什么意思。如果敢说出来，我就死定了，今后都别想走出家门。但如果我保持沉默，可能，只是可能，这件事就到此结束了。他们就不会再折磨和惩罚我。

我再次点头："是的，先生。我们只是在闹着玩。"

他继续盯着我看。而我则看向脚上的运动鞋，感觉自己懦弱、愚蠢又弱小。

终于，他不再看我。"好吧，"他跟其他男孩说，"我没看清楚你们刚才在干什么，而这也是我没把你们送到警局的唯一理由。现在，趁我改变主意之前，赶紧离开这里。"

"好的，先生。"他们齐声咕哝道，突然变得像既温顺又听话的孩子。

我看着他们骑车离开。哈洛伦先生则一直盯着他们离开的方向。有一瞬间我觉得他已经忘了我的存在。然后他转向我："你真的没事吗？"

他的表情、眼神，甚至是声音中的微妙情感，让我再一次撒谎。我摇了摇头，强忍泪水。

"我知道你有事。"他抿了抿嘴，"我最恨恃强凌弱者，但是你知道他们的特点吗？"

我摇了摇头。我当时根本顾不上那么多，只觉得身体虚弱得发抖。我的肚子和头都很痛，而羞耻之心也笼罩着我。我当时真的很想用清洁剂洗洗嘴，然后洗个澡，好好把身上搓个干干净净。

"他们都是懦夫，"哈洛伦先生说，"这些懦夫会糟报应的。因果报应。你知道吗？"

我又摇了摇头，有些希望哈洛伦先生也离开。

"意思是，种瓜得瓜，种豆得豆。如果你做坏事，你最终会为此付出代价。那个男孩总有一天会为今天的作为付出代价的。"

他轻轻捏了一下我的肩膀。我挤出一个笑容。

"那是你的自行车？"

“是。”

“你能骑回去吗?”

我想说能，但实际上，我现在站起来都费劲。哈洛伦先生同情地朝我笑了笑。

“我的车就在那边。推上你的自行车，我来载你一程。”

我们一起穿过马路走到车旁。他的车是一辆蓝色公主轿车。停车场里没有一点儿凉荫。当他打开车门时，里面的热气喷涌而出。幸运的是，车座是纤维做的，不像爸爸车里的是塑料做的。我可不想爬进去的时候把腿烫伤。但是我的短袖仍然像保鲜膜一样贴在身上。

哈洛伦先生坐进驾驶座。

“唷，里面有些热，不是吗?”

他把车窗玻璃摇了下来。我把我这边的玻璃也摇了下来。车启动的时候，一阵小风吹了进来。

尽管如此，在这样一个空间封闭又闷热的地方，我身上的汗味仍然很大，还有土味儿、血味儿和一堆其他味儿。

妈妈看到我这个样子肯定会杀了我。我已经可以想象到她的表情了:

“埃迪，你到底干什么了?你是不是打架了?怎么搞得这么脏——看看你的脸。是谁打了你吗?”

她肯定会找出是谁干的，然后找上门去，这事肯定会被闹大。

哈洛伦先生看了我一眼:“你还好吗?”

“我妈妈,”我咕哝道,“她肯定会非常生气的。”

“但这又不是你的错。”

“这不重要。”

“如果你告诉她——”

“不，我不会的。”

“那就好。”

“她现在压力很大，因为一些事情。”

“噢。”他好像已经知道是什么事情的样子，“要不这样吧，我们先去我家，你先在我那儿洗洗？”

他在交叉口减速了，打了转向灯，但是他右转了，而我家在左边。我们又转了几个弯之后在一幢白色的小屋旁停了下来。

他笑了笑：“下车吧，埃迪。”

小屋里面很暗，也很凉爽，所有的窗帘都拉着。前门正对面就是一个小起居室。房间里没有太多家具，只有几把椅子，一台小电视放在凳子上。屋子里也有味道，闻起来像是某种草的味道，有些奇怪。咖啡桌上放着一个烟灰缸，里面扔着几个烟头。

哈洛伦先生拿起烟灰缸：“我去把这些扔了。洗手间就在楼上。”

“好的。”

我爬上了窄窄的楼梯，在最上面有个小浴室，浴室里的家具和地板都是绿色的。一块整洁的浅橘色地毯铺在浴缸和马桶旁边。洗脸池上方有一个小小的镜柜。

我关上浴室的门，走到镜子前面。镜子中的我，鼻涕干结在鼻头上，脸上还有很多黑印子。幸好妈妈看不到我这样。要不然暑期剩下的几天我就只能在卧室和后院花园里度过了。我用洗脸池旁的毛巾轻轻地擦脸，用温水洗毛巾的时候水变浊了。

我又照了下镜子。好多了。基本上和没事一样。我用一个大的粗糙毛巾擦了擦，之后出了浴室。

我应该直接下楼的。那样的话，一切都会相安无事。我就能回到家，然后忘记这次拜访。然而，我的目光看向了楼上的另外两间房门。房门都关着。我好奇门后的情况。心想就看一眼。我转开了门把手，推开了离我最近的房门。

那间房不是卧室。里面一件家具都没有，房间中间放着一个画架，放在上面的画用一块脏兮兮的布盖着。房间的其他地方，靠着墙放着很多画。有些是用粉笔画的，有些是很厚重的油画。

大部分画中似乎只有两个女孩。其中一个面色苍白，一头金发，很像哈洛伦先生。她很美，但看起来很忧伤，就好像有人告诉了她一件她很不想听的事情，但是她想坚强地听下去。

另一个女孩我一下子就认了出来，是华尔兹女孩。在第一幅画中，她穿着一件白色长裙，侧着身坐在窗边。虽然只能看到她的侧脸，但是我仍然能认出那就是她，她看起来还是很漂亮。旁边那幅画稍微有些不同。她坐在花园里，穿着一件无袖连衣裙，画中她略微面向画者坐着，如丝般顺滑的棕色头发落在肩上。还能看到她下巴的流畅线条，和一个大大的杏仁眼。

第三张画对她的脸部描绘更多，或者说是对她那半张被飞铁削去的脸描绘更多。那半张脸看起来不再那么糟糕了，尽管，这可能是因为哈洛伦先生。她似乎看起来又漂亮了，只不过是另一种美。

我看着画架上盖着的帆布，不自觉地走向它。我刚掀开一角，就听到木地板的嘎吱声。

“埃迪？你在干什么？”

我转身，这是那天我第二次被羞耻感笼罩。

有一瞬间我以为哈洛伦先生会批评我，但他笑了笑。“没事的，埃迪。是我没关门。”

我差点儿开口说他关了。但是我马上意识到，他是在给我台阶下。

“这些画画得很好。”我说。

“谢谢你。”

“那个画的是谁？”我问，指向那个金发女孩。

“我的妹妹，珍妮。”

那就难怪他们长得相像了。

“她很美。”

“是的，她很漂亮。但几年前她就得白血病去世了。”

“抱歉。”

我不知道自己为何抱歉，但是有人去世后，人们总会这么说。

“没事。看着这些画就好像她还活着一样……你认出埃莉莎了吧？”

华尔兹女孩，我点了点头。

“我经常去医院看她。”

“她还好吗？”

“不太好。但是她会好起来的。她很坚强，比她自己想象的要坚强。”

我没说话。我感觉哈洛伦先生还要说些什么。

“我希望这些画能帮她康复。像埃莉莎这样一直被大家夸漂亮的女孩，当美貌被夺取之后，那感觉就像一切都被夺走了。但是，并不是一切都被夺走了，她还有内在。我想向她展示那种美，我想让她知道生命还有其他值得守护的。”

我又看向埃莉莎的画像，似乎有些懂了。她的面貌和从前不同了。但是，哈洛伦先生发现了另一种美，一种别样的美。我也理解什么叫作守护一样东西，那就是确保它们永远不被丢掉。我差点将这个告诉他。但是当我看向哈洛伦先生时，他正凝望着那幅画，似乎已经忘了我的存在。

就在那时，我理解了另一些东西。他爱上了她。

我喜欢哈洛伦先生，但是，即使是这样，我也还是有些不适感，感觉这样做不对。哈洛伦先生是成年人，不是年龄很大的那种（后来我们发现他是三十一岁），但他到底是一个成年人，而华尔兹女孩，虽然她不是一个女学生，或是其他的什么，但她仍然比他小很多。他不能爱她。他会引来麻烦的，很多麻烦。

他突然间回过神来，发现我还在房间里。

“不管怎么样，我就是这样，杂乱无章的。这就是我为什么不教艺术的原因，什么也做不成。”他露出黄牙笑了笑，“现在回家吗？”

“好的，先生。”

并不是什么都做不成。

哈洛伦先生在我家附近停了车。

“我想，你应该不想让妈妈多问吧？”

“谢谢。”

“需要帮忙把你的自行车从后备厢搬出来吗？”

“没事，我自己来就行。谢谢您了。”

“没关系，埃迪。还有一件事。”

“我想和你做个约定。我不会和任何人提起今天的事情，如果你也能不跟别人说那些画，那有些私密。”

“是，先生，”我的意思是，“成交。”

“再见，埃迪。”

“再见，先生。”

我从车上拿下自行车，推着走过那条街，走到了我家车道上。我把车停在前门。在门外的台阶上放着一个包裹。上面贴着一个标签：亚当斯夫人收。我纳闷为什么投递员没有敲门，也可能他敲了但是爸爸妈妈没听到。

我把包裹拿了进去。

“嗨，埃迪。”爸爸在厨房喊了一声。

我快速在过道的镜子前检查了一下自己，额头上还是有些淤青，短袖上也还有污渍，但是这样应该可以蒙混过关。深吸了一口气之后，我走进厨房。

爸爸坐在桌前，喝着一大杯柠檬汁。他看向我，皱了皱眉。

“你的头怎么了？”

“我，呃，从攀爬架上摔下来了。”

“你还好吗？你不觉得不舒服吧？晕吗？”

“没事，我很好。”

我把包裹放在桌上："这个是我在台阶上看到的。"

"噢，好的。我没听见门铃。"他站起来，朝着楼上喊道，"玛丽安……你的包裹。"

妈妈回话："好的，马上来。"

"要来些柠檬汁吗，埃迪？"爸爸问。

我点头："谢谢。"

他去冰箱那里又拿了一瓶出来。我打了个喷嚏。房间中有股奇怪的味道。

妈妈走进厨房。她把眼睛架在头顶上，看起来有些疲惫。

"嗨，埃迪。"她看了一眼包裹，"这是什么？"

"我哪儿知道？"爸爸说。

她抽了抽鼻子："你闻到什么味儿了吗？"

爸爸摇了摇头，但又感觉出了不对劲。"好吧，好像有些。"

妈妈又看了一下包裹。然后她用稍微有些紧张的声音问道："杰夫，你能给我拿把剪刀吗？"

爸爸从抽屉里给她拿了一把。她划开包裹上的棕色胶带，打开包裹。

妈妈没有太被吓到，但她还是往后退了一步。"天哪！"

爸爸探过身去。"天！"

爸爸迅速将盒子扔掉了。那之前我看了一眼，盒子里面粉红色的东西小小的，黏糊糊的东西覆盖着它，上面还有血（后来，我知道了那是一个刚生下来的猪宝宝）。小猪身上插着一把细长的刀，上面还有一个字条，只有四个字：

婴儿杀手。

2016

原则是好东西，前提是你能坚守得起。我自认为是一个有原则的人，但是，大部分人都这么自以为。事实上，我们都有价位，都有一个按钮，只要按下那个按钮，我们也会做一些不怎么光彩的事情。原则不能用来还贷，或者还清我们的债务。实际上，原则在我们的日常生活中相当没用。一个有原则的人通常拥有他想要的一切，或者他完全没有什么可以失去的。

我久久不能入睡，不光是因为过量饮酒和晚上的意大利面让我消化不良。

“我知道杀她的到底是谁。”

这句话真的很吊人胃口。米基知道这句话的效果。当然了，他不会说明白的。

“我现在还不能告诉你。我得先弄清楚几件事。”狗屁，我在心里想。但是我点了头，因震惊而呆住了。

“你可以明天再给我答复。”米基离开的时候这么说。他自己没开车，也不让我帮他打辆的士。他当时住在郊外的一家旅游宾馆。

“走走挺好的。”他说。

我当时不这么觉得，他当时已经走路不稳了。但我没反对。毕竟，当时还不是很晚，而他是个成年人。

他走后，我把碗筷收到洗碗机里，手里拿着一大瓶波本威士忌酒回到卧室，心里还想着他的提议。我可能睡着了一会儿，好多会儿。餐后小睡——中年人的魔咒。

我在头顶上木质地板的嘎吱声中慢慢醒来，老旧的楼梯上传来脚步声。

克洛伊从房门那里探进头来："嘿。"

"哈喽。"

她已经换上了睡衣，一件宽松短袖、一条男性宽松裤子和一双邋遢的袜子。她披散着黑发，看起来既性感又脆弱，同时还乱糟糟的。我又喝起了波本威士忌酒。

"怎么样？"她问。

我想了想："挺有意思的。"

她走进来，坐在沙发扶手上："说说看。"

我喝了一口酒，说："米基想写一本书，可能会写成一个剧本，内容就是之前发生的事情。他想让我加入他。"

"事情变得复杂了。"

"不是吗？"

"然后呢？"

"然后什么？"

"好吧，我猜你答应他了吧？"

"我现在什么也没跟他说。我不确定自己是否真的想做这件事。"

"为什么？"

"因为有太多事情需要考虑：其一，把过去的事情重新挖出来，安德伯雷的人会怎么想；另外，还有盖文·霍普，以及我们的家人会怎么想？"

还有妮基，我想，他跟妮基讲过了吗？

克洛伊皱了皱眉："好吧，我明白了。但是你想过自己吗？"

"我？"

她叹了口气，像看一个走路太慢的学步儿童一样看着我。"这说不定是个大好机会，而且钱不扎手。"

"这不是重点。再说了，这些都是设想。像这样的项目总是会半路夭折。"

"不错，但是有时，你还是应该把握机会啊。"

“你会吗？”

“我会。除非你就想平凡度过一生。这样的话，最后只能是个坐在那里等死的人，而没有真正活过。”

我扶了扶眼镜：“多谢你。一个连自己的生活都掌控不好的人，居然还给我提建议。你真的是在超越自己啊。”

她站起身，怒气冲冲地走到门口。“你喝醉了，我还是回去睡觉好了。”

我后悔万分，我是个蠢货。一个成绩优秀、荣誉满满、学历颇高的蠢货。

“抱歉。”

“算了吧。”她苦笑，“但是，你到了早上可能都不记得了。”

“克洛伊——”

“睡一觉就没事了，埃德。”

睡一觉就没事了。我辗转反侧。那真是个好建议，如果我能睡着的话。

我试着把头放在枕头上，但是没用。我的胃疼得厉害。我想之前可能在哪里放了些解酸药，或许在厨房。

虽然非常不情愿，我还是下了床，拖着步子走下楼去。厨房的灯很刺眼，擦亮了我酸痛的双眼。我眯着眼在一个杂物抽屉中翻找。透明胶带、宝贴万用胶、钢笔、剪刀、不知是哪里的钥匙、螺丝刀和一副旧扑克牌。终于，我找到了解酸药，它就藏在抽屉后面，和一个指甲锉和旧开瓶器躺在一块儿。

我拿出来之后，发现里面只剩一片药。这就够了。我把药放进嘴里，咬碎咽了下去。它的味道本应该是水果味，但吃起来像是粉笔。我走回门厅，就在那时我注意到了哪里不对。好吧，实际上有两件：起居室的灯居然还亮着，不知道从哪里传来一股怪味。有些甜，但也有些让人恶心。熟悉的腐臭味。

我向前走了一步，踩到了沙砾一样的东西。我低头看，门厅的地板上有黑土沙砾。是脚印，看起来像是人在门厅来回搓脚，想把鞋上的泥土搓下来，这是去了漆黑、寒冷、满是甲虫和蠕虫的地方。

我咽了口口水。不。不，不可能。这只是我的心理错觉。是我的心理想起了那场旧噩梦。那年我十二岁，想象力丰富。

清醒梦。别人都是这么叫它的，一个感觉非常真实的梦境。在这种梦里，你甚至会做出现实感很强的举动，如和别人说话、做饭、洗澡……或是其他的什么。

这不是真的（尽管我脚上的泥土和嘴里粉笔一样的药片都真实无比）。我要做的就是醒过来。醒过来。醒过来！不幸的是，觉醒，就像我之前想寻求的沉睡状态一样，很难实现。

我向前走，一只手放在了门把手上。我当然会这么做。这是一个梦境，在梦（噩梦）里你总会沿着一条别无选择的路走。这条小路弯曲狭窄，穿过黑压压的森林，直通森林深处，一直到我们心灵深处的姜饼小屋。

我推开门。屋里也很冷，但是异常的冷。不是夜里房间里的那种小凉风导致的冷，而是一种刺骨的冷，像一块冰塞进嘴里那样。吓人的冷。那怪味也更强烈了，太过强烈使我难以呼吸。我想走出房间，我想逃跑，想尖叫。然而，我只是打开了灯。

他坐在单人沙发上。头上的金白色头发像黏糊糊的蜘蛛网似的，有些地方的头骨和脑浆露了出来。他的脸只剩下骨头，还挂着几片腐烂的肌肤。

像往常一样，他穿着一件宽松的黑色衬衫、一条紧身牛仔裤，还有一双厚重的黑色靴子。他的衣服已经破烂不堪，靴子也被磨损，上面都是土。他破旧的帽子放在沙发扶手上。

我本应意识到，我童年时期的鬼怪已经消失。我现在已经长大，是时候面对粉笔人了。

哈洛伦先生转身看着我。他的眼睛已经没了，但是那两个窟窿中有什么东西，一些关于理解或认识的假象……但是我不想盯着它们看，害怕我的所有心事再次被和盘托出。

“哈喽，埃德。好久不见。”

克洛伊已经起床了，我下楼的时候她正在厨房喝咖啡，还津津有味地吃着吐司。刚刚过八点，我感觉自己昨晚像一宿没睡似的。

她正在调频，没有调到 4 台，而是调到了一个别的什么台，广播中像是一个男人因愤怒而大喊，他还试图用吉他砸自己的头，企图自杀。

无须多说，这些声音并不能减轻我脑海中的嗡嗡声。

她转身，对我简短评价一句：“你看起来像屎一样。”

“我感觉到了。”

“很好。你活该这样。”

“谢谢你的同情。”

“你自作自受，不值得人同情。”

“还是要说声谢谢……如果可能的话，你能不能把那个愤怒男人的声音关小点儿。”

“这是摇滚，爷爷。”

“我说的就是这个。”

她虽然摇了摇头，但还是把声音下调了一个音量。

我走到咖啡机那里倒了一杯黑咖啡。

“我昨天离开后，你熬到几点才睡？”克洛伊问。

我坐在桌前：“没多久，我当时醉得很厉害。”

“说真的。”

“我很抱歉。”

她挥了挥白皙的手：“算了。我不该管你的事。说真的，那真的一点儿也不关我的事。”

“是的，不，我的意思是，你是对的，你说的是对的。但是有些时候，事情并不是那么黑白分明。”

“好吧。”她抿了一口咖啡，又说，“你确定昨晚没有熬夜太晚吗？”

“确定。”

“你也没有睡着之后又起床？”

“我的确下来拿了些解酸药。”

“就这些？”

我的脑海中闪过一个梦的片段：“你好，埃德。好久不见。”

她用怪异的目光看着我：“给你看样东西。”

她站起身，走出厨房。很不情愿地，我也从座位上站了起来，跟着她走了过去。

她在起居室门前停了下来，说：“我只是想知道，在你和朋友会谈之后，是否有什么困扰着你？”

“直接让我看吧，克洛伊。”

“好的。”

她推开门。

里面放着几件我用来更换旧火炉的新家具。一件是燃木火炉，一件是石板炉心。

我盯着石板炉心看。它上面画满了画，白色的粉笔在灰色的石板上十分显眼，那上面画的是白色粉笔人。

1986

有个警察来到我家。我们家之前从没来过警察。直到那个暑假之前，我都不认为我会如此近距离地与警察接触。

这名警察高高的瘦瘦的。他有一头浓密黑发，脸型有些方，看起来像一个巨型乐高玩具，除了他不是黄色的这一点。他就是托马斯警官。

他看了一眼盒子里面，用垃圾桶把盒子装了起来，然后带上他的警车。然后他又返回来，有些尴尬地站在厨房里问爸妈问题，并记录在小线圈本上。

“你的儿子在外面发现这个包裹的？”

“没错，”妈妈说完看向我，“是吗，埃迪？”

我点头：“是的，先生。”

“什么时候捡到的？”

“下午四点零四分，”妈妈说，“我下楼的时候看了下时间。”

警察又记了些笔记。

“你没看见有谁离开你家或者在你家附近的街道徘徊吗？”

我摇头：“没有，先生。”

“好的。”

他又做了些笔记。我的爸爸坐立不安。

“这些都毫无意义，”他说，“我们都知道这个包裹是谁送的。”

托马斯警官用怪异的目光看向父亲。我觉得那种目光不怎么友好。“我们知道吗，先生？”

“是的。是马丁牧师那帮人。他们绞尽脑汁地恐吓我的妻子和我们整个家庭，是时候有人站出来解决这件事了。”

“你有证据吗？”

“没有，但这很明显，不是吗？”

“或许我们现在应该抛开你那些没有事实依据的指控。”

“没有事实依据？”爸爸有些生气。他不经常生气，但是，当他生气的时候——比如派对那天——他的火气会相当大。

“先生，没有法律禁止和平抗议。”

这句话令我明白，警察没有和爸爸妈妈站在一边。他和抗议者站在一边。

“你说得对，”妈妈平静地说，“和平抗议不犯法。但是恐吓、骚扰和威胁肯定是犯法的。我希望你能严肃对待这件事。”

托马斯警官“啪”地合上笔记本。“当然，如果我们能找到罪魁祸首，你放心，他们会得到应有的惩罚。”

他站起身来，椅子在地板砖上嘎吱作响。“现在，请容许我离开。”

他走出厨房，狠狠摔上前门。

我转身看向妈妈：“他不想帮忙吗？”

妈妈叹了口气：“不是的，他当然会帮忙。”

爸爸哼了一声。“如果她的女儿不是抗议者之一的话，他可能还想帮我们。”

“杰夫，”妈妈说，“别想了。”

“好。”他站起身，有那么一瞬间他看起来都不像爸爸了，表情凝重，满是愤怒。“但是如果警察置之不理的话，我会自己处理的。”

开学前，我们所有人最后聚了一次。我们约在胖子盖文的家里碰面，一般都是这样的。他的卧室最大，家里的花园也最棒，还有秋千和树屋，而且他的妈妈总会给我们很多饮料和薯片。

我们懒洋洋地躺在草坪上，聊天，吐槽彼此。尽管我和哈洛伦先生约定好了，但我还是稍微跟他们透露了我碰见过米基的哥哥。我必须这样做，因为如果他知道粉笔人的话，那就意味着我们的秘密游戏不再有效。当然，在我的版本中，我英勇地反击并离开了现场。我有些担心肖恩可能已经告诉米基了，他很喜欢与我对着干，但是似乎哈洛伦先生的震慑力度非常之大，肖恩对这件事只字未提。

“你哥哥知道粉笔人吗?”胖子盖文说道，非常不满地看向铁牙米基，“你真是个大嘴巴。”

“我没跟他说过，”铁牙米基抱怨道，“他肯定是自己弄明白的。我是说，我们画了那么多。他可能看到我们画了。”

他说谎，但是我不怎么在意肖恩是怎么发现的。事实是，他已经发现了，这改变了一切。

“我觉得我们应该经常想一些新的符号出来，”霍普说，但是从他的语气来看，他没多大兴致。

我知道他的感觉。现在有外人知道了——尤其那人还是肖恩——这件事整个就被破坏了。

“这个游戏本来就非常蠢。”妮基说，说完甩了下头发。

有时候她是这样，喜怒无常，好与人争辩。

“不，不是的，”胖子盖文说，“但是我想如果肖恩知道了，我们再玩下去就没什么意义了。再说，明天就开学了。”

“对。”

大家都叹了一口气。那天下午大家都有些闷闷不乐。即使是胖子盖文那天下午也没有蹩脚地模仿别人的口音。天气也和我们的心情一般，蓝天变得灰蒙蒙的，白云变幻无穷，好像它们正失去耐心，准备大下一场。

“我该走了，”霍普说，“妈妈想让我砍些柴火。”

像我家一样，霍普和他的妈妈住的老排屋里用的火炉也很不好用。

“我也得走了，”米基说，“我们今晚要去祖母家吃饭。”

“你们有些让我失望了，唉。”胖子盖文说，但并不完全是发自内心的。

“我也该走了。”我说道。妈妈给我买了些在学校穿的衣服，她想让我晚饭前先试试，以防需要调换什么的。

我们站起身，等了一会儿之后，妮基也站了起来。

胖子盖文十分夸张地躺在草地上。“走吧，你们都走吧。让我死了算了。”

回想一下，这好像是我们最后一次那样聚在一起。心情愉悦，还是朋友，还是个小团体，那之后所有的一切都开始分裂了。

霍普和铁牙米基朝着同个方向一起走了。我和妮基则朝着另一个方向走。教区牧师的住宅离我家不远，所以我有时会和妮基一起回家，但不经常。通常情况下，妮基总是第一个离开，应该是因为她的爸爸。他对时间要求很严。我想，她的爸爸并不想让妮基和我们一起玩。但我们也没多想。在我们眼里，他是一名牧师，这说明了一切。牧师几乎不赞同任何一件事，不是吗？

“所以，呃，你已经收拾好开学要用的东西了吧？”我们过红绿灯走向公园后面时，我如此问道。

她给了我一个成人般的表情：“我知道了。”

“知道什么？”

“那个包裹。”

“噢。”

我没跟别人讲过包裹的事情。那件事太复杂太混乱了，这让我感觉对妈妈和爸爸有些不忠。

不过就我所知，那件事没什么后续。警察没有再来，我也没听说有人被逮捕。妈妈的诊所也开了，但抗议者还是在诊所外游行抗议，像秃鹫似的。“警察来和爸爸谈过了。”

“噢。”

“是的。”

“我很抱歉。”我说道。

“你抱歉什么？是我爸爸犯浑。”

“是吗？”

“就因为他是牧师，大家屁都不敢说——甚至是警察也不敢说他的不是。这真可悲……”她突然停了下来，低头看向手指，其中有四个手指贴着创可贴。

“你的手怎么了？”

过了很长时间她才回答。就当我以为她不会回答的时候，她问道：“你爱你的爸妈吗？”

我皱起眉头，没想到她会说这个。“当然爱了，我想是的。”

“好吧，我恨我爸爸。真的，真的很恨他。”

“你不是真心的吧？”

“不，我是真心的。你爸爸打他的时候我很开心。我希望你爸爸能打得更狠些。”她看向我，盯着我的目光使我感到一丝冷酷，“我希望你爸爸当时杀了他。”

然后，她把头发拂到肩膀后面，扬长而去。她走得非常快，而且十分决绝，让我坚信她不想让我跟上去。

我等她的红色头发消失在拐角之后才开始继续挪动步子。今天的沉重感开始压在我的肩头，我只想快点儿回家。

当我走进家门时，爸爸正在泡茶，有我最喜欢的炸鱼和薯条。

“我能看会儿电视吗？”我问。

“不行。”他抓住我的胳膊，“妈妈正和别人在里面，去洗洗手然后过来吃饭。”

“她跟谁在一起？”

“快去洗手吧。”

我走进门厅，发现起居室的门开着一条缝。妈妈正和一个金发女孩坐在沙发上。那女孩正在哭，妈妈抱着她。女孩看起来有些熟悉，但是我看不太清楚。

直到上完洗手间，洗干净手之后，我才突然想起来，她就是华尔兹女孩的金发朋友，就是那个在诊所外抗议的女孩。我好奇她来我家做什么，为什么她在哭。或许，她是来跟妈妈道歉的。或者，她有麻烦了。

结果是后者，但是并不是我以为的那种麻烦。

他们在周日清晨发现了尸体，当时已经开学三个星期了。

尽管我们不承认，但是这让我们暑期结束开学后的生活不再那么糟糕。六周的假期很棒，但是玩乐，找事情做，有时挺累人的。

而且这个假期有些奇怪。我在一定程度上很想把它抛在身后，过几天正常的生活。同样的生活节奏，同样的课，同样的脸。当然，哈洛伦先生除外。

他不是我的老师，这让人有些遗憾，但也让我松了口气。我对他的了解有些过多。老师们应该和蔼可亲，但是也应该和我们保持一定的距离。哈洛伦先生和我现在有了一个共同的秘密，尽管从一方面来说这很酷，但是这也让我见到他时有些尴尬，好像我们看见过彼此的裸体，或者其他的什么。

我们在学校见过他，这是肯定的。我们看到他在学校吃饭，有时他会值班，还有一次他给我们代课，因为我们的英文老师威尔金森女士因病请假了。他是个好老师，上课生动有趣，而且有很多办法让课堂活跃起来。以至于你很快就会忘记他长什么样子，但这也没能阻止孩子们给他起外号：粉笔先生或粉笔人。

这个周末本没有什么特别的事情。我对此没什么意见。无聊的状态挺好的，就像平常一样。爸爸妈妈现在看起来也放松了一些。门铃想的时候，我正在楼上的卧室读书。我立即感觉发生了什么事，还是坏事，有时候人就是有这样的能力。

“埃迪？”妈妈在楼下喊我，“米基和戴维来了。”

“我下来了。”

虽然有些不情愿，我还是下了楼，走到前门那里。妈妈进了厨房。

铁牙米基和霍普跨着自行车，站在我家门前。米基的脸激动地泛红，兴奋之情溢于言表。“有个小孩掉进了河里。”

“嗯，”霍普说，“河边有辆救护车，警察在那儿拉了警戒线，还有其他乱七八糟的东西。想去看一眼吗？”

我想说，当时，我觉得他们迫切去看一个死去的可怜孩子是一件以他人痛苦为乐的错事。但是我当时十二岁，当然也想看。

“好的。”

“那就走吧。”米基不耐烦地说。

“我得先去推自行车。”

“快点儿，”霍普说，“不然就什么都看不到了。”

“去看什么？”妈妈从厨房探出头来问。

“没什么，妈妈。”我说。

“既然没什么，你这也太着急了吧。”

“就是游乐场上的一些新设施。”米基撒谎说。他总是很会撒谎。

“好吧，不要去太久，回来吃午饭。”

“好的。”

我推上自行车，和他们一起沿着街骑了下去。

“胖子盖文去哪儿了？”我问米基，他总是会第一个叫胖子盖文。

“他妈妈说让他去商店买东西了，”他说，“他的损失。”

河岸边围了一小圈警戒线，还有一个警察阻止围观人群太靠前。不少成年人一小撮一小撮地站着，看起来很心急。我们把自行车停在一小群围观者旁边。

实际上，现场有些让人失望。除了警戒线，警察还搭了一个绿色的大帐篷似的东西。真的什么也看不到。

“你们觉得尸体会在那个帐篷那里吗？”米基问。

霍普耸了耸肩，说：“可能吧。”

“我敢说他已经泡肿了，浑身绿绿的，眼球被鱼吃了。”

“恶心。”霍普假装恶心地吐了一下。

我努力不去想米基描述的画面，但是它久久挥散不去。

“这是什么垃圾？”他叹气，“我们来得太晚了。”

“等一下，”我说，“他们在往外搬东西。”

那里有些动静。警察们小心翼翼地从绿幕后抬出了什么。不是尸体，而是一辆自行车。或者说，是一辆自行车的残骸，这辆车已经扭曲变形，上面挂满了水草。但是我们看到车的那一刻就明白了。我们都知道那是谁的车。

那是一台越野赛车。车身是大红色，上面画着一个黑色骷髅头。

每个周六和周日早上，人们都能看到肖恩和他的越野自行车——如果你起得够早——在镇上东奔西跑地送报纸。然而，这个周日清晨，当肖恩出门骑车时，却发现自行车不见了。有人偷了他的车。

去年出现过许多偷车贼。有些大学生偷了车，然后将车丢进河里，纯粹为了好玩，为了恶搞。

可能这也是为什么肖恩会想到首先去河边查看。他很爱那辆赛车，比什么都要爱。所以，当他看到被几个断裂的树枝卡住的车，只留车把手露出水面时，他已经决定要下水捞车了。尽管谁都知道河中水流湍急，而肖恩·库珀又十分不会游泳。

他差点儿成功捞起车。就在他快把自行车从树枝中间拉出来时，他突然失重，向后摔了下去。水一下就漫过了他的胸口。他的夹克和牛仔裤拖累着他，使他往下沉，水流湍急，好像有无数的手在往水下拽他。当时天气还很冷，真他妈的冷。

他抓住树枝，大喊救命，但是当时天色尚早，连一个遛狗的都没有。肖恩·库珀可能就是在那时开始惊慌的。水流抱住他的双腿，慢慢将他拖走，拖向下游。

他努力蹬腿，想游回岸边，但是离岸更远了。而他的头一直在下沉，慢慢地，他吸入的不是空气，而是腐臭的脏水。

实际上，我并不知道这些。有些是我后来知道的，有些是我想象的。妈妈总说我的想象力很丰富。正因如此，我英文课的成绩总是很好，但也让我做了几次特别可怕的噩梦。

我本以为当晚会睡不着，尽管妈妈在我上床前让我喝了杯热奶，我还是一直在想着肖恩·库珀，想象着他被绿色的水草缠住，被水泡得肿胀泛绿。还有一些其他东西在我脑海挥之不去，那就是哈洛伦先生曾说过的：因果报应，善恶有报。

“种瓜得瓜，种豆得豆。如果你做坏事，最终会为此付出代价。那个男孩终有一天会糟报应的。这点你不用担心。”

但是我不确信。可能肖恩·库珀的确做了坏事，但是有那么坏吗？那米基呢？他又做过什么？

米基发现那是哥哥的自行车之后，脸色大变的样子哈洛伦先生没看到。米基听到噩耗之后的号啕大哭他也没听到。我再也不想听到那种哭声。

我和霍普两人合力才拉住了跑向帐篷的米基。最后，因为他反应激烈，有个警察过来看我们什么情况。当我们向警察解释米基是谁时，他用一只胳膊抱住米基，半走半抱地把他带上了警车，没过多会儿他们就开车走了。我松了一口气。看到肖恩的自行车很糟，但看到米基那样歇斯底地叫喊，更糟。

“你还好吗？”

爸爸拉起我的被子，坐在床边。他的身影宽厚，让人安心。

“爸爸，我们死后会发生什么？”

“哇。好吧，埃迪，这个问题很难回答。我想没人真的知道，没人能确切知道。”

“所以我们不去天堂或地狱吗？”

“有些人认为我们会去，但是很多人不相信天堂或地狱存在。”

“所以，我们做没做过坏事就不重要了，是吗？”

“是的，埃迪。我觉得你在生前如何为人处事对死后没有丝毫影响。但确实会极大地影响你此前的生活，影响身边的人。这就是你为什么要好好对待他们的原因。”

我想了想，点头。我的意思是，我觉得如果你一生都在做好事死后却不能去天堂多少有些糟糕。但是另一个版本的答案，也让我很开心。尽管我很恨肖恩·库珀，但我也不想他永远待在地狱里忍受煎熬。

“埃迪，”爸爸说，“肖恩·库珀的遭遇令人心痛，那是悲剧。但是这就是全部了。这件事是意外，就是发生了一件什么事，并且毫无缘由。这就是生活。这就是死亡。”

“我想也是。”

“所以，你准备好睡觉了吗？”

“嗯。”

“好的，埃迪。那我关灯了。”

爸爸弯下腰吻了一下我的额头。如今，他不经常这么做了。今晚，又感受到他那让人发痒又臭臭的胡子，我很开心。然后，他关了卧室主灯，房间里黑了下来。我早在几年前就不用夜灯了，但是今晚我有些希望它还在。

我枕在枕头上，想让自己舒服点儿。远处传来一只猫头鹰的叫声，一条狗也号叫着。我试着想些开心的事情，比如骑自行车、吃冰淇淋或是吃豆人游戏，而不是淹死的男孩。我的脑袋在枕头上枕得更踏实了。头脑中的思绪慢慢模糊，不一会儿我就什么都不想了。睡意慢慢笼罩了我，将我拉进黑暗之中。

但什么东西又把我弄醒了，突然而迅速地把我弄醒了。“嗒嗒嗒”的声音，像是雨滴，又或是冰雹砸地的声音。我皱了皱眉，然后翻身。但那声音又来了，是石头打在玻璃上的声音。我跳下床，走过光光的木地板，拉开窗帘。

我肯定睡着了一会儿，因为外面相当黑了。银色的月亮像剪纸一样挂在深灰色的天空中。

光线仅够我看到肖恩·库珀。

他站在草坪上，离露台很近，身上穿着牛仔裤和蓝色棒球衫，又破又脏。他没有变绿或肿胀，眼睛也没有被鱼吃掉，但是他面色惨白，死气沉沉。

这是梦。这必须是梦。*醒过来*，我想。*醒过来，醒过来*，**醒过来！**

“*嘿，大便脸。*”

他笑道。我胃里一阵恶心。很糟糕，但我很确定这不是梦。这是噩梦。

“走开。”我压低声音喊道，同时握紧双拳，指甲扎进了掌心里。

“*我要给你提个醒。*”

“我不稀罕，”我怒吼道，“走开。”

我想以蔑视的口吻说，但是恐惧捏紧了我的嗓子，于是我的声音更像尖叫。

“*听好了，大便脸。如果你不下来的话，我就只能上去找你了。*”

花园里有个死人肖恩·库珀本身就已经很不好了，要是他上来我卧室更糟糕。而且，这只是一个梦，对吗？梦醒之前，我只需忍受。

“好的。等……等我一下。”

我从床底下拿出运动鞋，双手颤抖着把鞋穿上，蹑手蹑脚地走到门口，握住门把手，把门打开。我没开灯，所以只能摸索着下楼，像个螃蟹似的侧着身子一步一步走。

终于，我下来了。我穿过门厅，走进厨房。后门开着，我走了出去。晚风透过薄薄的棉质睡衣打在肌肤上，一阵小风吹起了我的头发。我闻到一股潮湿、酸臭、腐烂的味道。

“别他妈像狗一样在那儿闻了，大便脸。”

我吓了一跳，赶紧转身。肖恩·库珀就站在我面前。他的样子比我从卧室看时还要更糟，他的皮肤有几分怪异的蓝色，还能看到皮肤下的小血管。他的眼睛变成了黄色，看起来有些沮丧。

我想，世界上是否存在一种境界，如果达到了那种境界，你从此就无所畏惧。如果有的话，我觉得我已经达到了。

“你在这里干吗？”

“告诉你了，要给你提个醒。”

“是什么？”

“小心粉笔人。”

“我听不懂你什么意思。”

“你觉得我懂吗？”他向我走了一步，“你以为我想在这儿？你以为我想死吗？你觉得我想像这样臭烘烘的吗？”

他指着我，胳膊奇怪地挂在肩关节那里。实际上，我后来发现，他的胳膊没有挂在肩关节上，而是被拽断了，露出的白骨在雾蒙蒙的月光下发出白光。

“我来这里就是因为你。”

“我？”

“这是你的错，大便脸。这一切都是由你开始的。”

我往门那里退了一步。

“抱歉……我真心跟你道歉。”

“真心的？”他厉声说道，“那好，那你就让我看看你到底有多抱……抱歉？”

他抓起我的胳膊。温暖的尿液沿着我的腿流了下去。

“给我舔。”

“不！”

我猛地甩开他，正在这时，从楼梯窗户照过来的光铺满了整个车道。

“埃迪，你起来了？你在干什么？”

肖恩·库珀在那儿站了一会儿，在灯光下看起来像个糟糕的圣诞节装饰，灯的光线能穿透他。然后，就像所有的怪物在黑暗中消失的那样，他慢慢地碎裂，变成一小团白色灰尘，漂浮在地面上，最终，消失。

我看向地面。在他之前站着的地方有什么东西。一幅画。鲜亮的白色与黑色的车道形成鲜明对比。是一个半淹在水中的简笔画，他伸出一只胳膊像是在挥手。不，我想，*是快被淹死了，不是在挥手*。这不是简笔画，*而是粉笔人*。

我浑身打了个寒战。

“*埃迪？*”

我急忙往后瞥了一眼，然后尽可能轻地把门关上。

“没事，妈妈。我就是想喝杯水。”

“后门有人说话吗？”

“没有，妈妈。”

“好吧，喝点儿水然后去睡觉。明天要上学。”

“好的，妈妈。”

“好孩子。”

我锁上门，因为手抖得太厉害，费了好大劲儿才用钥匙把门锁上。之后，我拖着步子上了楼，脱下我湿淋淋的睡裤，然后塞进洗衣篮。我新换了一条后才上床。但是我没睡觉，没睡多久。我躺在那里，等着听石头砸在窗户上，或者，也可能是湿漉漉的双脚缓缓走上楼的声音。

在某一时刻，就在树上的小鸟开始叽叽喳喳地叫时，我肯定是在这时慢慢睡着的。没睡多久。我醒得很早，比爸妈醒得还早。我醒来之后马上查看楼下。我猛地把后门打开，希望昨晚的一切只是梦。死者肖恩·库珀没有来，也没有……

粉笔人还在那里。

嘿。大便脸。想来泡一下吗？来吧——这水凉得死人。

我本可以置之不理。可能我应该这么做。然而，我从洗碗池里拿了一个妈妈正要洗的碗，装满水。然后我把它浇在那个粉笔人上。粉笔人又一次被浸在冷水之中，上面还有些残留的肥皂泡。

我试着告诉自己，肯定是我们之中的谁画的。可能是胖子盖文，也可能是霍普。这是恶作剧。直到去学校的路上，我突然想起一件事，我们都有自己专属的粉笔颜色。胖子盖文是红色，铁牙米基是蓝色，霍普是绿色，妮基黄色，而我的是橘色。我们中没有人用白色。

2016

妈妈正好在午饭前打来电话，她通常总是在我“最方便”的时候打来电话，今天也不例外。其实我本可以转到语音信箱，但妈妈讨厌语音信箱，这么做只会让她生气，下次跟她通话时又免不了被说一通。所以，虽然不情愿，我还是按了接听键。

“喂。”

“喂，埃德。”

我尴尬地从教室退到走廊上去。

“有什么事吗？”我问。

“当然了。要不然怎么给你打电话呢？”

妈妈打电话从不会单纯地嘘寒问暖。如果她打了，总是有原因的。

“不清楚。你没事吧？格里怎么样？”

“我很好。我们刚喝了祛毒果汁，现在活力满满。”

几年前，妈妈从不会说什么“活力满满”，也不会想到喝什么生果汁。爸爸还在时，她不这么生活，这得怪格里。

“不错。妈妈，我现在正在忙，所以——”

“你不会在上班吧，埃德？”

“嗯——”

“现在应该是假期啊。”

“我知道，但现在，这说起来有些自相矛盾。”

“别太辛苦了，埃德。”她叹了口气，“生活中不止有工作。”

而这种话，妈妈在几年前是不会说的。曾经，工作就是她的生活。但是自从爸爸生病之后，照顾他成了她生活的全部。

我理解她现在所做的一切——包括格里——都是想要弥补那些年的遗憾。我不怪她，我怪自己。

如果我结婚了，有妻有子女，或许她就能够有别的事情来填补生活了，而不是什么该死的祛毒生果汁。也许，除了工作，我也有其他的事情能用来打发时间。

但是，妈妈并不想听这些。

“我知道，”我对她说，“你说得对。”

“很好。你应该去试一下普拉提，对身体很好。”

“我考虑考虑。”

我才不会考虑。

“不管怎样吧，如果你忙的话，我就不和你多聊了，就是想问下你能不能帮我个小忙？”

“我和格里想开野营车去玩一个星期。”

“很棒。”

“但是，以前帮我们看猫的人这次没法帮忙。”

“哦，不是吧。”

“埃德！你应该喜爱动物才对。”

“喜爱啊，但是猫咪正好恨我。”

“胡说。她只是只猫，不会恨任何人。”

“她不是一只猫，而是一个毛茸茸的反社会者。”

“你就说能不能照看她几天？”

我叹气：“能，当然能。”

“很好，我明天把她送过去。”

噢，好吧。

我挂了电话，走回教室。一个瘦得跟竿儿似的男孩背靠椅子坐着，他一头黑发，脸前的刘海十分油腻，穿着马腾斯博士靴的脚翘到了桌子上，手里正刷着手机，嘴里嚼着口香糖。

丹尼·迈尔斯是我英文课上的学生。他是个聪明的孩子，所有人都这么跟我说：非常有趣的是，学校校长和丹尼的父母正好是朋友。他们也是几位学校董事会成员的朋友。我虽然不怀疑他们说的话，但是从丹尼的表现中，我没看出他有丁点儿的聪明。

当然，他的父母也不想听到这些。他们相信丹尼需要特殊关注，认为他不适合国家“一刀切”的教育体系。他太聪明，太容易分心，太敏感……

所以，丹尼现在正在接受所谓的“外界帮助”。就是说，他要在学校放假期间接受额外辅导，而我要做的就是激励他，强迫他，劝诱他考个父母满意的好分数。

如果孩子有能力的话，这种外界帮助有时会有成效，但这种方法用在课堂上没什么效果。有时候，这不光浪费我的时间，也浪费学生的时间。我不觉得自己是个失败主义者，而是个现实主义者。我可不是契普斯先生。说到教书，我还是想教那些自己有心学习的学生，那些对学习感兴趣且积极参与课堂活动的学生。或者，那些至少想要试一试的学生。一番努力之后得个“差”，也比不光彩的“不及格”要好。

“手机和脚，都收起来。”我边说边坐在桌前。

他把脚放了下去，但还是接着玩手机。我快速戴上眼镜，找到我们刚才正在讨论的课文。

“等你玩完手机了，或许《苍蝇王》能再次吸引你的注意。”

更多的按键声。

“丹尼，我可不想跟你父母建议禁止你使用所有社交媒介，好让你考个好分数……”

丹尼盯着我看了一会儿，我礼貌地回看。他本想争辩，想回嘴，但还是关了手机，并把它放回口袋。我不认为自己赢得了胜利，倒更像是他让了我一局。

没关系，不管是什么，只要能让这两个小时好过些，就都没关系。有时候，我很喜欢和丹尼之间的这些心理游戏。每当看到他写个像样的作业我都感到心满意足。但是今天不行。我昨晚睡得断断续续，内心也有些紧绷，所以现在感觉有些累。好像我正在等什么事情发生似的，而且是一件不可挽回的坏事。

我努力将注意力集中在课文上。“好的，我们刚才讲到了主要人物，拉尔夫、杰克、西蒙——”

他耸耸肩：“西蒙这个角色，从开始到现在就只是浪费纸张而已。”

“为什么这么说？”

“累赘，还是一个傻瓜，他该死。”

“该死？怎么说？”

“这么说吧，他死了不会有任何损失，明白吗？杰克是对的。如果他们想在岛上生存下去，就得丢掉那些文明人的垃圾讲究。”

“但是，整个小说要讲的是，如果我们选择野蛮，社会就会瓦解。”

“或许是这样。但这些不管怎么说，都是虚构的。这才是本书的真谛。我们只是假装自己是文明人，但在内心深处，我们并不是。”

我笑了，尽管我明显感觉肚子里有块地方纠结在一起，很不舒服。或许只是消化不良吧。“嗯，你这个观点很有趣。”

我的表“哔”了一声。我总是会定个时提醒自己该下课了。

“好的，那么，今天就这样吧。”我收起课本，“丹尼，我希望在下次的作文中看到你对这一观点的详细论述。”

他站起身，提起圆筒帆布包。“再见，先生。”

“下周同一时间见。”

看着他慢悠悠走出教室的身影，我不自觉地说道：“在你的新社会中，你能成为幸存者之一吧，丹尼？”

路过公园从学校回家有些绕远，而且那天还不怎么暖和。但最后，我还是决定绕个远路，在满是回忆的小路上漫步片刻。

在河边漫步很好，在河的一边有绵延不绝的田野，远处还能看到大教堂，尽管过去的几年间到现在，它多半都被脚手架围着。这座教堂建立之时，还没有任何先进工具或机器。我不禁想，要想保护好它，不仅要花费更长时间，还要借助先进的现代科技。

尽管风景如诗如画，每次走到河边时，我总忍不住看看河中那湍急的棕色流水。心想河水一定冰凉无比，而水流则冷漠无情。大多时候，我还是会到想肖恩·库珀，想到他为了捞自行车而不幸落水。至今也没人站出来承认自己偷了自行车。

在我的左手边，是新娱乐区。几个男孩踩着滑板往滑板公园去了；一位妈妈推着孩子在旋转圆台上玩，孩子咯咯地笑着；还有一个女孩自己坐在秋千上。她低着头，富有光泽的棕色长发遮住了脸。棕色头发，不是红色。但是，她坐在那里的姿势，沉浸在自己的安静世界中的样子，立即使我想到了妮基。

我想起了那一天，那时还是夏天。一个短暂的瞬间，几乎淹没在其他乱糟糟的记忆中了。那天，妈妈让我去镇上买些东西。回家时，我路过公园的游乐场，看见了妮基。她独自一人坐在秋千上，盯着自己的大腿。我差点儿喊出声：嘿！妮基！

但不知什么阻止了我。或许，是她正坐在那里安静地来回摇晃的样子。走近后，我发现她手中拿着什么东西。在阳光下，那东西闪着银光——我认出那是她常戴在脖子上的十字架。我看着她慢慢举起十字架……然后刺向了自己柔嫩的大腿。一次，一次，又一次。

我向后退了几步，赶紧回了家。我从没跟妮基或其他任何人讲过那天我看见的状况。但是这一画面总挥之不去。她一次次将十字架刺向自己，可能刺出了血，但是她一声不吭，甚至也没有啜泣。

公园里的女孩抬起头，把头发别在一个耳朵后面。耳朵上戴着不少银光闪闪的大耳环，鼻子上还有一个大大的金属制鼻环。她比我想象的年龄要大些，她或许已经上了大学。然而，我马上意识到，作为一个中年男人，我盯着一个在儿童游乐场坐着的女孩看，很是怪异。

我低下头继续走，脚步加快。装在口袋里的手机嗡嗡作响，我拿出手机，想着是妈妈打来的。但并不是，打电话的是克洛伊。

“喂？”

“你这问候语真棒。是时候改改你的电话礼仪了。”

“抱歉。我就是有些……抱歉，有什么事吗？”

“你的朋友把钱包落这儿了。”

“米基？”

“是的，你离开之后我在门厅的桌子上看见的。钱包肯定是从他的夹克里掉出来的。”

我皱了皱眉。现在已经是午饭时间，他这会儿肯定发现钱包不见了。但是，他昨晚醉成那个样子，也可能这会儿还在酒店睡着。

“好的。我打电话告诉他一下。多谢啦。”

“好的。”

然后我突然想到了什么。

“你能看看米基的钱包里面都有什么吗？”

“等会儿。”

我听着她走动的声音，过了一会儿，她重新拿起电话：“里面有现金——大概二十英镑，还有信用卡、银行卡、收据和驾驶证。”

“他的旅店门卡在吗？”

“噢，那个也在。”

他需要门卡才能进旅店房间。当然，员工肯定很乐意再给他一个，前提是他身上有什么能证明身份的证件……

好像知道我在想什么似的，克洛伊说：“难道他昨天没回旅店？”

“不知道，”我说，“我想，他可能在自己车里睡了吧。”

但是，他为什么没给我打电话？就算昨晚不想麻烦我，为什么今早也不打电话？

“希望他没掉到哪个沟里。”克洛伊说。

“你怎么能这么说？”

我说完就后悔自己反应如此激烈了。我几乎能听见她在电话那一头的怒气。

“你今早是怎么了？难道起床的时候发现有人在你床上写了傻子吗？”

“我很抱歉，”我说，“我就是有些累。”

“好吧，”她的语气听起来可不好，“你准备怎么办？”

“我准备给他打个电话，如果打不通的话，就去旅店给他送一下，看看他是不是有事。”

“那我就把钱包放在门厅桌上了。”

“你要出去吗？”

“是的，夏洛克。还记得我精彩的社交生活吗？”

“好的，再见。”

“我真心不希望再见。”

她挂了电话。我想，她说的是玩笑话吗？其实她只是要晚些回来。又或者，她说的是真话，她真的不想再看到我这样一个脾气暴躁的怪人。

我叹了口气，然后给米基打了过去。结果直接转到了语音信箱。

“嗨，我是米基。我现在不能接电话，请在哔声后留言。”

我懒得留言。我从公园原路返回，换了条近路回家，努力忽视心中隐隐传来的不安。可能什么事都没有，米基可能跌跌撞撞地回到了旅馆，说服员工给了他新房卡，因为宿醉，他现在还在睡觉。等我到旅店的时候，他正在吃午饭。肯定是这样，完美，什么他妈的事也没有。

我这么跟自己说了几次，越说越坚定。

但每说一次，我反而越来越不相信。

那家旅游宾馆很丑，旁边开着一家生意萧条的小厨师餐厅。我以为米基会住更高档一些的旅店，但可能是因为这家方便吧。

我在来的路上又给他打了两次电话，但每次都被直接转到了语音信箱。我感觉越来越不好了。

我停好车，走到接待处。接待台后站着一个留着姜黄色头发的男人，他把粗硬的头发扎成马尾，还打了耳洞。他穿着一件非常紧的紧身衬衫，看起来很不舒服，领带也没系好。衣服翻领上挂着的徽章告诉我，他叫“达斯”，听起来不太像个名字，到像是对一个慢性问题的默认。

“你好。登记入住吗？”

“实际上，不是的。我来这里找个朋友。”

“好的。”

“他叫米基·库珀，应该是昨天登记入住的？”

“好的。”

他仍然茫然地看着我。

“那么，”我继续说道，“你能看下他是不是在这儿吗？”

“你不能给他打个电话吗？”

“他没回电话，而且，有个情况——”我拿出钱包，“他昨晚把这个落在我家了。这里面有他的房卡和信用卡。”

我等着他明白事情的严重性。我脚边仿佛已经有青苔在生长，冰川形成又融化。

“很抱歉，”他终于说，“我不明白你的意思。”

“我想问的是，你能不能看一下他昨晚有没有回到这里。我担心他。”

“噢，这样啊。我昨晚不在，昨晚是乔治亚值班。”

“好吧。那电脑上记录了什么吗？”角落里，一张脏兮兮的桌上摆着台电脑，我冲着那儿点了下头，“他需要重新要张房卡，电脑上一定会有记录的吧？”

“好吧，我可以查看一下。”

“我也觉得你可以。”

他立刻感觉到了我话中的嘲讽意味，重重地坐在桌子前，按了几下键盘。

然后他转过身，说："没有，什么都查不到。"

"好吧，你能给乔治亚打个电话吗？"

他与自己辩论着。我感觉，让达斯做一点超出他工作范畴的事情都要费九牛二虎之力。说实话，看起来，达斯连呼吸都要费很大力气。

"请？"我说。

深深的叹气声。"好吧。"

他拿起电话："喂。乔治？"

我等在一边。

"昨晚，有没有一个叫米基·库珀的家伙回到旅店，但是没带房卡？你可能帮他换了下房卡？对。好的。谢谢。"

他挂了电话，走回桌前。

"怎么样？"我赶忙问。

"没。你朋友昨晚没回这里。"

1986

在我印象里，葬礼总是在灰蒙蒙的雨天举办，人们穿着黑色的衣服，挤在雨伞下。

肖恩·库珀葬礼举办的那天清晨阳光明媚——至少一开始是这样。没有人穿黑色丧服。他的家人请求人们穿蓝色或红色的衣服，那是肖恩最喜欢的颜色，也是学校足球队队服的颜色。所以有不少孩子穿了队服过来。

妈妈让我穿了浅蓝色衬衫和深色裤子，打了红领带。

“你得穿着得体，埃迪。这是表示尊重。”

我不怎么想向肖恩·库珀表示尊重，我根本不想去他的葬礼。我从前也从没去过葬礼，在我记忆中没有。爸妈好像带我去过祖父的葬礼，但是我那时只是个婴儿，而且，祖父很老了。你会等着老人死去。有时候，他们闻起来，有些发霉，有些不新鲜，就像死了一半似的。

死亡发生在其他人身上，而不是我们这样的孩子身上，那些我们不认识的人。死亡是抽象和遥远的。肖恩·库珀的葬礼使我第一次明白，死亡与我们只有一肩之隔。死亡最大的把戏就是让人以为它不在这里，而在死亡那黑暗寒冷的袖筒里，还藏着更多把戏。

从我们家走路到教堂只用十分钟，但我希望能更久些。我拖着步子，拽着衣领往前走。妈妈穿了一件蓝色裙子，就是她去胖子盖文生日派对时穿的那件，只不过在外面又套了件红色夹克。爸爸终于穿了长裤，这让我很是感激。但他还穿了件印着红花的衬衫（这一点我可不喜欢）。

在教堂墓地的大门前，我们遇到了霍普和他妈妈。我们见到霍普的妈妈，一般是她开着车出来打扫的时候，其他时候则不怎么会看到她。今天她扎起了一向乱糟糟的头发，穿了条已经没有了型的蓝色裙子，脚上穿着一双十分破旧的凉鞋。虽然这么说很不好，但我很庆幸，打扮成那个样子的她，不是我的妈妈。

霍普穿着红色短袖、蓝色的校服裤子和一双黑鞋子。他把黑色的头发弄得光溜溜的，梳向了一边，看起来很不像霍普。不仅是因为他的发型和整洁的穿着打扮，还因为他看起来有些紧张，有些担心。他手里牵着墨菲。

“你好，戴维。你好，格温。”妈妈说。

我从不知道霍普的妈妈叫格温。妈妈总是能记住别人的名字，爸爸就不行了。还没得阿尔兹海默症以前，爸爸经常开玩笑说，忘记别人的名字对他来说不是什么新鲜事。甚至在他变傻之前他还经常这么开玩笑。

“你好，亚当斯先生和亚当斯夫人。”霍普说。

“你好。”他妈妈说，声音虚弱无力。她说话总像在道歉似的。

“还好吗？”妈妈问道，语气很有礼貌，每当她只是寒暄一下时总会这么说。

但霍普的妈妈不了解这一点。“不怎么好，”她说，“我是说，所有事情都很糟糕。而且，墨菲昨晚也生病了。”

“噢，亲爱的。”爸爸说，他真的关心。

我弯下腰去摸了摸墨菲，它懒洋洋地摇了下尾巴，然后趴到了地上。看起来它也和我们一样，很不情愿来这里。

“所以你才带着它一起来了吗？”爸爸问。

霍普点了点头：“我们不想让它待在房间内，那样它会把家里弄乱。但如果我们把它放在花园里，它会从栅栏上跳出去。所以，我们就想着把它拴在这里。”

爸爸点点头。“嗯，这个主意不错。”他拍了拍墨菲的头，“可怜的老家伙，年纪越来越大了，是不是？”

“那，”妈妈说，“我们似乎应该进去了。”

霍普蹲下去抱了下墨菲。这条老狗伸出又大又湿的舌头舔了舔他的脸。

“好样的，”他低声说，“再见。”

我们排着队走进教堂大门，朝着教堂入口走去。很多人在教堂外面晃悠，还有些人偷偷吸着烟。我看见了胖子盖文和他的父母。妮基站在教堂入口处，站在马丁牧师旁边，手里拿着一叠厚厚的纸。圣歌传单，我猜。

我感觉自己紧张了起来。自从那次派对上发生的事，还有送到家里的那个包裹，这些事之后，这还是我爸妈第一次和牧师马丁面对面。看见我们之后，他笑了笑。

“亚当斯夫妇，埃迪。谢谢你们能在如此糟糕的一天赶来参加葬礼。”

他伸出一只手，爸爸没有握上去。马丁牧师脸上仍挂着笑意，但是我能看见他眼中闪过一丝不快。

“请拿一张圣歌单，进去找个座位坐下。”

我们拿了圣歌传单。妮基微微向我点了下头，没说话。我们慢慢地走进教堂。

里面很冷，冷得我有些发抖。里面也很黑，我的眼睛过了一会儿才适应。里面已经有些人坐下了，有些我们学校的同学，还有一些老师，以及哈洛伦先生，他满头白发，很难让人忽视。今天，他穿了一件红色衬衫，帽子放在大腿上。他看到爸爸妈妈和我进来以后，朝我微微笑了笑。那天每个人的微笑都很诡异，好像没人知道应该做什么表情似的。

我们坐下，等待葬礼开始。随后，牧师和妮基也走了进来，音乐逐渐响起。是一首我曾听过的曲子，但是记不太清了。不是圣歌或其他什么的，是一首现代慢歌。不知怎的，尽管这是一首现代歌，我也不觉得肖恩会喜欢，他喜欢的是铁娘子乐队[①]。

棺材抬进来时，我们都低下了头。铁牙米基跟在他的爸爸妈妈后面走了进来。这是肖恩发生意外之后，我们第一次见到他。因为他的爸妈给他请了假，他们搬去和祖父母一起住了段日子。

铁牙米基没有看棺材，而是盯着前方看着，他的身体很僵硬。走路、呼吸和强忍泪水似乎已经耗费了他的全部精力。走到教堂中间时，他突然停了下来，走在他后面的人差点儿撞上他，人们有些困惑，紧接着他转身跑出教堂。

大家面面相觑，除了他的爸妈——他们似乎没注意到他已经跑出教堂，继续像僵尸一样向前挪着步子，沉浸在自己的悲伤情绪中。没有人去追米基。我瞄了妈妈一眼，但她朝我轻轻地摇了摇头，攥了下我的手。

我想，正是这点触碰到了我。又一次看到米基难过，为一个大部分人都不喜欢但仍然是他哥哥的男孩难过。或许，肖恩并不总是刻薄的霸凌者。可能他小的时候会陪米基玩，他们会一起去公园，会分享乐高积木，会一起洗澡。

现在，他躺在又黑又冷的棺材里，身上盖着的花朵香味浓郁，还有个人在弹着他肯定会很讨厌的音乐。而且，他还不能告诉他们，因为他再也不能跟任何人说任何事情。

我哽咽了一下，快速眨着眼睛。妈妈推了推我的胳膊，然后我们全都坐下了。音乐声停住，牧师马丁起身，说了一些关于肖恩·库珀和上帝的话，大部分都说不通，他说天堂又多了一个天使，以及上帝如何垂青于他。但是看着他的爸妈靠在一起，痛哭流涕，心碎不已，我并不这么认为。

马丁牧师快说完的时候，从人们背后传来一声巨响，一阵风把圣歌传单吹到了地上。许多人扭头去看，包括我。

---

① 铁娘子乐队（Iron Maiden）是1976年成立的一支英国经典摇滚乐队。

教堂的门打开了。一开始，我以为是米基回来了。但我马上意识到，光晕中有两个人的身影。他们走进教堂后，我认出了他们：华尔兹女孩的金发朋友和那位来过我家的警察，托马斯警官（后来我知道了她的名字是汉娜，托马斯警官是她的爸爸）。

有一瞬间，我想着金发女孩是不是惹麻烦了。托马斯警官紧紧抓着她的胳膊，半拖半拽地把她拉进了教堂。教堂里传来一片咕哝声。

米基的妈妈悄声对他爸爸说了些什么。他站起身，神情凝重，很是愤怒。马丁牧师站在讲坛上说："如果你是来悼念死者的，我们现在正要去墓地。"

托马斯警官和金发女孩停了下来。他环视教堂，但是无人与他对视。我们都坐在那里，外表沉默，内心好奇，但是都不想表现出来。金发女孩只是盯着地板看，好像在祈祷地板能把她吞进去似的，就像肖恩·库珀马上要被地面吞进去那样。

"悼念？"托马斯警官慢慢说道，"不，我可不觉得自己是来悼念的。"说完，他朝地板上吐了一口唾沫，就吐在棺材的正前方。"我可不会悼念一个强奸了我女儿的人。"

教堂内一片唏嘘。我口中似乎也轻轻冒出一句话。强奸？那时我还不知道"强奸"意味着什么（我想，十二岁的我还有很多不懂的东西），但是我知道它的意思是强迫一个女孩做自己不愿做的事情，我知道这个词不好。

"你这个说谎的杂种！"米基的爸爸大喊道。

"杂种？"托马斯警官吼道，"我来告诉你谁是杂种。"他指向身后的女儿，"她怀着的这个孩子才是杂种。"

又是一片唏嘘。马丁牧师的脸拉了下来，看起来就快要从头骨上掉下来了。他张开嘴，但还没等他说话，米基的爸爸怒吼一声，撞向托马斯警官。

米基的爸爸并不高大，但很结实，动作也很快，而且托马斯警官毫无防备。警官被撞得晃了几下，但最后还是尽力站稳了。他们两个你推我搡，拽着彼此的胳膊，好像在跳一种很怪很糟的舞蹈。然后托马斯警官向后退了一下，想朝米基爸爸的头打了一拳。不知怎的，米基爸爸成功躲开，还给了托马斯警官一拳。这拳打中了，托马斯警官趔趄着倒退几步。

就在托马斯警官下个举动之前，我已经注意到接下来会发生什么。我想大部分送葬的人都看出来了。现场传来尖叫声，就在托马斯警官冲向肖恩·库珀的棺材时，有人喊道："不要！"而他已经将棺材推下讲台前的架子，任它摔在石头地面上。

我不确定接下来看到的是不是自己想象出来的，因为棺材盖肯定盖紧了吧？我的意思是，当他们下葬的时候就不用担心棺材盖会滑开了。但是，就当棺材摔到地面时，那巨大的撞地声让我不禁觉得，躺在棺材里的肖恩·库珀的骨头也被震得咯咯作响。棺材盖稍微开了些，我看到一只苍白的手闪过。

或许我没看到。或许那只是我疯狂而愚蠢的想象。一切发生得都太快。棺材落地的瞬间，教堂里一片尖叫，几个大人赶紧冲上去将它重新抬了上去。

托马斯警官摇摇晃晃地站起身。米基的爸爸看上去也和他一样站不稳。他举起胳膊，似乎想再打托马斯警官，但最后，他却转身扑在棺材上哭了起来。号啕大哭。

托马斯警官望了望四周，有些茫然，好像他从噩梦中醒了过来。他握紧拳头又松开，用手指挠着头发，黑头发十分凌乱，上面全是汗，右眼那里还有一片瘀伤。

"爸爸，求您！"金发女孩轻声说道。

托马斯警官看向她，又抓起她的手，把她拉到过道上，走到尽头时，他转过身。"这事没完。"他声音沙哑地说。之后两人一起离开。

整个事件只持续了三四分钟，但是感觉像过了很久。马丁牧师大声清了清嗓子，但是，你还是只能边听米基爸爸的痛哭声边听他讲话。

“刚才的事情让人深感遗憾。我们现在进行下一项。大家请起身。”

音乐声又响起。米基的一些家人把趴在棺材上的米基爸爸拉开，我们都需要走到外面去，去墓地。

我刚走出教堂就感觉有雨滴在头上。我抬头看。蓝色的天空已被灰色的乌云遮住，雨水滴落在棺材和送葬者身上。

人们都没带雨伞，所以身穿红蓝衣服的我们挤在一起，毛毛雨越下越大，我们耸着肩膀冒雨前行。看到棺材被慢慢放进墓坑，我微微颤抖。花被拿了出来，好像在说任何明亮鲜活的事物都不应被埋在那个漆黑的深洞中。

我本以为在教堂的那段闹剧是整场葬礼最糟糕的部分，但我错了。下葬才是最糟糕的。土壤落在棺木上嚓嚓作响，九月的阳光温热，潮湿的土壤散发着其独有的味道。看着地面的大裂口时，我们都知道那是条不归路。任何理由、借口或妈妈写给老师的假条都不能救你回来。死亡就是终结，绝对终结，没有人能改变。

葬礼终于结束。我们陆续返回教堂。教堂大厅有为人们准备好的三明治和饮品。“这是守灵。”妈妈说。

我们快走到大门口的时候，有个爸妈认识的人停下来和他们聊天。胖子盖文和他家人就走在后面，他们正和霍普的妈妈聊天。我看见了米基的家人，但是没看到米基。我想，他一定是去了什么地方吧。

我有些茫然地站在墓园边上。

“你好，埃迪。”

我转身。哈洛伦先生走了过来。他戴着帽子挡雨，手里拿着一包烟。我从没见过他吸烟，但是我还记得那天在他家看到的烟灰。

“老师好。”

“你感觉怎么样？”

我耸耸肩：“实际上，我也不知道。”

他就是有让你说实话的能力，大部分成年人都没有。

“没关系。你不用感觉伤心。”

我有些犹豫，不知道该说些什么。

“你没办法为每个死去的人伤心。”他压低声音说，“肖恩·库珀是个霸凌者，他的死不能改变这一点，但发生在他身上的也不能说不是悲剧。”

“因为他只是个孩子？”

“不，因为他没机会改变。”

我点头，又问：“那个警察说的是真的吗？”

“关于肖恩·库珀和他的女儿？”

我稍稍点头。

哈洛伦先生看了一眼手中的烟。我想，他是真的很想吸一根，但可能又觉得不应该在墓地吸烟。

“肖恩·库珀不是个好青年。他对你做的那些事——有些人也会冠以同样的罪名。”

我的脸红了，我并不想提这件事。哈洛伦先生似乎感受到了，他继续说道：“但是那位警察控告他的罪名，我不认为那是真的。”

“为什么？”

“我觉得那个年轻女孩不是肖恩·库珀喜欢的类型。”

“噢。”我不太清楚他在说什么。

他摇摇头：“算了，你也别再怕肖恩·库珀了。他现在伤不了你了。”

我想起了打在我卧室窗户上的石子、月光下的蓝灰色皮肤。

“嘿，大便脸。”

我不敢确信他伤不了我。

但是我说：“不，老师。我是说，你说得对，老师。”

“好样的。”他笑笑便走开了。

我还在试着消化哈洛伦先生说的话，突然有人抓住我的胳膊。我急忙转身。霍普站在我面前。他的发型已经塌了，塞在裤子里的衬衫差不多拽了出来。他手里拿着墨菲的狗链和项圈，但是不见墨菲的身影。

“发生了什么？”

他看着我，眼中充满怒火。“墨菲不见了。”

“它从项圈里钻了出来？”

“不知道，它以前没这样过。项圈也没松，或是有其他毛病什么的……”

“它是不是跑回家了？”我问。

霍普摇摇头：“不知道，它已经老了，视力和嗅觉都大不如前。”霍普努力保持淡定。

“但是它动作慢，”我说，“所以它肯定没跑远。”

我望了望四周。大人们还在说话，胖子盖文离我们太远。我还是看不到米基……但是我看到了其他东西。

它就画在教堂大门附近的纪念碑上。因为下雨的缘故，已经开始褪色、模糊，但还是引起了我的注意，因为那是不对的。画的地方不对，但又很熟悉。我走近去看，身上起了好多鸡皮疙瘩，头皮发麻。

那是一个白色的粉笔人。它举着胳膊，嘴张成了O型，像是在呼救。它还有伴。就在旁边，有人草草画了一条白色的狗。我突然有了不好的预感。非常不好的预感。

小心粉笔人。

“怎么了？”霍普问。

“没事。”我赶紧站起身，“我们现在赶紧去找墨菲吧。”

“戴维，埃迪。怎么了？”妈妈和爸爸走过来，还有霍普的妈妈。

“墨菲，”我说，“它……跑了。”

“噢，不！”霍普的妈妈举起一只手捂住脸。

霍普只是将狗绳攥得更紧了。

“妈妈，我们得去找它。”我说。

“埃迪——”妈妈说。

“让我去吧？”我恳求道。

我看到她在考虑着。她看起来并不高兴，还有些面色苍白，神色紧张。但是，我猜这可能是因为葬礼的原因。爸爸抓了下妈妈的胳膊，轻轻点了下头。

“好吧，”妈妈说，“你去找墨菲吧。找到它之后，回来教堂和我们碰面。”

“谢谢。”

“去吧，快去。”

我们沿着路一路小跑，叫着墨菲的名字，其实这没什么用，因为墨菲很聋。

“我们是不是应该先去你家看看，以防万一？”我问。

霍普点点头：“我也这么想。”

霍普的家在小镇的另一头，是一排坐落在狭窄街道上的排屋。在那种街道上，总有人坐在前门台阶上喝拉格啤酒，穿着尿布的小孩在马路牙子上玩耍，还总有狗叫声。那时我从没多想什么，但这或许就是我们不怎么去霍普家玩的原因。我们余下的人生活的房子都非常不错。我家的房子可能有些年久失修，建筑风格有些旧，但是门前的马路还有缓冲带，也有树木和其他东西。

如果说霍普的家是那条街上最好的也好，但实际上并非如此。他家的窗户上挂着黄色的薄纱窗帘，墙上的油漆全部掉落，门前有些五颜六色的破花盆，花园里有土地神石像，还有一个旧帆布折叠躺椅，这些东西就那么随意地堆放在小小的前院里。

他家里面也和外面一样乱。我曾想，作为一个清洁工，霍普的妈妈并没有把自己的家打扫干净。里面到处堆着乱七八糟的东西，而且东西的摆放也很奇怪：起居室里的电视机顶上放着好几盒麦片优惠券，客厅里的卫生卷纸堆成了小山，厨房桌子上放着工业漂白粉和除蛞蝓的农药。家里还有很臭的狗味。我很喜欢墨菲，但是它身上的味道真的不怎么样。

霍普沿着房子走到后花园，又出来，摇着头。

“好吧，”我说，“好吧，我们再去公园看看。它也可能去那儿了。”

他点头，但是我能看出他在努力抑制眼泪。“它之前从没这样过。”

“不会有事的。”我跟他说，但这么说很蠢，因为事实不会那样发展，实际情况糟糕至极。

在离游乐场不远的灌木丛中，我们找到了蜷缩成一团的墨菲。我想，它也许是想找个避雨的地方。雨现在下得很大。霍普的头发一缕一缕的，像海草一样，而我的衬衫则紧贴在身上。鞋也湿透了，我就那么吧唧吧唧地走向墨菲。

从远处看去，它像是在睡觉。只有当你走近的时候，才能发现它的胸部起伏缓慢，还伴着艰难的呼吸声。当你走得相当近的时候，就在它身边，我们看到了它的呕吐物，到处都是，而且不是一般的呕吐物。它的呕吐物是浓黑色的，因为里面都是血，以及毒药。

我还记得那味道，还有我们蹲在他身旁时它那棕色的大眼睛。那双眼非常迷茫，但看到我们时，又流露出感激之情。它以为我们能够救它，但是我们无能为力。就是那天，我又一次发现，有些事情是谁都无法挽救的。

我们试着把它抱走，霍普知道镇上的兽医在哪儿。但是墨菲太重，而它冒着水汽的湿毛发使它变得更重了。我们还没走出公园，它又开始咳嗽，想吐。我们只得把他重新放在湿漉漉的草地上。

“要不我跑去找宠物医院，找个人过来？”我说。

霍普只是摇了摇头，哽咽着说道：“算了，没什么用了。”

他把脸埋在墨菲厚厚的、湿透了的毛发中，紧紧抱住墨菲，似乎想阻止它离开，阻止它从这个世界离开。

但是，任何人，即使是世界上最爱你的人，都无法阻止。我们能做的只有安慰它，在它耷拉下来的耳朵旁低语，希望它能不再疼痛。最终，一定是因为受够了，墨菲最后艰难地呼了一声之后，就再没吸气。

霍普埋在它渐已冰凉的身上哭泣。我努力抑制眼泪，但泪水还是顺着脸颊流淌下来。后来，我发现我们为一只死狗落的泪水比为米基的哥哥落得还多。而这也让我们付出了代价。

最后，我们鼓足勇气把墨菲抬回了霍普的家。那是我第一次真正触碰死去的东西。我感觉它比之前还要沉。死亡的重量。我们花了近半个小时才把它抬回去，路上有些人停下来看我们，但是没人帮忙。

我们把它放在厨房的狗窝里。

“你准备怎么办？”我问。

“埋了它。”霍普说，好像这是明摆着的事。

“你自己吗？”

“它是我的狗。”

我不知道该说些什么，所以就没再多说。

“你该回去了，”霍普说，“去守灵。”

我觉得自己该留下来帮他，但心里更想赶紧离开。

“好吧。”

我转身。

“埃迪？”

“嗯？”

“要是让我找出是谁干的，我非杀了他不可。”

我从没忘记他说那话时的神情。或许，这就是为什么我没有跟他讲那个粉笔人和狗的原因吧。我也没跟他说，米基跑出教堂后就再也没有回去。

2016

我自认为不是酒精爱好者。同时，我也不认为自己是囤积狂。我只是一个喜欢喝酒和收集东西的人。

我也不是每天都喝酒。通常，我也不会浑身酒味地去学校，尽管这样的事情发生过。幸运的是，这件事没被上报给校长，而是一位同事好心提醒了我一下：

“埃德，回家洗洗澡，然后再买点儿漱口水。以后喝酒还是定在周末吧。”

实际上，我喝得有些过多，也有些过于频繁。今天，我又感受到了想喝酒的强烈欲望。我嗓子发紧，嘴唇干燥，再怎么用舌头舔也没用。我不仅需要喝一杯，而是需要喝一场。一个字的不同，就有着天壤之别。

我去了趟超市，从酒架上拿了几瓶酒精浓度较高的红酒。后来又拿了一瓶好波旁威士忌酒，然后推着购物车自助结账。我和看管收银台的女士闲聊几句，然后把酒放进车里。回到家时，刚刚过六点，我找了几张许久没有放过的老唱片放起了音乐，随后给自己到了第一杯酒。

就在那时，传来摔门声，声音很大，震得壁炉架上的烛台微微颤动，我杯中的酒也被晃得撒到了桌子上。

“克洛伊？”

我觉得一定是她。我锁上了门，而除了她之外没人有钥匙。但是克洛伊一般不会摔门。她一般会像猫咪一样溜进来，或者像一团超自然力量的迷雾飘进来。

我眼馋地望着杯中的酒，忿忿地叹了口气，然后站起身，走去厨房。我听到克洛伊十分暴力地打开冰箱然后又啪地关上，手中的酒杯哐当作响。我还听到了其他声音，是我不太熟悉的声音。

我听了一会儿才听清，是克洛伊的哭声。

我不知道怎么应该如何面对哭泣的人。我不怎么哭，甚至是在我父亲的葬礼上，也没落几滴泪。我不喜欢哭泣时的凌乱、鼻涕和声音。没有人哭的时候还能迷人。甚至更糟的是，如果一个女人哭了，那她十有八九需要安慰。但我也不会安慰人。

我在厨房门口犹豫着，然后我听见克洛伊说："哦，他妈的。埃德，是的，我是在哭。你要不然就进来，要不然就滚。"

我推开门。克洛伊坐在厨房桌子前，面前放着一瓶杜松子酒和一个大玻璃杯，没有奎宁水。她的头发比平常更乱，黑色的睫毛膏和着泪水流到脸上，泪水晕开了她的眼妆，两颊上几道黑色泪痕清晰可见。

"我就不问你是不是有事了……"

"很好。你要是那么问，我说不定会把这酒瓶塞到你的屁股里。"

"你不想聊聊吗？"

"不怎么想聊。"

"好吧。"我在桌子周围徘徊，"我能为你做些什么？"

"坐下来喝酒。"

虽然我今晚本来就想喝酒，但并不是杜松子酒，但我感觉她的邀请没什么商量的余地，于是从橱柜里拿出一个杯子，克洛伊给我倒了一大杯酒。

她从桌那边把酒推了过来，动作已经不稳。那应该已经不是她喝的第一杯酒，也许是第二杯，又或是第三杯了。这很不正常。克洛伊喜欢出去玩，喜欢喝一杯。但是我还没见她真正喝醉过。

"那么，"她说话时有些大舌头，"你今天怎么样？"

"嗯，我本想把朋友失踪的事情报警。"

"然后？"

“尽管他昨晚没回旅店，身上没带钱包和银行卡，也不接电话，但很明显，警方还不能立案，因为还不到二十四个小时。”

“他妈的。”

“妈的。”

“你觉得他出事了吗？”

她问这话时情意真切。

我喝了一大口酒。“我不知道——”

“可能他回家了。”

“可能。”

“那你准备怎么办？”

“嗯，我明天再去警察局一趟。”

她盯着酒杯。“朋友？哼！用处不大，麻烦一堆。虽然，家人要更糟。”

“我想也是。”我谨慎地说。

“哦，相信我。你能和朋友断交，但是你永远甩不掉家人。他们总是跟在你身后，折磨你的内心。”

她把酒扔回给我，又倒了一杯。

克洛伊从没跟我谈过她的私生活。我也没从问过。就像和小孩相处一样，如果他们想告诉你什么，自然会告诉你。如果你主动问的话，他们反而会躲回自己的保护壳里。

当然，我也好奇过，我猜想她之所以会和我住在一起，可能是因为和男朋友闹别扭，分手了。毕竟她工作的地方有很多学生合租房，有很多和她年龄相近、外貌相称的人。除非你想要清静，想独处，才会找间阴森可怕的老房子，和一个奇怪的单身男子同住。

但是克洛伊从没说过，所以我从没追问，我害怕她会因此离开，一来是再找房客很麻烦，二来是找个像这样的伴儿填补我生活的空虚也很难。

我又抿了一口杜松子酒，但是喝酒的兴致已经逐渐消退。当你想喝个烂醉，身边却有个醉汉时，你很快就会打消喝酒的念头，没有什么能比这个更有效的了。

“嗯，”我说，“家人和朋友有时都会很难搞……”

“我是你的朋友吗，埃德？”

这个问题让我吃了一惊。克洛伊真诚而茫然地望着我，面部肌肉有些松弛，嘴微张着。

我咽下酒。“希望是。”

她笑了。“很好。因为我永远不会做伤害你的事情。希望你知道这一点。”

“我知道。”我说，虽然我并不知道，或者说并非真正了解。人们可以在自己都不知道的情况下伤害你。克洛伊的存在本身，每天都让我有些受伤。但这并无大碍。

“很好。”她握了一下我的手，我惊觉她眼中又溢满泪水。她抹抹脸。“天呐，我真他妈的蠢。”

她又喝了一大口，然后说：“我得告诉你件事……”

我不喜欢这几个字。以这几个字开头的句子一般不会跟什么好事，就像“我们应该谈谈……”一样。

“克洛伊……”我说。

但是我被救了，确切地来说，是门铃救了我。有人在敲门。一般没人来找我，不提前告知的访客更是没有。

“他妈的是谁啊？”克洛伊欢呼道，声音向来如此“温暖美好”。

“我也不知道。”

我拖着疲惫的步伐去开门，来者是两位穿灰色制服的男子。我知道，在他们开口之前，我就知道他们是警察。因为他们总是这样，面容憔悴，发型糟糕，总是穿着便宜的鞋子。

“亚当斯先生吗？”高一点儿的黑发男子问道。

“有什么事吗?”

“我是弗尼斯探长，这位是丹克斯警官。你今天下午来警察局报案，说你朋友米克·库珀失踪了，是吗?”

“我想报案来着，但是警察跟我说不能立案。”

“是的。我们深感抱歉，”矮一点儿的秃头警官说，“我们能进去吗?”

我想问为什么，但是他们最终还是会进来，这么一问并没什么意义。所以我站到一边。“当然。”

我让他们先进门厅，我在后面关上了门。“从这里走就行。”

出于习惯，我把他们带去厨房。但当我看到克洛伊的时候，就发现这么做是个失误。她还穿着出去玩时穿的衣服，一件画着骷髅头的黑色紧身背心，一条莱卡迷你裙，渔网袜和马腾斯博士靴。

她抬眼看了下警察:“哦，客人啊，真好。”

“这位是克洛伊，我的房客，也是我的朋友。”

两位警察专业素养极高，连眉毛都没抬一下，但是我知道他们在想什么。老男人和漂亮的年轻女孩同住一个屋檐下，我肯定和她上床了，是个老色鬼。

“你们想喝些什么吗?”我说，“茶还是咖啡?”

“喝杜松子酒吗?”克洛伊高举着酒瓶问道。

“我们正在执行公务，女士。”弗尼斯说。

“好的。”我说，“呃，请坐吧。”

他们看了彼此一眼。

“实际上，亚当斯先生，我们想，单独跟你说会更好。”

我看了一眼克洛伊，说:“如果你不介意的话?”

“好的，请原谅我。”她拿起酒瓶和杯子，“我就待在隔壁，有需要，叫我。”

她瞪了警察一眼，然后从房间溜走了。

他们坐下，椅子吱呀作响，我尴尬地坐在桌子前。“能问下到底有什么事吗？我之前已经把我知道的都告诉警官了。”

“我知道这可能是让你重复已经说过的话，但是你能不能再跟我们说一遍来龙去脉，尽可能详细地说。”

丹克斯拿出笔来。

“好吧，米基昨晚离开了这里。”

“抱歉，你能再往前说下吗？他为什么来这儿？据我所知，他住在牛津？”

“嗯，他是我的老朋友，来安德伯雷和我碰个面。”

“多老的朋友？”

“我们是发小。”

“你们一直保持着联系吗？”

“倒也没有。但偶尔我们会叙叙旧。”

他们都点了点头。

“不管怎么说，他是过来吃晚餐的。”

“他几点到的？”

“大约七点半。”

“开车了吗？”

“没有，是走路来的。他住的旅馆离这里不远，我想他应该预想到自己会喝酒。”

“他当时喝了多少？”

“嗯，”我想了想垃圾桶里的空啤酒瓶，“你知道的，我们就是边吃，边喝，边聊……可能喝了六七瓶吧。”

“那喝得还挺多。”

“我觉得也是。”

“那他当时离开时，情况如何？”

“嗯，他当时还能站稳，说话也清楚，但是他确实喝醉了。”

“然后你就让他自己走回旅店了？”

“我说要帮他叫辆的士，但他说走走能帮他清醒。”

“好的。他走的时候是几点？”

“大概十点，十点半。不是太晚。”

“那是你昨晚最后一次见到他？”

“是的。”

“你把他的钱包交给了当值警官？”

当时交钱包的时候真他妈费劲，那个警察想让我自己拿着钱包，但是我坚持不拿。

“是的。”

“你是怎么拿到钱包的？”

“米基把钱包落在了我家。”

“那你当晚没有想着要把钱包还给他吗？”

“我直到第二天才发现。是克洛伊发现了钱包，然后打电话告诉了我。”

“那时候几点了？”

“大约到了午饭时间。我试着给米基打电话告诉他，他忘记拿钱包了，但是他没回电话。”

警官又记了许多笔记。

“所以，你就是那时去旅店确认朋友是否有事的？”

“是的。旅馆的人告诉我他前天晚上没有回去，当时我就决定报案。”

他们点头。弗尼斯又问：“你朋友那天晚上看起来怎么样？”

“挺好的……呃，还行。”

“他精神好吗？”

“我感觉不错。”

“他来找你的目的是什么？”

“我想问一下这有什么相关性吗？”

“好吧，这么多年没联络，突然来访，有些奇怪啊。”

“人们本就是奇怪的，吉姆·莫里森如是说。”

他们面无表情地看向我，一看就不是典型的摇滚粉丝。

“是这样，”我说，“这就是一次普通会面。我们聊了很多——我们如今正在做什么，有什么工作。没有什么真正重要的事情。现在，我能请问下你们为什么问这些问题吗？米基出什么事了吗？”

他们似乎在思考我的问题。随后，丹克斯合上了笔记本。

“今天我们发现一具尸体，和你对朋友米基·库珀的描述相符。”

一具尸体。米基。我试着强迫自己接受这一消息。但是它卡在我的喉咙里，让我说不出话，难以呼吸。

“你还好吗，先生？”

“我……我不知道。这太让人震惊了。发生什么了？”

“我们在河里发现了他的尸体。”

“我敢说他已经泡肿了，浑身绿绿的，眼球被鱼吃了。”

“米基淹死了？”

“我们还在调查你朋友死去时的确切情况。”

“如果他是掉进河里的，那又何从查起？”

他们似乎交换了什么想法。

“老草地公园在你朋友酒店的反方向上？”

“是的。”

“所以，他为什么去那里？”

“可能他想走个远路，好让自己醒醒酒？又或者，他走错了方向？”

“可能吧。”

从语气中可以听出他们很是怀疑。

“你们不觉得米基的死是意外？”

“相反，我很确信这是最可能的解释。然而，我们也不能排除其他原因。”

“比如？”

“你知道有谁想对米基不利吗？”

我感觉头一侧有根血管跳了起来。有谁想对米基不利？好吧，我倒是可以想到一个人，但那个人基本没有能力大晚上在公园跑动，然后再把米基推进河中。

“不，我想不到任何人。”接着我又用更为坚定的声音说，“安德伯雷是个安宁的小镇。我想象不到任何人会去伤害米基。”

他们两人都点了下头。“你说得没错。这可能只是一个非常令人可惜的不幸意外。”

就像他的哥哥一样，我心里想。悲伤，不幸，还有些巧合……

“亚当斯先生，给您带来这样的消息，我们很抱歉。”

“没关系。这是你们的工作。”

他们把椅子向后撤了一下，我站起身准备送他们出去。

“还有一件事？”

当然了，总是有另一件事。“什么？”

“我们在你朋友身上发现了一件让人很困惑的东西。我们想，你也许能给我们解开谜团？”

“如果我知道的话。”

弗尼斯从口袋里拿出一个透明塑料袋，放在桌上。

塑料袋里有一张纸和一根白色粉笔，纸上画着简笔刽子手。

1986

“哦，你几乎没有信心。”

我爸爸常跟妈妈这么说，当妈妈不相信他能做成什么事时。我猜，这是只有他们能听懂的笑话，因为她总是会回头看看他，说：“不，我是一点儿信心都没有。”然后他们会一起笑。

我想这是因为我的父母不信教，所以他们对此毫不在意。我觉得这也是为什么有些人会用怀疑的目光看他们，也解释了为什么马丁牧师那一派的人会在诊所示威游行。甚至那些支持妈妈的人也不想站出来为她申辩。好像这么做是在与上帝作对什么的。

那个秋天，妈妈变得更瘦、更老了。直到那时我才真正意识到我的父母要比同龄人父母年龄更大（或许这是因为，当你十岁的时候，任何一个超过二十岁的人都老得像古董）。妈妈直到三十六岁才怀上我，所以她现在已经快五十了。

妈妈变老的部分原因是工作太辛苦，她晚上回家的时间似乎一天比一天晚，只好让爸爸来做饭。他做饭总是很有趣，但可吃性不怎么好。而这，在很大程度上——我猜——与每天在诊所外游行的抗议者有关。现在，抗议者差不多有二十个。在镇上的一些商店中，我也看到过海报：

选择生命。停止谋杀。

向合法谋杀说不。加入安德伯雷天使。

安德伯雷的天使们，那些抗议者如此称呼自己，我想这可能是马丁牧师的主意。他们看起来不怎么像天使，我印象中的天使总是沉着冷静的，而这些抗议者则脸红脖子粗，十分愤怒，还吐唾沫。回想起来，他们更像一群激进的人。他们笃信自己正在做正义之事，更高尚的事。他们笃信甚深，以至于为了实现这一目标而不择手段。

当时已经十月份，夏天打包好自己的沙滩巾、水桶和铁锹，准备离开。冰淇淋流动车上的风铃声已被吐痰声和非法买来的爆竹燃放声取代，而花香和烤肉香也变成了刺鼻的篝火味。

米基和我们一起出去的次数变少。自哥哥去世后，他像变了个人。或者，也许是我们不知道应该如何继续与他相处。他变得比之前更冷漠，更难与人相处。之前他就很刻薄，爱对别人冷嘲热讽，但现在则变本加厉。他的外表也和之前不同了。他长高了些（尽管米基永远长不成高个子），五官线条更锋利，牙套也摘了。突然之间，他似乎变成了米基·库珀，肖恩·库珀的弟弟。

如果说我们看到他有些尴尬，他和霍普在一起时气氛则是相当奇怪。就像他们之间一直酝酿着敌对情绪，终有一天会爆发，引发一场大战。而且最终的确爆发了，就在我们一起去撒墨菲骨灰的那天。

霍普终究没有埋葬墨菲，他妈妈把墨菲的尸体带去兽医那里火化，霍普将骨灰保存了一段时间后，还是决定将骨灰撒在它躺过的地方，它最后一次呼吸的地方，那个公园。

我们计划在周六上午十一点见面。到公园后，我们便坐在旋转圆台上，霍普手里抱着墨菲的骨灰盒，我们都穿着连帽风衣，戴着围巾。那天早上很冷，凉风扑面而来，即使戴着手套也还是很冷。而且我们要做的也是件非常沉重的事情，这让我们心情很低落。所以，当米基迟到十五分钟后才到时，霍普气得跳了起来。

“你去哪儿了？”

米基耸耸肩。“就是有点儿事。现在家里只有我了，要做的家务事也就更多。”他像以往一样没好气地说。

虽然这么说很残酷，但他说的所有话最终都会指向他哥哥去世这件事。是的，我们知道这是件伤心事，是个悲剧。但是，我们只是希望他不要一直纠结于此，不要将这件事日复一日每分每秒都挂在嘴边。

霍普的情绪有所缓和。“好吧，反正你现在过来了。”他说，声音也已经缓和下来。霍普总是这样，米基那天早上却不能消停。

“真不知道你在抱怨什么？它只是一条蠢狗而已。”

我几乎可以听见空气中的轰鸣声。

“墨菲不仅是一条狗。”

“是吗？那它能干什么？能说话，还是会玩扑克牌啊？”

他在故意激怒霍普。我们都知道，霍普也知道，但是即使知道对方是在故意激怒你并不意味着你就能忍住不气，尽管霍普真的在尽力忍。

“它是我的狗，它对我意味着很多。”

“哦，我哥对我来说也意味着很多。”

胖子盖文从旋转圆台上下来。“我们知道，好了，这两者没有可比性。”

“哦，你们都他妈的在意一条死狗，但我哥死了，你们就他妈的不在意，是吗？”

我们都看向他，没人知道该说些什么。因为，在一定程度上，他说得对。

“看吧，他死后，你们都没有人提过他，但是，我们今天聚到这里居然是为了一条又蠢又笨、满身跳蚤的臭狗。”

“收回那句话。”霍普说。

“不然呢？”米基边笑边朝着霍普走了一步。霍普比米基高多了，还很壮。但是米基眼中泛着疯狂的光芒，就和他哥哥一样。而你不能和疯掉的人争辩，他们总是赢家。

“它是一条又蠢又笨、满身跳蚤的臭狗，满地拉屎，臭得要死。它本来就活不了多久，死了反倒是被人救出苦海了。”

我看到霍普攥紧了拳头，但如果不是米基走向前去将他手中的骨灰盒打翻在地，我觉得他还是不会打向米基的。骨灰盒摔在了游乐场的混凝土地面上，盒子摔破，一小团骨灰撒了出来。

米基一脚踩在骨灰上。“蠢货，死东西，老臭狗。”

直到那时霍普才哽咽着吼了一声，冲上前去。他们在地上扭打成一团，在墨菲灰色的骨灰中对彼此拳打脚踢。

胖子盖文上前劝架，想把他们分开。妮基和我紧随其后。终于，我们将他们拉开。胖子盖文抓住了米基，我则尽力拽住霍普，但是他把我甩开了。

“你哪根筋不对？”他冲着米基嚷道。

“我的哥哥死了，难道你忘了吗？”他看向我们，“你们都忘了吗？”

他擦了擦正流血的鼻子。

“没有，”我说，“我们都没忘。我们就是想继续像朋友那样相处。”

“朋友，嗯，是啊。”他朝着霍普冷笑一声，“你想知道是谁杀了你的蠢狗吗？是我。这样你才能知道失去你爱的亲人是什么感觉。或许你们都需要知道这是什么感受。”

霍普尖叫一声。他从我这里挣开，一拳杵向米基。

我不太确定接下来发生了什么。不是米基躲开了，就是妮基想上去劝架，反正最后，我记得，一转身就看见妮基摔在了地上，手捂着脸。不知怎的，混乱中，霍普挥舞的拳头打在了她的眼上。

“你他妈的！”她喊道，“你他妈的傻啊！”

我不知道她骂的到底是霍普还是米基，换句话说，当时她不管骂谁又有什么不同？

霍普的脸由愤怒转为惊恐。“我错了，我错了。”

胖子盖文和我跑过去帮她。她甩开我们：“我没事。”

但事实并非如此。她的眼睛已经红肿发紫。我知道，即使在当时，我也知道这不好。我也很愤怒，比任何时候都要愤怒。这都是米基的错。就在那时——即使知道我真的不是个擅长打架的人——我和霍普一样想打他。但是我没能有那个机会。

把妮基扶起来之后，胖子盖文急忙说要带着她去找他妈妈，用些冷冻的豌豆给她敷眼睛，米基这时走开了。

而事实是，米基说了谎。兽医说墨菲可能在肖恩葬礼举行前一天就已经中了毒，也许时间比那还要靠前。米基没有杀墨菲。但这并不重要，因为米基的存在本身已经成为毒药，感染了身边的每个人。

敷了冷冻的豌豆之后，妮基的眼睛稍微消了些肿，但回家时，看起来还有淤青。我希望她回家后能不挨骂。我跟自己说她会跟她爸爸编个谎话，不会有事的。但我错了。

那天晚上，爸爸正在给我做饭，前门传来重重的敲门声。妈妈还在工作，所以爸爸在牛仔裤上蹭蹭手，翻了个白眼，然后走过去开门。马丁牧师站在门外。他穿着牧师的衣服，戴着一顶小黑帽子，像是从老相片中走出来的人。他看起来也非常生气。我在门厅处徘徊。

“我能为您做什么吗？”我爸爸说，口气中充满对牧师的厌恶。

“能。你能让你儿子离我女儿远点儿。”

“什么？”

“我女儿因为你儿子和他的小伙伴，眼睛被打肿了。”

我差点说他们实际上不是我的伙伴，但我听到他这么说却很骄傲。

爸爸转身问我：“埃德？”

我不自在地走过去，脸颊像着了火一样。“那是个意外。”

他转身看向牧师，说：“我儿子说是个意外，我相信他。”

他们两人瞪着对方。然后，马丁牧师笑了。

“我能期望什么呢？有其父必有其子。你们是出于你们的父魔鬼，你们乐意顺着它的私欲行。魔鬼从起初就是个杀人凶手，从不站在真理这一边，因为它心里根本没有真理。撒谎是它的本性，因为它是撒谎者，又是撒谎者的始祖。”

“随你布道，牧师。”爸爸说，“但是我们都知道你也没有践行。”

“什么意思？”

“你女儿不是第一次眼睛黑青吧？”

“你这是诽谤，亚当斯先生。”

“是吗？”爸爸往前走了一步。看到马丁牧师退后一步，我稍微有些开心。“要想人不知，除非己莫为。”爸爸冲他不友善地笑笑。

“你的教堂不能永远保护你，牧师。现在，趁我还没叫警察之前，从我家门前滚开。”

爸爸甩上门时，我看到马丁牧师目瞪口呆。

我感觉自己胸中充满骄傲之情，爸爸赢了。他打败了妮基爸爸。

“谢谢你，爸爸。刚才太棒了。我不知道你还了解《圣经》里的东西。”

“星期日学校——总有些东西会印在脑子里。”

“那真的只是个意外。”

“我相信你，埃迪……但是……”

不，我想，不要有“但是”。“但是”后面从没接过好话。这次我感觉会是尤其糟糕的话。胖子盖文曾说，“但是”一个词能搞坏一天的好心情。

爸爸叹气：“是这样的，埃迪。或许，你以后不和妮基见面会更好，或者只是隔一段时间不见她。”

“她是我的朋友。”

“你还有其他朋友，盖文、戴维、米基。”

“米基不算。”

“哦，你们闹别扭了？”

我没回答。

爸爸弯腰，双手搭在肩上，他只有在非常严肃的时候才会这么做。

“我不是说你再也不能和妮基做朋友了，只是，当下，事情太过复杂，而且马丁牧师……好吧，他这个人不太好。”

“所以呢？”

“可能保持距离最好。”

“不！”我跑开。

“埃迪——”

“那不是最好的。你不知道。你什么也不知道。”

尽管我知道这很幼稚，也很愚蠢，我还是转身，跑上楼去。

“晚饭好了——”

“我不想吃。”

其实我想吃。我的肚子饿得咕噜咕噜叫，但是我一口也不能吃。所有的事情在向错误的方向发展。我的整个世界——而当你是孩子时，朋友就是你的世界——都在分崩离析。

我拉开卧室里的大抽屉，撬开下面松动的隔板，仔细看了一下放在里面的东西，然后，拿出了一小盒彩色粉笔。接着，我心不在焉地板上划来划去，一下，一下，又一下。

“埃迪。”

轻轻的敲门声。

我僵在那里。“走开。”

“埃迪，我不是要阻止你见妮基……”

我停下来，手里拿着粉笔。

“……我只是请求你，好吗？为了我和你的妈妈。”

请求更糟，爸爸知道这一点。我握紧拿着粉笔的拳头，将它折断。

“你怎么说呢？”

我什么也没说。我没法说。那感觉就像所有的话都堵在喉咙里，让我喘不过气来。终于，我听到爸爸重新回到楼下的脚步声，非常沉重。我低头看自己的画作，是一个又一个画得十分潦草的白色粉笔人。我急忙用袖子把它们都擦掉，擦得地板上模糊一片。

那天晚些时候，有个砖块飞进家里来。幸运的是，当时我已经在自己房间里了，而爸爸和妈妈正在厨房里吃夜宵，如果他们在客厅吃的话，就可能被飞进来的碎玻璃伤到，或者更糟。砖头把窗户砸出一个大洞，打坏了我们的电视机，但是没伤着人。

意料之中，砖头上用橡皮筋绑着一个纸条。妈妈当时从没告诉我上面写了什么。她可能怕吓到我或让我苦恼吧。后来，她坦白说那上面写着："停止杀害婴儿，不然你的家人将会是下个受害者。"

警察又一次来到家里，还有个人过来在窗户上订了块木板。后来，我听见爸爸妈妈在起居室吵架，他们以为我已经上床睡了。我蹲在台阶上，听他们吵，有些害怕。妈妈和爸爸从没吵过。是的，他们有时是会对彼此讲话没好气，但没有严重到吵架的地步，至少不会像现在这样厉声厉气。

"我们不能继续像这样过下去了。"爸爸说这话时又气又恼。

"像哪样了？"妈妈局促不安地说。

"你知道我什么意思。你整天工作已经很糟了，那些传教士蠢货在你的诊所外面恐吓女性已经够糟了，现在居然更变本加厉：威胁你的家人！"

"这只是吓唬人的把戏，你也知道我们是不会向这些把戏低头的。"

"这次不同，这是针对个人的。"

"这只是威胁，这种事情之前也发生过。他们最后会自己感觉无聊的。他们会去追求其他神圣的事业。他们会慢慢消停下去，总是这样。"

尽管我看不到爸爸，但是我能想象出他摇着头来回踱步，他苦恼的时候总会这么做。

“我觉得你错了。我不确定是否要冒这个险。”

“好吧，你想让我怎么做？辞职不干？丢下工作？待在家里，靠着一个自由译者的工资勉强度日，然后发疯？”

“话不能这么说。”

“我知道，抱歉。”

“你不能回去吗？回到南安普敦？把安德伯雷的诊所转给别人？”

“这是我的事业。我的——”她突然打住，“这是我证明自己的机会。”

“代价是什么？成为那些疯子的仇恨目标吗？”

停顿片刻。

“我不会辞职，也不会离开诊所。不要这么要求我。”

“那埃迪怎么办？”

“埃迪没事。”

“真的吗？你知道的，你扪心自问一下，你最近极少见到他吧？”

“所以你是说他状态不好吗？”

“我是说，想想发生的这些事——在盖文生日派对上打的那架，库珀死去，戴维·霍普金斯的狗——他最近身边的变化和烦心事特别多。我们总是说要给他安全感和爱，但是我不想他被这件事伤害，不想让他在任何方面被伤到。”

“如果我有一分钟想过这会伤到埃迪……”

“那又怎样？难道你会辞职吗？”我爸爸的声音听起来很奇怪，有些尖酸刻薄。

“我会拼尽全力保护我的家人，但这和我继续工作并不冲突。”

“好吧，那我们就这么希望吧，嗯？”

我听见起居室的门打开，还有匆匆穿衣服的声音。

“你要去干吗？”妈妈问。

“去走走。”

前门猛地被摔上，声音大得让楼梯的栏杆都颤，我头顶的楼梯平台掉了一些墙灰下来。

爸爸肯定散了很久的步，因为我没听到他回来。我一定是睡着了，但是我听到了之前从没听到过的声音：妈妈的哭声。

2016

我坐在教堂附近的长木椅上，不出意料，那里空空荡荡的。人们现在都换到别处祷告，比如酒吧、购物中心、电视和虚拟的网络世界。如果能看某个真人秀明星，谁还需要上帝的箴言？

自从肖恩·库珀的葬礼之后，我就再也没进过圣托马斯教堂，尽管我经常路过。这座教堂古老典雅，虽然没有安德伯雷教堂那样大，也不如后者富丽堂皇，但还是很美。

彩色玻璃上的圣·托马斯慈爱地俯视着我，鬼知道他代表着何方神圣。不知怎的，我觉得他是一个比较酷的圣人。不像玛丽或马修那样无聊，他有些赶时髦，连胡子都是向后的时尚梳法。

我想知道是不是圣人的一生必须完美无瑕？或者，是否也可以〔违反上帝的戒律〕像罪人一样生活，然后只要变个戏法，你就能变成圣人？好像这就是宗教的套路。谋杀、强奸、致使他人残疾，似乎只要肯忏悔，你就能被原谅。对我来说，这很不公平，但话说回来，上帝，如同生活般，本就是不公平的。

此外，圣人耶稣自己也曾说过，我们中难道有谁是没有罪过的吗？大部分人在一生中都做过坏事，都做过他们希望能挽回的错事，又或是让他们后悔的事。我们都会犯错，我们身上都有好有坏。就因为一个人做了一件坏事，就要将此人全盘否定，将他做的好事都忘记吗？或者说，他做的坏事性质极其恶劣，他做的其他任何善事都不能与之相抵？

我想到了哈洛伦先生，想到了他的一手好画，想到他如何拯救了华尔兹女孩，以及他如何在一定程度上拯救了我和爸爸。

不管他之后做了什么，我都不认为他是个坏人，就像米基不是个坏孩子一样。或者说，他不算是个坏孩子。没错，他有时候的确有些混蛋，我也不确定是否会喜欢长大成人的他，但是真的有人恨到要杀了他吗?

我回过头去看圣·托马斯。他没什么用处，也没让我感受到什么神圣的启示。我叹口气，可能是我自己想多了。米基的死基本上是个意外，而那封信也是个让人感觉不舒服的巧合。可能是谁发现了我们的地址，故意恶搞。至少，警察来过之后，我一直努力这么说服自己。

问题是，他们得逞了。他们打破了我心中那个尘封已久的盒子，那个我层层密封、里一层外一层深埋心底的盒子。一旦埃德的盒子被打开，就会像潘多拉的盒子那样，再合上就有些困难。更糟的是，我的盒子深处不是希望，而是罪过。

我曾经听过一首歌，一首克洛伊经常公放的歌，而我渐渐地容忍了，歌手是一位朋克或民谣歌手：弗兰克·特纳。

歌词是："没有人会因自己没做过的事被人铭记。"

但是这并不全是真的。我的生活就是由我没做过的事情、没说过的话所定义的。我觉得很多人都是这样。塑造我们的不总是我们的成就，也有被我们忽略的东西。不是谎言，只是那些我们没说出口的真相。

当警察让我看那封信时，我应该说些什么的。我应该给他们看一下我收到的那封同样的信。但是，我没这么做。我也不知道为什么，就像我总也无法将那些年我做过的事情公之于众一样。

我甚至不知应对米基的去世作何感受。每次我想想象他现在的样子时，想到的总是他小时候的样子，十二岁时的样子，满嘴的铁丝，总是不怀好意的眼神。然而，他仍然是我的朋友。现在，他走了。他不会再为我的人生增添记忆，而仅仅变成了回忆。

我起身，跟圣·托马斯挥手告别。我转身时看到了一个身影，是位牧师，一位身材丰满的金发女人，很喜欢穿靴子和宽身袍子。我之前在镇上看到过她，对一个牧师来说，她已经很友好了。

她冲我笑笑："找到你需要的东西了吗？"

我这才意识到，也许，教堂已经变得像购物中心一样了。说来遗憾，我的购物篮还是空的。

"还没有。"我回答。

我回到家时看到妈妈的车停在外面。糟糕。我这才想起小猫的事，想起了猫咪世界的汉尼拔·莱克特。我推开门，把大衣挂在楼梯的栏杆上，走进厨房。

妈妈坐在桌前，而小猫——感谢天感谢地——待在她脚边的盒子里。克洛伊在操作台那边煮咖啡，她今天穿得稍微有些朴素，一件大大的长袖运动衫、紧身裤和条纹袜。

尽管如此，我还是能感受到妈妈对她的不满溢于言表，她不喜欢克洛伊。我也从没指望过她喜欢。她也从来不喜欢妮基。有些女孩总是入不了妈妈们的法眼，当然了，这些女孩总会让你神魂颠倒，深爱不已。

"埃德——终于回来了，"妈妈说，"你去哪儿了？"

"我，呃，就是去散了个步。"

克洛伊转过身："你怎么没告诉我你妈妈要来？"

她们都看向我。好像她们不能忍受彼此是我导致的。

"抱歉，"我说，"我忘记看时间了。"

克洛伊将一个马克杯重重地放在我妈妈面前，然后跟我说："你自己倒些咖啡喝吧，我要去洗澡了。"

她出去后，妈妈看向我说："真是个有魅力的女孩，很难想象她为什么还没有男朋友。"

我走到咖啡机那里。"可能她有些挑剔吧。"

"这句说得不错。"

还没等我反驳，她又说："你看起来很糟糕。"

我坐下。“谢谢，我昨晚回家时又收到了些坏消息。”

“哦?”

我把过去二十四小时内发生的事情尽可能详细地跟她讲了一遍。

妈妈啜饮着咖啡。“太可怜了。这么一想，他哥哥也是这么死的。”

这也是我想过很多次的事情。很多很多次。

“命运有时候会非常残忍，”她说，“不管怎么说，我并不意外。”

“是吗?”

“唉，米基看起来就像个不太幸运的男孩。首先，是他的哥哥，之后是他和盖文遭遇的那场意外。”

“那是他的错，”我十分生气地说，“那天是他开的车。盖文坐轮椅都是因为他。”

“而这会让人之后的生活充满愧疚感，满是负担。”

我十分恼火地看着妈妈，她总是喜欢唱反调，如果事不关我，或与我的挚友无关时，这都无关紧要。

“他每天吃好的、喝好的、穿好的，看起来可没什么负担。”

妈妈没理我，小的时候，如果我说了一些她认为不用继续聊下去的话时，她也会这么对我。

“他本想写本书。”我说。

她把马克杯放下，表情变得更加严肃。“关于你们小时候发生的事情吗?”

我点头：“他想让我帮忙。”

“你是怎么说的?”

“我说会考虑一下。”

“我知道了。”

“还有其他事——他说他知道是谁杀了她。”

她睁大了眼睛看着我。即使她已经七十八岁高龄，眼神仍然犀利。

“你相信他吗？”

“我不确定，可能吧？”

“他还说当时发生的其他事情了吗？”

“没怎么说，为什么问这个？”

“就是有些好奇。”

但是，妈妈从不会因为好奇而问问题。妈妈从不会轻易做什么事。

“怎么了，妈？”

她犹豫着。

“妈？”

她将满是皱纹而又冰凉的手放在我的手上。“没事。米基的死让人感到遗憾，我知道你已经很长时间没有见到他了。但你们曾经是朋友，你肯定会为此苦恼。”

我本想继续追问，但这时克洛伊推开厨房的门走了进来。

“需要续杯，”她说，举着手中的马克杯，“我没有打扰到你们吧？”

我看了一眼妈妈。

“没有，”她说，“一点儿也没有。我正要走。”

妈妈走之前留下几个大包，不用说也知道这对小猫接下来在这里的幸福指数非常重要。

依我之前的经验，我以为所有猫咪的幸福指数就在于有足够的小鸟和老鼠供它们消遣，通常情况下，我喝醉酒上床睡觉时会在床上看到，或者吃早饭时在厨房桌子上看到猫咪享受着自己盛宴。

我把它从猫盒里放了出来，我们谨慎地对视片刻。而后，它跳上克洛伊的大腿，在她身上伸展四肢躺着，得意之情溢于言表。

我很讨厌对动物恶语相加，但是对于猫咪，我总会例外。

猫咪和克洛伊在沙发上惬意地坐着，满足地打着咕噜（我不确定是克洛伊还是猫咪发出的声音）。之后，我去了楼上的书房，打开我书桌抽屉，拿出那个看似无害的棕色信封，将它放进衣袋，又回到楼下。

“我去商店一趟。”我喊道，然后趁克洛伊还没来得急给我列一大串购物清单之前赶紧出去了。她列的购物清单恐怕能与《战争与和平》匹敌，说不定当一间小屋的墙纸都够。

那天是购物日。所以街道上已经堵满了汽车，镇上的停车场也都占满了。很快长途汽车也会来，狭窄的街道上挤满游客，不论看见什么有柱子或茅草屋顶的建筑都会看看谷歌地图，再看看手上的苹果手机。

我走到一家角落里的商店，买了一包烟和打火机。后来我从镇上一路走到了公牛酒吧，谢丽尔正在服务，盖文却头一次没有坐在他常坐的桌边。

我还没走进酒吧时，谢丽尔抬起了头。“他不在这儿，埃德……他已经知道了。”

我在游乐场上找到了他。是那个老游乐场，我们经常口里嚼着大块硬糖和惠姆糖，在火热的太阳天去。也是在那个游乐场，我们发现了将我们带到她尸体所在地的粉笔画。

他坐在轮椅上，旁边是旧长椅。从那里能看见一点河水的影子，还能看见犯罪现场的警戒线依然挂在树上，他们就是从那里将米基的尸体打捞上来的。

门被我推开时吱呀作响。秋千还是老样子，秋千绳缠绕在顶上的横杆上。地上有垃圾，还有烟头，还有很多人来过的痕迹。我之前在晚上看到丹尼·迈尔斯和他那一帮人来过，但是白天没看到人来过。没有人会在白天过来。

我走近时，盖文没有转身，尽管他肯定听到了门的吱呀声。我坐在他旁边的长椅上。他的腿上放着一个牛皮纸盒，里面有些复古糖果。尽管我并不是特别想吃，还是拿了一个飞碟糖。

“这花了我三英镑，”他说，“是从一家高档糖果店买的。还记得我们以二十便士就能买一大包的时光吗？”

“记得。所以我的牙上有很多虫洞。”

他微微一笑，感觉很勉强。

“谢丽尔说你已经知道米基的事情了。”我说。

“是的。”他拿出一个老鼠形状的白糖，放进嘴里嚼，“我是不会假装伤心的。”

我相信他，但是他眼睛已经泛红，声音也有些沙哑。我们还是孩子的时候，胖子盖文和米基曾是最好的朋友，直到有一天，所有的一切都开始分崩离析，也许早在意外发生之前就开始了。尽管，那次意外，可以看作腐朽开裂的棺木上的最后一枚锈钉。

“警察来找我谈过，”我说，“我是那晚最后一个见过米基的人。”

“你没推他，是吧？”

我没笑，好像这句话原本是个笑话似的。盖文看着我，然后皱皱眉。“那是个意外？”

“可能是。”

“可能？”

“他们把他从河里捞出来时，在他口袋里发现了个东西。”

我看看公园四周，没什么人。只有一个遛狗的人在河边散步。

我拿出我自己的信，递给他。“其中一封是这个。”我说。

盖文俯下身，我等他看。盖文总是面无表情，还是孩子的时候他就这样。他可以像米基一样从容地撒谎。我能感觉到他现在挣扎着是否要说谎。

“看起来很熟悉？”我说。

他点头，最终以一种疲倦的口吻说：“是的。我也收到一封。霍普也收到了。”

“霍普?”

我花了一段时间才搞明白，一时间，他们对我闭口不提这件事，让我很是恼火。这种感觉就像小时候时，你被排挤出这个圈子了。

“你为什么没说?”我问。

“我们都以为这是个变态玩笑。你呢?”

“我也这么觉得。”我停顿片刻，“但米基死后我不这么认为了。”

“好吧，这很说得过去。”

盖文把手伸进糖袋里，拿出一个可乐瓶状的糖塞进嘴里。

我看了他一会儿。“你为什么这么恨米基?”

他笑了一声：“还用问吗?”

“就是那件事? 那次意外?”

“我觉得那是个很好的解释，不是吗?”

他是对的。然而，我突然看见他把什么收了回去。我伸进口袋拿出一包万宝路香烟。

盖文看了我一眼：“你什么时候又开始吸烟了?”

“没有，之前都没有。”

“能给我一支吗?”

“你开玩笑的吧?!”

我们都勉强一笑。几乎是这样。

我打开包装，抽出两支烟。“我还以为你也放弃戒烟了。”

“嗯。看来今天是个放弃坚持的好日子。”

我把烟递给他，点着烟后又把打火机给他。我吸第一口烟时，有些眩晕，有些恶心，还他妈的有些爽。

盖文呼出一口烟，说道：“妈的，这烟闻起来真像一堆破烂儿。”他瞄了我一眼，“但真是超棒的破烂儿啊，兄弟!”

我们都笑了。

“那么，”我说，“既然我们已经放弃戒烟了，现在想谈谈米基了吗?”

他低着头，笑容渐渐消失。

“你知道那次意外吗?”他弹弹烟灰，“这么问真蠢。你当然知道。”

“我知道的都是别人告诉我的。”我说，“我没在现场。”

他皱眉，回忆。“是，你没在现场，不是吗?”

“在家学习吧，也许。”

“像往常一样，那晚米基开车。你知道他有多爱那辆标志汽车。”

“他像个疯子一样开着它到处兜风。”

“是啊，那也是他为什么从不喝酒的原因，因为他更想开车。但我更想喝个痛快。”

“我们都是小孩儿嘛，就应该那么做。”

但我当时并没有那么做。当时不怎么想参加那种活动。当然，对此我也是随便一说。

“我当时在派对上玩得特别爽。醉得一塌糊涂，已经喝蒙圈了。后来我吐得到处都是，蒂娜和里奇就想让我先走，于是他们说服米基，让他开车送我回家。

“但是米基也一直在喝酒?”

“看似如此。我记得没看到他喝酒，但对那晚的情形我也不怎么记得了。”

“他当时酒精检测超标了?”

他点头。“没错。但他跟我说，肯定是有人在他喝的东西里掺了酒。”

“他什么时候告诉你的?”

“他当时从昏迷中醒过来之后，去医院看了我。他甚至都没说抱歉，就一直在强调那真的不怪他。是有人往他的饮料里掺了酒，要不是我喝得太醉，他当晚就不用开车送我回去。”

米基就是这样，总是让别人背锅。

“我理解你为什么还在恨他。”

“我不恨他。”

我看向他，烟举在嘴边。

“不恨，”他说，“过去恨了一段时间。我想怪他，但是我不能。”

“此话怎讲？”

“那次意外并不是让我闭口不谈米基，也不再愿意见到他的原因。”

“那原因是什么？”

“因为这件事会让我想起过去发生的事，让我认为自己活该坐轮椅。这是因果报应。我之前撒了恶果。”

突然间，我又回想起哈洛伦先生的话：

“因果报应。种瓜得瓜，种豆得豆。如果你做了坏事，你最终会为此付出代价。”

“你做了什么？”我问。

“我杀了他的哥哥。”

1986

除了给别人家里打扫卫生，霍普的妈妈也负责打扫小学和教堂。

正是格温发现马丁牧师出事的。

那天，格温·霍普金斯照常在周日早上六点半去教堂打扫卫生，她要赶在九点半第一批人来做礼拜之前打扫干净。（估计干牧师这一行的没有周日休息一说。）当时还是夏令时，所以她到教堂那扇橡木门前时，外面肯定还很黑。她掏出自家厨房的置物架，从那上面拿出钥匙开锁。

她把所有要打扫的地方的钥匙都挂在置物架上，上面还写着雇主的地址。这么做不太安全，也不明智，尤其是考虑到霍普的妈妈有吸烟的习惯，她总是晚上在后门那里吸烟，有时会忘记锁门。

那天早上，她后来告诉警察（和报社），她注意到教堂钥匙挂错了地方。但是她没多想，也没觉得后门没锁有何不妥。因为，按她的说法，她有些健忘，但她通常不会把钥匙放错地方。问题是，谁都知道她把钥匙放在哪里。没有人利用这一点行窃真是奇迹。

你就只需要溜进去，拿一把钥匙，然后趁那家人外出的时候潜进去。如果你只偷件小东西，比如一个装饰品，或从衣柜里拿一支笔，那家人甚至注意不到家里丢了东西。如果你偷的是一些不值钱的东西，他们可能会觉得是自己放错地方了。或许有人会这么做，如果他是个爱“拿”别人东西的人。

格温注意到有些不同寻常的第一个线索是，她发现教堂的门没锁，但没把这一点放在心上。可能是牧师来了，有时候他会很早到教堂工作，格温到教堂时他已经在里面练习布道了。直到走到教堂中殿，她才意识到出事了。出大事了。

教堂没那么暗。

通常情况下，教堂中殿尽头的长木椅和布道坛看起来总是黑漆漆的，但今天早上它们散发出隐隐微光，有些发白。

或许她有过疑虑，或许她有些脊柱发凉，但她认为这是自己的想象力作祟。但是，实际上，真正作祟的是这种感觉，让你以为一切无恙的感觉。

格温抚平胸中的不安，摸索着按下门附近的电灯开关。教堂里四壁上的灯嗡嗡作响，然后啪地一下亮了起来。这些灯已经老旧，有些灯泡已经坏了待换。

格温尖叫一声。教堂里画满了画，石头地板上、木质长椅和布道坛上，她目光所及之处全部都是用粉笔画的小人儿，有些在跳舞，有些在挥手，还有些亵渎神明，画着阴茎和硕大的乳房。最糟的是，还画着吊死的人，绳索缠绕在小人儿的脖子上。那场景怪异，令人毛骨悚然，寒毛倒竖。

格温差点儿扭头就跑。她差点儿扔掉手中的水桶，冲出教堂，能跑多快是多快。如果她真地跑出去了，可能就真的来不及了。但是她犹豫了。就在那时，她听到一点儿声音，一声虚弱无力的呻吟。

“谁？有人在那儿吗？”

又传来一声呻吟，这次声音大了些。她听得很清楚，是痛苦的呻吟声。

她又在胸前画了下十字，十分用力，十分刻意，接着她走向中间过道，头皮发麻，起了一身鸡皮疙瘩。

她在布道坛后面看到了牧师，他像个胎儿一样蜷缩着。他的衣服被剥光，只剩下白色的教士领。

那领子本是白色的，但现在已被血液染红。他的头受到重击。医生说，再多打一下都能让他殒命。但他有幸逃过一劫，说他“有幸”也许不太合适。

他不光头上受伤流血，背上也有伤。那是用刀刻的伤疤，两道参差不齐的血痕从他的肩胛骨一直延伸到臀部。直到血被清洗之后，人们才看出他背上刻了什么字。

天使之翼。

马丁牧师被送往医院，浑身插满管子。他的大脑受到损伤，医生需要诊断出受损程度，最后再决定是否需要进行手术。

妮基去她爸爸的朋友家中暂住，那位朋友是一位年老的女士，留着小鬈发，戴着厚厚的眼镜，她同属抗议者阵营。但是，妮基没在那里住太久。第二天，有辆陌生的车停在牧师住所外面，是辆鲜黄色的迷你车，车身上有很多贴纸：绿色和平组织、彩虹、“预防艾滋病”，诸如此类。

实际上我并没有看到她，是盖文告诉我的。而盖文则是从爸爸那里听来的，他爸爸又是在酒吧听人说的。从那辆黄色迷你车中出来的是个女人，她身材高挑，一头及腰红发，她穿着背带裤、一件绿色的军装外套和柏哈步鞋子。

“她的穿着打扮就像格林汉康蒙的女性一样。”

但事实证明，她并非来自格林汉康蒙，而是伯恩茅斯，她是妮基的妈妈。

不同于我们的想象，妮基的妈妈没死。实际上，她离死还早着呢。只是马丁牧师告诉别人她死了，他也是如此告诉妮基的。看样子，她是在妮基还很小的时候就离开了。我不清楚其中缘由，也不能明白有哪个母亲能说离开就离开。但是，现在，她回来了。而妮基将要和她一起生活，因为妮基没有其他亲戚，她爸爸看情形已经无法继续照顾她。

医生决定手术，他们说这样马丁牧师应该会好转，甚至可能痊愈。但是他们不能打包票，因为头部受损伤是无法让人下定论的。他能自己坐在椅子里，能吃能喝，能在别人的帮助下上厕所。但是他不能——或者不会——说话，而医生们也不知道他能否理解别人跟他说的话。

他被送去专门照顾头部遭受创伤的病人的疗养院，妈妈说，这是为了进行“康复”。教堂为他付钱，这样可能也好，因为，我猜，妮基的妈妈付不起，或者她根本不想付。

据我所知，她从没带妮基去看过牧师马丁。她可能是在报复他。这么多年来，他都告诉妮基她已经死了，不让她见自己的女儿。又或者，是妮基自己不想去。我不会怪她的。

只有一个人会经常看他，每周都会去，从不间断，而那个人并非他的忠实会众，也不是他的忠实天使。那个人是我的妈妈。

我从来不能理解。他们憎恨对方。马丁牧师曾对我妈妈做过性质很恶劣的事情，也曾对她恶语相向。有时她总会跟我说：“这不是重点，埃迪。你要懂，做好人不是看你是否唱圣歌，是否向神话中的上帝祈祷，上帝看的是你如何对待他人。一个好人不需要信仰宗教，因为他们内心充盈，他们对自己在做的正义之事心满意足。”

“所以你要去看望他？”

她尴尬地笑笑。“不算是。我看望他是因为觉得他可怜。”

我和她一起去过一次，我不知道为什么会去。可能是我没什么更好的事做，或许我只是觉得能陪妈妈一会儿挺好的，因为她仍然非常卖力地工作，我们待在一起的时间没多少。或许，只是一个小孩子病态的好奇心在作祟。

疗养院叫圣玛格达莱妮疗养院，从去威尔顿的那条路走，开车只要十分钟就能到。疗养院在那条狭窄小径的尽头，路两旁绿树成荫。疗养院看起来不错：是座大大的旧房子，房前有一块细长的草坪，还摆了些白得过分的桌椅。

远处有一间小木屋，几个人——我猜是园丁——正在劳作。其中一个推着嗡嗡作响的割草机来回走着割草。其他几个则用斧头把干枯的树枝砍下来，然后把它们堆好，像篝火堆似的。

有位年长的女士坐在花园里的桌子边。她穿着印花睡衣，还戴着精致的帽子。我们开车经过时，她向我们挥手道："你能来真好，斐迪南。"

我看向妈妈："她是在跟我们说话吗？"

"不算是，埃迪。她在和未婚夫说话。"

"哦，他要来吗？"

"我想不会。他四十年前就去世了。"

我们停下车，走到一扇大门前，我们的鞋子踩在砾石车道上时嘎吱作响。疗养院里面与我想象中的样子不一样，总体还是不错的，或者至少他们试图让疗养院看上去很好，黄色的墙壁，还有装饰品和照片等。但房间闻起来还是像医院，有一种消毒剂、小便和腐烂的卷心菜混合起来的独特味道。

还没等我们见到马丁牧师，这种味道已经让我恶心想吐。一位穿着护士服的女士将我们带到一间满是桌椅的长形房间，房间角落有台正放着节目的电视机，几个人坐在前面看电视。其中有位很胖的女士，看上去半睡半醒，还有位戴着眼镜和助听器的年轻男士，他的镜片很厚。有时，他会跳起来，向空中挥手，并高喊："抽我吧，米尔德里德！"那场面真是既好笑又让人备感尴尬。护士们则对此置若罔闻。

马丁牧师坐在玻璃落地门旁边，手放在腿上，脸上毫无表情，看起来跟橱窗里的模特假人似的。他的坐姿正好方便看到花园，但我不知道他是否真的在欣赏风景。他目光空洞地盯着什么东西，或者他根本什么都没看。他的眼珠子根本没有动，无论是别人从他身边经过，还是那个戴着助听器的男人大喊时，他都目不转睛。我甚至不确定他还会不会眨眼。

我当时没跑出房间，但我几乎无法强忍想跑出去的欲望。妈妈坐下来给他读书，是一本某位已逝作家写的经典作品。我找了个借口跑到花园那里闲逛，就是想逃离出去，呼吸些新鲜空气。那位头戴大帽子的老女士还坐在外面。我本想躲开她的视线，但是我走近些后，她转过了身。

“斐迪南不会来了，是吗？”

“我、我不知道。”我结结巴巴地说。

她目不转睛地盯着我：“我知道你。你叫什么，小子？”

“埃迪。”

“埃迪，女士。”

“埃迪，女士。”

“你是来看牧师的？”

“是我妈妈来看。”

她点点头：“想知道一个秘密吗，弗雷迪？”

我原本想告诉她我叫埃迪，但转念一想还是算了。老女人总有些让人害怕，不光是因为她老了，尽管这也是一部分原因。对小孩子来说，老人皮肤松松垮垮，双手干干瘦瘦、青筋暴起，着实有些可怕。

她伸出骨瘦如柴的手指，示意我靠近些。她指甲泛黄卷曲，让我有种想跑开的冲动。但话又说回来，哪个小孩对秘密不好奇呢？我向前走了一小步。

“那个牧师……他把他们都骗了。”

“什么意思？”

“我看见过他，在晚上的时候。他是个披着羊皮的狼。”

我听她说着。她往后坐了坐，皱眉。“我知道你。”

“我叫埃迪。”我又说。

突然间，她指向我说：“我知道你做了什么，埃迪。你拿了什么是吧，是不是？”

我跳起来：“没有，我没拿。”

“放回去。你把东西还回去，要不然我就拿马鞭抽你，你个臭小子。”

我向后退，她的喊叫追在我身后：“你给我还回去，小子，还回去!”

我拼命跑开，跑回通向房间的小道，心怦怦直跳，面颊滚烫。妈妈正在给牧师读书。我坐在外面的台阶上，等她读完。

但是，在她读完之前，我已经快速把那件从活动室偷来的小塑像还了回去。

但那都是后话了，很后的后话了。是在警察来我们家把爸爸带走之后，也是在哈洛伦先生被迫从学校辞职之后。

妮基搬去了伯恩茅斯和她的妈妈一起住。胖子盖文去找了铁牙米基一两次——想要和解——但是每次米基的妈妈都告诉他，米基不能出去，然后当着他的面狠狠把门摔上。

“什么破烂玩意儿啊!”胖子盖文说，因为后来他看到过米基去商店，和其他几个年龄大一点儿的孩子一起，那些过去经常和他哥哥一起玩的哥们儿。

我不怎么在意米基和谁出去了，反而很高兴他不再是我们中的一员。我很在意妮基离开的事实，在意到无法向霍普和胖子盖文坦白。那不是我唯一不能向他们坦白的事情。我还从没告诉他们妮基走之前曾见了我一面，在她离开的那天。

我当时在厨房里，坐在桌边写作业。爸爸在一处敲敲打打，妈妈拿着吸尘器打扫卫生。我还听着广播，所以那天我能听见门铃真是奇迹。

我等了一会儿，等到确定没有人去开门之后，我才从椅子上滑下去，小跑去门厅，把门打开。

妮基站在外面，手里握着自行车的车把手。她的皮肤惨白，头发乱糟糟的，黯淡无光，左眼下面还是有些发青。她看起来就像哈洛伦先生画的抽象画，像是一幅拼接画，一个面无血色版本的她。

“嗨。”她说，甚至声音听起来都不像她自己。

“嗨，”我回答，“我们本想去看你来着，但是……”

我越说声音越小，因为我们没这个打算。我们太害怕，不知道该说些什么。当时面对米基时，我们也是如此。

“没关系。”她说。

但事实并非如此，我们本是她的朋友。

“你不进来吗？”我问，“我们家有柠檬水和饼干。”

“不了。妈妈以为我在收拾行李，我是偷偷溜出来的。”

“你今天就要走了吗？”

“是的。”

我顿时心如死灰，心中生出了别样的情愫。

“我真的会想你的，”我不假思索地说，“我们都会想你的。”

我本来以为她会说些尖酸刻薄的话，没想到她突然向前走了一步，用胳膊环抱住我。她紧紧地抱着我，非常用力，不像在拥抱我，倒像是“死亡之握”，好像她身处被暴风雨和黑暗充斥的海上，而我则是最后一根救命稻草。

我任由她抱着。我闻到了她头发上的味道，她的头发挽成卷，发丝缠绕在一起，散发着香草和口香糖的味道。我感受到了她胸脯的起伏，透过她的宽松内衣感受到了她那如蓓蕾般的乳房。我从心底里希望我们能永远这么抱着，希望她永远不要离开。

但她还是离开了。她突然转身，把腿翘上自行车，然后拼命地沿着路往前骑，她的红色长发在背后飞扬，像一堆生气的火焰。她没再说什么，甚至没说一句再见。

我目送她离开，然后突然发现：她从未提父亲。一句也没提过。

警察又找霍普的妈妈谈了一次话。

“所以他们还是不知道是谁做了那件事？”胖子盖文边问霍普，边喝着可乐汽水。

我们坐在学校游乐场的一个长木椅上。过去我们经常是五个人坐在那里，就在场地边上，靠近人们玩跳房子游戏的广场。现在，只有我们三个坐在这里。

霍普摇摇头："我不这么觉得。他们问了钥匙的事情，问她知道钥匙放在哪里的有谁。他们也问了教堂里的那些粉笔画。"

这一点吸引了我的注意。"那些画。他们问了什么？"

"问她之前有没有见过类似的画？马丁牧师有没有提过其他线索或他受到过什么威胁？他有没有与谁结仇？"

我有些不自在地动了动身体。小心粉笔人。

胖子盖文看向我说："怎么了，怪物埃迪？"

我迟疑着，不知道到底是为什么。他们是我的好友、兄弟，我本可以对他们毫无隐瞒。我应该告诉他们还有其他粉笔人。

或许，是因为胖子盖文，虽然他风趣，忠实又大方，但他藏不住秘密。或许，是我不想告诉霍普我在墓园看到的粉笔人，因为还得解释为什么当初我没说。而且，我还记得他那天说的话。"要是让我找出是谁干的，我非杀了他不可。"

"没什么，"我说，"就是，我们之前也画粉笔人，不是吗？我希望警察不要怀疑我们。"

胖子盖文哼了一声："这太他妈扯淡了。没人会觉得我们能把一个牧师打得头破血流。"说完，他突然双眼放光，"我打赌是某个撒旦崇拜者之类的人干的。崇拜魔鬼的人。你妈妈确定那是粉笔，而不是血吗？（说这话时，他故意拖长了声音。）"他跳起身，张牙舞爪，还模仿恶魔哈哈大笑。

后来下午上课铃响了。而我们的话题，也许还没说完，就暂时搁一边了。

我从学校回到家时，我家车道上停了一辆陌生的车，爸爸正和两名警察坐在厨房里，警察一男一女，他们都穿着已经没型的制服，表情严肃，很不友好。爸爸背对我坐着，但他无力地坐在椅子上，我想他的脸色应该也不好，浓密的眉毛皱成一团。

我没能再多看几眼，因为妈妈从厨房出来，把门关上了。她把我带到大厅那里。

“他们是谁?”我问。

妈妈从不粉饰事实。“是警察，埃迪。”

“是警察啊?他们来这儿干什么?”

“他们只是需要问我和你爸爸几个问题，关于马丁牧师的。”

我盯着她，心跳已然加速。“为什么?”

“只是例行公事。他们和很多认识他的人都谈过话。”

“他们没找胖子盖文的爸爸谈话啊，他也认识他。”

“别闹，埃迪。去看会儿电视吧，等我们谈完。”

妈妈从不会主动提议我去看电视，通常我写完作业才能看会儿电视，所以肯定出事了。

“我想喝杯水。”

“我给你拿。”

我看了她一会儿。“什么事也没有吧，妈妈?他们不会觉得爸爸干了什么坏事吧?”

她眼神变得温和，用手轻轻地抓了下我的胳膊。“没事，埃迪。你爸爸没有做错任何事。你快去看电视吧，我待会儿给你拿杯果汁。”

“好吧。”

我慢慢走进起居室，打开电视。妈妈也没给我送果汁来，但是这没关系。很快，那两名警察就离开了。爸爸和他们一起走了。我知道这很有关系，有关系的不是一点儿。

原来，爸爸出去散步的那晚恰好是牧师被袭击的那天，但他最远只走到了公牛酒吧那里。胖子盖文的爸爸可以作证，他在那里喝了威士忌（爸爸不常喝酒，但当他喝酒的时候，他不像其他人的爸爸那样喝啤酒，他只喝威士忌）。胖子盖文的爸爸当晚跟他说了句话，但他爸爸那晚很忙，他还说：“你懂的，有些顾客只是想自己待会儿。”不过，他还记得当时我爸爸没再多点酒，爸爸在酒店打烊前才离开。

爸爸已经记不清当晚的情形，但是他记得回家的路上，曾坐下来呼吸新鲜空气，就坐在教堂院子的一个长椅上。有人半夜看到他在那里。妈妈告诉警察爸爸大约凌晨一点的时候回到了家。警察不能确定马丁牧师被袭击的时间，但是他们认为应该是在半夜十二点到凌晨三点之间。

他们可能没有足够的证据来控告爸爸，但因为爸爸之前曾和马丁牧师打过架，还有妈妈受到过来自马丁的威胁，警察已经有足够理由将爸爸带走继续问询。如果不是哈洛伦先生的话，他们甚至可能将他拘留。

第二天，哈洛伦先生去警察局告诉警察，他那晚看到我爸爸在教堂院子的长椅上睡了过去。因为不放心把我爸爸留在那里，他叫醒了爸爸，和他一起走到了我家门口，正好是半夜十二点到凌晨一点之间。因为爸爸喝醉了，他们走了四十分钟才走到家（尽管平常只要十分钟就能走到）。

哈洛伦告诉警察，我爸爸当时身上没有血迹，他既不生气，也没有打人的倾向。他只是喝醉了，稍微有些情绪。

那基本上证明了我爸爸的清白。不幸的是，哈洛伦先生那个时间还在教堂晃悠却也让人怀疑，大家也因此知道了华尔兹女孩。

2016

我们以为自己想得到答案，但是我们真正想要的只是正确答案。人本性如此。我们发问，并希望听到我们自己想听的答案。但问题是，你不能选择真相。真相有一个惯性是，它就是真相。你只能选择相信或不信。

“是你偷走了肖恩·库珀的自行车？”我对盖文说。

“我知道他晚上经常把车放在车道上。他以为自己名气大得很，大到没人敢偷他的车。所以我偷了，就是想激怒他。”他停顿片刻，“我从没料到他会下河捞车，也从没料到他会因此被淹死。”

想不到，我也这么认为。但是每个人都知道肖恩有多爱那辆车。偷了这辆车会惹祸上身，胖子盖文的心里肯定有所顾忌。

盖文吐了一口烟。“那天在游乐场，我看到了他对你的所作所为。”

他突然说出真相，像是给我胸口来了一拳。三十年了，一想到那件事，我仍然羞愧万分。尤其是想到我的双膝跪在粗糙的柏油路面上，想到我嘴里那股酸味和臭味叠加的味道。

“我当时在公园，”他说，“我看见了所发生的一切，但我除了站在原地，什么都没做。后来我看到哈洛伦先生跑了过去，我告诉自己一切都会没事的。但事实并非如此。”

“你当时也是心有余而力不足啊。”我说，“他们可能转而报复你。”

“那我也应该为你一搏。朋友就是一切，还记得吗？我总是这么说。但是真遇到事的时候，我却没能做到。我和其他人一样放任肖恩逍遥法外。要是放到现在，他就该进监狱了。但是当时，我们都很害怕他。”他目光灼热地看着我，“他不仅是霸凌者，他还是个他妈的变态。”

他说得对，但只说对了一部分。肖恩·库珀是不是变态，我不知道，但我十分确定他是个施虐狂。在一定程度上，大部分孩子都这样。但等他长大之后，他可能会变得不同。我想到了哈洛伦先生在墓地说的那些话：

“不，因为他没机会改变。”

“你怎么不说话了？”盖文问。

我狠狠吸了一口烟，但吸得太多，耳朵嗡嗡作响。

“肖恩死后的那晚，有人在我家的车道上画了一个粉笔人。一个溺水的粉笔人，像是要传递什么信息。”

“不是我。”

“那又是谁？”

盖文在长椅上捻灭烟头。“谁知道？谁在意？去他妈的粉笔人。关于那年夏天，大家就只记得这个。比起来有人受伤，人们更关心这些蠢画。”

说得是。但是这两者之间有着不可分割的联系，这像先有鸡还是先有鸡蛋的问题。到底是先有粉笔人还是先有杀人事件的？

盖文说：“你是唯一一个知道真相的人，埃德。”

“我什么都不会说的。”

“我知道。”他叹口气，“你有没有做过性质极其恶劣的事情，即使连最亲近的朋友也不能说？”

我在扁平的过滤器上捻灭香烟。“多数人肯定都有。”

“你知道吗？有人曾这么跟我说，秘密就像屁眼。我们大家都有，只是有些人的要比别人的更脏。”

“这个比喻真形象。”

“是啊。”他笑出声，“真他妈的恶心。”

我到家时已是傍晚时分。开门进去，径直走进厨房，闻到一股难闻的猫屎味，我一下子皱起了眉。我瞥向塑料托盘，那里好像没什么猫屎。这可能是好事，但也让人担忧，这取决于猫咪今天的邪恶指数有多少。所以穿拖鞋时，我做了下心理准备。

厨房操作台上放着威士忌酒，十分诱人。然而（因为很清醒以及发生的所有事），我还是从冰箱里拿了一瓶啤酒，然后上楼去了。我在克洛伊的房门附近逗留片刻，里面什么声音都没有，但是我能感受到地板微微震动，说明她可能正戴着耳机听音乐。很好。

我踮着脚尖走近卧室，关上门。我把啤酒放在床边的桌上，蹲下身去，把窗边柜子上的抽屉拉了出来。抽屉很重，与地板稍微有些摩擦，但是这点儿声响并没有让我太担心。因为克洛伊听歌时，一般会把音量调得很高，能震破鼓膜的那种程度，如果这时发生一场小幅地震，她估计丝毫察也觉不到。

我拿出放在内衣抽屉里的旧螺丝刀，撬开地板。那里面共放着四个盒子。比我还是个孩子时的数量更多，因为我现在需要隐藏的东西更多了。

我拿出一个卡在缝隙中的盒子，打开盒盖，查看里面的藏品。我拿出最小的物件，小心翼翼地揭开裹在上面的薄绵纸。裹在里面的有一个金色耳环，不是真金的，只是一个廉价的衣服装饰品，已经生锈。我将它捧在手心，想让它在手心温暖一下。心想，这是从她那里偷来的第一件东西。就是在游园会的时候，所有这一切开始的那天。

我十分理解盖文的感受。如果他没有偷肖恩·库珀的自行车，那他可能就不会死。小孩子的一个不智之举竟然造成一桩惨剧。盖文无法预知事情的最后结局，我也是这样。然而，还是有一股奇怪的感觉笼罩着我。这种感觉不舒服。确切来说，这并不是愧疚，而是它的孪生兄弟，责任感。所有这些让我感到了责任感。

克洛伊肯定会说，这都是因为我有些孤僻、自恋，不论什么都能跟自己扯上关系，觉得这世界是围着自己转的。这在一定程度上说得不错。独处有时能让人自省。从另一方面来说，我可能没花什么时间自省，或者反思过去。我又小心翼翼地把耳环收好，放回盒子。

也许，是时候好好回忆一下那些尘封往事了。然而，这一路既不会光影斑驳，也不会有你心爱的收藏品。这是一条黑暗、谎言与秘密遍布且坑坑洼洼的路。

并且，在路上，会有粉笔人相伴。

1986

“爱上一个人，是不由自主的。”

哈洛伦先生如此告诉我。

我想他是对的。爱情无关选择，而是一种冲动。我现在理解了。但是，有时候，也许你还是需要做出选择。或者，至少，选择不陷入爱情。与自己的情感抗争，让自己远离爱情。如果哈洛伦先生选择不爱上华尔兹女孩，一切可能会有所不同。

而这要从他辞职离校，我因此溜出家，骑车穿过小镇去看他说起。那天很冷，铁灰色的天空像一堵水泥墙，坚硬且不易变形。有时候，会零星地下场毛毛雨。可能天空也太过绝望，不能好好地下场雨。

哈洛伦先生辞职是被迫无奈，学校也没有发公告。我想他们希望他悄无声息地离开。但是，当然了，我们都知道他要离开，而且我们也都知道其中的原因。

华尔兹女孩身体好转后，哈洛伦先生曾去看望她。在她出院后，他仍然经常去看她。他们总是在咖啡店或公园见面。我猜想他们的保密措施做得肯定很好，因为从没人撞见过他们，或者有人撞见过，但没在意。华尔兹女孩换了个发型，把头发染成了浅色，跟金黄色差不多。我不知道她为什么这么做，因为我觉得她的头发本来就很好看。但是，她可能觉得需要改变一下，因为她变了。有时她会拄着拐棍走，有时则一跛一拐地走。我想，如果有谁真的看见他们了，也只会觉得哈洛伦先生是一番好意。当时，他还是大家心中的英雄。

但后来，人们发现华尔兹女孩经常在晚上去他家，而他也经常在华尔兹女孩的妈妈外出时，偷偷溜进她的家。这一切都发生了改变。

而那也是他那晚为什么会回到教堂院子里的原因。

而这他妈的到底是酿成了大祸，因为华尔兹女孩当时只有十七岁，哈洛伦先生已经三十多岁，而且还是个老师。人们不再称他为英雄，而开始喊他变态和恋童癖。孩子家长跑到学校去找校长理论。尽管他并没有真正地，或者从法律上来讲，做错什么，她也只能让他离开，别无选择。因为这事关学校荣誉，以及学生的“安全”。

一时流言四起，有人造谣说哈洛伦先生会故意弄掉黑板擦，好趁机偷窥班上女学生的裙下，又或者他会在体育课上溜达，只为了盯着女孩的腿看。还有一次，他还在餐厅里摸了一个女孩的胸，她正在给他擦桌子。

这些传言没有一句是真的，但谣言的传播就像细菌一样，它们传播的同时，一瞬之间又繁衍出新的版本。还没等你回过神来，大家都被传染了。

我想说自己坚持站在了哈洛伦先生这一边，还在其他孩子面前为他说过话。但是我没这么做。当时我只有十二岁，而且学校里的人就是这样。我听到关于哈洛伦先生的笑话时会跟着发笑。而且对那些辱骂他、胡编乱造其他谣言的人默不吭声。

我从没站出来说我不信他们的谣言，说哈洛伦先生是个好人。因为他救了华尔兹女孩的命，也救了我爸爸。我不能跟他们说他的画画得多好，也不能说他那天把我从肖恩·库珀手里救了出来，又或者他是如何教会我要守护对自己来说特别的东西。要紧紧守护。

我想这就是为什么那天我会去看他。他不仅被迫辞职，还得搬家走人。那小屋本是学校租用的，现在代替他的新老师，即将入住。

我把自行车支在外面，去敲门的时候，还是觉得有些害怕和尴尬。哈洛伦先生过了一会才开门。我正想着自己是不是该走，也许他出去了，虽然他的车就停在外面的街上。就在这时，门打开了，哈洛伦先生站在门口。

不知怎的，他看起来与平常有些不同。他一直很瘦，但现在，他看起来更加消瘦。他的皮肤越发苍白，白得透明的胳膊上青色血管清晰可见，这是他胳膊上唯一有颜色的东西了。他头发凌乱，身上穿着牛仔裤和深色短袖，显得他胳膊十分健壮。那天，他看起来真的很像一种奇怪的、不像人的怪物，像粉笔人一样。

“你好，埃迪。”

“你好，哈洛伦先生。”

“你来这儿有事吗？”

这个问题问得好，因为我只知道自己来了这里，却不知为何。

“你爸爸和妈妈知道你来这儿了吗？”

“好吧，不知道。”

他轻轻皱了下眉头，随后他走出来，向四周望望。我当时不是特别明白。后来，我才知道——那段时间流言四起，他最不想被人看到的就是有个小男孩去他的住处吧。我觉得他甚至一度想将我拒之门外。但他看向我，目光变得缓和：“进来吧，埃迪，你想喝点儿什么吗？果汁还是牛奶？”

我不怎么想喝东西，但说出来有些不礼貌，所以我说：“呃，喝牛奶就好。”

“好的。”

我跟着哈洛伦先生进了小厨房。

“坐吧。”

我在一个摇摇晃晃的松木椅子上坐下。厨房的操作台上堆满了盒子，起居室也堆了不少。

“你要搬走了吗？”我问，但这个问题很蠢，因为我知道他要走。

“是的，”哈洛伦先生说，从冰箱里拿出一瓶牛奶，检查日期后，给我倒了一杯，“我准备去康沃尔和妹妹一起住。”

“哦，我还以为你妹妹已经去世了。”

“我还有另外一个，她年龄大些，叫柯丝蒂。”

“哦。”

哈洛伦先生端着牛奶走过来。“一切都还好吗，埃迪？”

“我，呃，我想谢谢你，谢谢你为我爸爸做的。”

“我没做什么，只是说了实话而已。”

“是的，但你也可以不说，而且如果你没说的话，就……”

我说到后面声音越来越小。感觉很糟，比我预想的糟多了。我想离开，但又觉得我不能那么做。

哈洛伦先生叹口气。“埃迪，所有这些，与你或你爸爸都没关系。我最近本来就准备离开。”

“因为华尔兹女孩吗？”

“你指的是，埃莉莎？”

“哦，是的。”我点头，抿了一口牛奶，味道有些变质。

“我们觉得一个全新的开始对我们都好。”

“所以她要和你一起走吗，去康沃尔？”

“我希望最后结果能是这样。”

“人们都在说你的坏话。”

“我知道，他们说的都不是真的。”

“我知道。”

但是他肯定觉得我需要从他那里得到更多证实，因为他继续说道：“埃莉莎是个很特殊的女孩，埃迪。我本没预想到这些会发生。我当时只是想帮助她，像朋友那样。”

“你为什么不能继续做朋友？”

“当你再长大些，就会懂了。我们无法选择自己会爱上谁，无法选择能让我们感觉幸福的人。”

但是他看起来并不幸福。与那些陷入爱河的人看起来并不相同。他有些伤感，有些迷茫。

我骑车回家，感觉有些困惑，还有些迷茫。冬天悄悄来临，虽然才下午三点，天空却渐渐暗了下来，已近朦胧的黄昏时分。

外面寒冷萧瑟，所有一切都变得毫无希望。我们小团伙被拆散。妮基搬去伯恩茅斯和妈妈一起生活；米基现在一起玩的人我不喜欢；我仍然会与霍普和胖子盖文一起出去，但这和之前已经不同。三个人的小团体有自己的问题。我一直觉得霍普是我最好的朋友，但有时候，我去找他的时候，他已经出去找胖子盖文了。这让我感觉有些不舒服：有些怨恨。

爸爸和妈妈也与之前有所不同。自从马丁牧师受到袭击之后，妈妈工作那里的抗议逐渐平息。“就像是把野兽的头砍下来了一样。”爸爸说。但就当妈妈越来越放松的时候，爸爸却变得更敏感，局促不安。可能是警察找他谈话的事情动摇了他的心智，也可能是其他原因。他变得健忘、急躁。有时我会发现他坐在椅子上，空洞地望着前方，好像在等什么未知的东西。

那种等待的感觉似乎笼罩着整个安德伯雷，所有的一切似乎都静止了。警察还没找出是谁袭击了马丁牧师，或许怀疑也是静止的一部分：寻找着，猜想着你身边某个熟识的人竟然干出这等事来。

树叶枯黄卷缩，最终还是从摇摇晃晃的枝头掉落。周遭的一切都凋敝枯萎，死气沉沉。一切都毫无生机，没有活力可言。好像整个小镇暂时都陷入了静止状态，暂时进入了它自身陈旧的时间胶囊中。

当然了，最后事实也证明，我们都在等待。当那女孩苍白的手从皱缩的树叶中伸出来向我们示意时，整个小镇的人似乎都呼出一口长长的浊气。因为终于有事发生了，最坏的事情终于到来了。

2016

我第二天早上很早就醒来了。或者说，在长达数小时的辗转反侧，又做了几个已经记不清的梦之后，我终于放弃了睡觉。

其中有一个梦是哈洛伦先生正在和华尔兹女孩一起玩旋转华尔兹。我很确定那是华尔兹女孩，尽管梦里的她已经没有了头，但我认识她的衣服。她的头放在哈洛伦先生的大腿上，而且每次游乐园工作人员转他们时，那头颅都会尖叫。后来我发现那工作人员就是肖恩·库珀。

“如果你想转得再快点儿，就大叫出来，大便脸。我说，尖叫出来。”

我吃力地从床上爬起来，浑身颤抖，极其疲倦。随后我穿上衣服，轻轻走下楼去。我以为克洛伊还在睡觉，所以我就自己打发时间，煮咖啡，读书，在后门外面吸了两支烟。等到时钟走过九点时，看起来是个合适的时间，我拿起电话打给霍普。

是他妈妈接的电话。

“你好，霍普金斯夫人。戴维在吗？”

“请问你是？”

她的声音有些颤抖和无力，和我妈妈利落干脆的说话方式形成鲜明对比。霍普的妈妈患有痴呆症，和我爸爸情况很像，只是爸爸的阿尔兹海默症来得更早，病情发展更快。

所以霍普到现在还生活在他从小长大的家里，因为要照顾他的妈妈。我们有时会拿自己开玩笑，两个成年男人，却没离开家独立生活。这有些像冷笑话。

“我是埃德·亚当斯，霍普金斯女士。”我说。

“谁?”

“埃德·亚当斯。戴维的朋友。”

“他不在。”

“哦，那你知道他什么时候回来吗?”

长长的停顿之后，她的声音变得尖利起来：“我们什么也不想要。我们已经装了双层玻璃。”

她猛地挂断电话。我盯着手机发呆片刻。我知道自己不应该太关心格温说了什么。我爸爸经常说着说着就不知道说到哪里了，然后就会乱接话。

我又打给霍普的手机，结果直接转到了语音留言。总是这样。要不是他在做生意，我敢说他肯定永远不会看下手机。

我一口喝完杯中剩下的咖啡，这已经是第四杯了。喝完我走去门厅那里。刚八月中旬，但今天的天气格外凉，风也很刺骨。我四下寻找大衣，通常就挂在门口的衣钩上。因为最近天气温和，我有一阵子没穿过这件大衣。然而，我现在要穿，却发现衣服不在。

我皱眉。我不喜欢将东西放错地方。自从爸爸记忆力衰退之后，每次搞丢钥匙我都会有些惊慌。我怕像爸爸一样刚开始丢东西，后来慢慢忘记东西的名字。

我还记得，一天清晨，爸爸目光空洞地望着前门，嘴巴一张一合，但没说出声，眉毛皱作一团。突然，他像个孩子一样边笑边拍手，还指向门把手的地方。

“门牌，门牌。”他转身看向我，“我以为自己已经忘了。”

他当时太高兴，太满足了，指出他没说对让我于心不忍。我只是笑笑，说：“真棒，爸爸。真的很棒。”

我又检查了一遍衣钩，可能我把大衣丢在楼上了。但是，不应该啊，我为什么会穿着大衣上楼?但是，我还是爬上楼去自己的房间找了一下。在床边椅子后面吗?没有。挂在门后的衣钩上吗?没有。衣柜里?我看了下衣柜里衣钩上的衣服……就在这时，我看到衣柜底部角落塞着什么东西。

我弯腰把它拽出来，是我的大衣。我看着它，皱巴巴的，还有些潮湿。我努力回想自己最后一次看到它的时候，应该是米基来的那天晚上。我记得曾把他的运动夹克挂到这件大衣旁边的衣钩上了。后来呢？我不记得之后穿过它。

也许我穿过，可能我那晚曾披上它，在凉爽而略微有些潮湿的夜里散步，然后……*然后呢？*把米基推进了河里？*滑稽*。如果我半夜把一个朋友推进了河里，我还是会记得的。

果真如此吗，埃德？你半夜下来在壁炉那里画满了粉笔人的事情，你就没记得啊？你当时喝了那么多酒，根本不知道自己当晚会做出什么事来。

我将心中烦人的声音压了下去。我没有理由伤害米基。他本要给我提供一个大好机会。如果米基真的知道杀死华尔兹女孩的真凶——如果他为哈洛伦先生洗清罪名——我会很高兴的，不是吗？

那这件大衣为什么会被塞进你的衣柜里，埃德？

我又看向它，摸了摸手中的粗制毛料大衣。接着我看到了些其他什么东西。在其中一个袖口上，隐约有些铁锈红色的污渍。我一下子喉咙发紧。

那是血。

长大成人其实只是假象。真正说起来的话，我觉得我们之中没有人真正长大了。我们只是长得更高，体毛更多了而已。有时候，我还是对自己居然能被允许开车上路而惊奇。而且，去酒吧喝酒也不会被人揪出来。

在成年的伪装下，在多年的经历中建立起的坚忍外表下，我们仍然是个孩子，整天鼻青脸肿的，仍然需要爸妈……还有朋友的照顾。

霍普的小货车停在外面。走近后，我看见霍普从他的旧自行车跨了下来，车把手上挂着两个购物袋，装满了树枝和树皮，背上还背着一个鼓鼓的旅行包。这让我回想起以前夏天热辣辣的时候，我们一起去树林玩，回来时，霍普总是会给他妈妈带些树枝和好点燃的小柴火。

尽管已经长这么大了，但看到他把腿从自行车上跨下来，顺势把脚镫子支在马路牙子上的时候，我还是忍不住发笑。

“埃德，你来这儿干什么？”

“我试着给你打电话来着，但是没打通。”

“哦，是的。刚才我去林子那里了，信号不好。”

我点头：“老习惯难改啊。”

他笑笑：“妈妈的记忆可能衰退了，但是如果我花钱买柴火的话，她肯定不会原谅我。”

说罢，他笑容渐渐消失，或许他看到了我的脸色。“发生什么事了？”

“你听说米基的事了吗？”

“他又做什么了？”

我张开嘴，搜寻着合适的字眼，终于，我的大脑选择了最简单直白的回答：“他死了。”

“死了？”

好玩的是，人们总是重复说一遍别人说的话，尽管他们刚才确确实实听到了。这是一种延迟接受事实的行为。

过了一会儿，霍普问道：“怎么死的？发生了什么？”

“淹死的，掉进河里了。”

“天。和他哥哥一样。”

“也不完全一样。我们能进去说吗？”

“当然了。”

霍普把自行车丢在外面的小路上。我跟在他身后。他打开门，我们走进漆黑、狭窄的门厅。自从长大后，我还没怎么去过他家里。即使我们小的时候，也很少会去他家里面，因为乱。我们有时会在他家后面的花园玩，但是从不会在那儿玩太久，因为花园很小，还不如前面的院子大。有时那里还会有些还没清理的狗屎，有些是刚拉的，有些已经发白了。

屋子里有股汗水、变质食物和消毒剂的混合味道。在我的左边，通过敞开的起居室门，我看到了破旧的老花面沙发，上面的白色蕾丝现在已经变脏变黄。电视机放在房间的角落里。另一个角落里放着座椅式便桶和助行器。

霍普的妈妈坐在躺椅上，椅背调得很高，离沙发不远。电视上演着日间问答竞赛节目，她目光空洞地看着。格温·霍普金斯身型本来就很小，但疾病和衰老似乎使她又缩水了。她穿着长花裙和绿色的开襟羊毛衫，衣服太大几乎把她埋住。她的手腕露出衣袖，看上去就像萎缩的干肉皮囊。

“妈？”霍普轻声喊道，“埃德来了。你还记得埃迪·亚当斯吗？”

“你好，霍普金斯女士，”我说，我将声调稍微提高了一些，人们和年长或生病的人说话时总会这样。

她慢慢转过身来，眼睛努力聚焦，也许，她正在脑中努力回忆。随后，她笑了，露出洁白光滑的假牙。“我记得你，埃迪。你有个哥哥，叫肖恩？”

“实际上，妈妈，”霍普插话，“你说的是米基，他有个哥哥叫肖恩。”

她皱皱眉，又笑了。“哦，对对，是米基。他怎么样了？”

霍普赶紧回答：“他过得不错，妈。真的很好。”

“那就好，那就好。你能给我倒杯茶吗？亲爱的，戴维？”

“好的，妈。”他看了我一眼，“我去烧一壶水。”

我站在门口，朝格温尴尬地笑了笑。房间里有股味道，可能是便桶最近都没清洗。

“他是个好孩子，”格温说。

“是的。”

她皱眉问：“你是谁？”

“埃德，埃迪，戴维的朋友。”

“哦，是的。戴维去哪儿了？”

“刚去厨房了。”

“你确定？我还以为他去遛狗了。”

“狗？”

“墨菲。”

“哦，他没去遛狗。”

她冲我摇了摇手指：“你说得对，墨菲已经死了。我说的是巴迪。”

巴迪是霍普后来又养的狗，但现在也死了。

“哦，对的。”

我点头，她也点头。我们互相点着头。如果把我们放在汽车后座，那画面一定很有趣。

她往前倾了倾，身子探出了躺椅的扶手，离我更近。“我记得你，埃迪，”她说，“你的妈妈专杀婴儿。”

我的呼吸卡在喉咙中。格温继续冲着我点头和微笑，但是别有一番意味。她的嘴角扭搐，本已浑浊的蓝色眼瞳突然清澈起来。

“别担心，我不会告诉他们的。”她向前倾倾身体，用手拍拍自己的鼻子，慢慢地哆嗦着眨了个眼，“我可以保密。”

“茶来了。”霍普回来，手里拿着一个杯子，“一切都还好吗？”

我看向格温，她眼中的清澈正慢慢消失，又一次填满了困惑的迷雾，又变得如雾般朦胧，满是困惑。

“没事，”我说，“我们刚才就是在聊天。”

“好的，妈妈，给你茶。”他把茶杯放在桌上，“记着啊，水很烫，喝之前吹一下。”

“谢谢你，戈迪。”

“戈迪？”我看向霍普。

“是我爸爸。”他轻声说道。

“哦。”

我爸爸一般不会让人摸不着头脑。但是有时候他会叫我“儿子”，好像这样我就注意不到他又忘了我的名字。

格温又坐进椅子里，盯着电视看，又一次沉浸在自己的世界中，或者也可能是其他世界。我想，她的世界和现实世界之间的隔膜应该很薄。可能她的心并没有迷失，可能她只是悄悄溜走，另找了一个地方漫游。

霍普无奈地朝我笑笑：“要不我们去厨房吧？”

“好的。”我说。

只要能从这个又热又臭的起居室出去，就算他提议去和鲨鱼游泳我也会答应的。

厨房也没多好。水池里堆满了脏盘子；操作台上堆满了信封、旧杂志、打折购买的果汁和可乐；桌子被草草打扫过，但是我还是能看到一些收音机的零件，也可能是发动机的内部零件。我不是一个“动手能力强”的人，而霍普总是心灵手巧——他很擅长将东西拆拆装装的。

我坐在其中一个旧木椅子上，坐下时嘎吱作响。

“茶？咖啡？”霍普问。

“哦，咖啡，谢谢。”

霍普走去茶壶那边，至少茶壶还是新的，他从沥水板上拿了几个马克杯。

他直接从广口瓶中倒了些咖啡，然后转身面向我。

“所以，发生了什么？”

又一次地，我把最近两天发生的事情重新说了一遍。霍普安静地听着。在我说最后一件事情之前，他的脸色一直没变。

“盖文说你也收到了信？”我说。

他点头，然后把水浇在咖啡上。“是的，几个星期前收到的。”

他走向冰箱，拿出一些牛奶，闻了闻，然后往两杯咖啡里都倒了些。“我还以为是什么变态玩笑。”

他把咖啡端过来放在桌上，在我对面坐下。

“不过，警察以为那是意外——关于米基的死？”

“你觉得那可能被推翻？”

“他们发现了那信。”

“但那并不意味着什么。”

“不吗？”

“什么？你认为是有人想将我们一个一个干掉，像某些书里写的那样吗？”

实际上，我并没有这样想过，但是现在他这么一说，我觉得这么解释也说得通。而且这样一来，让我又联想到了其他——妮基是不是也收到一封信呢？

“开个玩笑，”他说，“这都是你说的呀，米基喝醉了，外面又很黑；那条小路上一点儿亮光也没有。他可能只是失足落水。总是有喝醉酒的人落水这种事发生。”

他说得不错，但是……总是有“但是”，就像一个纠缠不休、惹人烦恼的同伴，让你心里不舒服。

“还有其他什么吗？”

“米基那天晚上过来的时候，我们聊了很久，他说……他知道到底是谁杀了埃莉莎。”

“胡说。”

“好吧，我原本也这么认为，但是，万一他说的是真话呢？”

霍普又抿了一口咖啡。“所以你觉得那名真凶把米基推进了河里？”

我摇头：“不知道。”

“米基总是很擅长搬弄是非，甚至是现在，他虽然已经死了，却还是有这样的能力。”他停顿片刻，“此外，这件事他只告诉了你，不对吗？”

“应该是吧。”

“所以，真凶如何知道米基要揭发真相？”

“这个——”

“除非你就是真凶。”

我看着他。

我想起衣袖上隐隐的铁锈红色的污渍。那是血。

“开个玩笑。”他说。

“当然了。”

我抿了一口咖啡，心中又念了一遍：“当然了。”

从霍普家离开回去的时候，我拿出手机给克洛伊打了个电话，我还是觉得我们之间有些不正常，好像有什么事情悬而未决。这让我很苦恼。除了霍普和盖文，她算是我的唯一个真正的朋友。

铃声响第三下的时候，她接了电话：“你好。”

“你好，是我。”

“嗯。”

“别太激动。”

“我努力抑制呢。”

“关于我妈妈，昨天的事情很抱歉。”

“没关系，你妈妈和你的家，都没关系。”

“好吧，不论如何，我想向你道个歉。你午饭的时候要干什么吗？”

“我正在工作。”

“噢，我还以为你今天休息。”

“有人生病了。”

“对，好吧——”

“我接受你的道歉，埃迪。我得挂电话了，有顾客。”

“好吧，晚点儿见。”

“可能吧。”

她挂了电话，我盯着手机看了一会儿。克洛伊从不会轻易放过什么事。我停下来吸了支烟，心想要在回去的路上买个三明治。就在那时，我又重新想了一番。克洛伊可能在工作，但是她还是有午休的。我不能就这么被轻易打发掉。步行回家后，我开车去了博斯库姆。

我之前从没在克洛伊上班的时候去找过她。我得承认，“另类摇滚”或“哥特风”一般不是我的风格。我想，我还有些害怕会让彼此尴尬。

我甚至不确定那家店到底在什么地方。现在正是假日高峰，我费劲地开着车，最后终于找到一个停车位。克洛伊工作的店（招牌上画着大麻让人觉得店里不止卖衣服），在一个小巷的中间，夹在一家学生酒吧和一家旧货店中间，对面开了一家叫深渊的摇滚俱乐部。

我推开门进去。一个小门铃叮当作响。商店里灯光很暗，却很吵闹。可能是音乐声——或许是有人在推推搡搡——我头上的音响传来尖叫声，瞬间震得人耳膜疼。

几个骨瘦如柴的青年人潜伏在衣服后面——是员工还是顾客，我无法得知。我能确定的是克洛伊不在这儿。皱眉。商店的一边有一位留着大红色头发的年轻女士，另一边站着一个光头，收银台后面则站着一位戴满了耳环的人。当她转身时，身上松松垮垮的短袖印着自己的宣言：“刺破，穿透，残缺。”很好。

我走到收银台前。耳洞女孩抬起头，微笑示意：“你好，需要帮忙吗？”

“哦，实际上，我在找人。”

“逊。”

我笑了，有些紧张。“呃，她在这里工作，是我的朋友，叫克洛伊·杰克逊。”

她皱眉。“克洛伊·杰克逊？”

“是的，她很瘦，一头黑发，经常穿黑衣服。”

她继续盯着我看，然后我意识到这里大部分人都是这样。

“抱歉。我真的没印象。你确定她在这儿工作吗？”

我本来很确定，但现在不禁有些质疑自己。或许我找错了地方。

“博斯库姆还有类似的店吗？”

她想了一下，说：“应该没有了。”

“好吧。”

或许是看到我的表情，有些同情这个可怜又迷茫的中年男人，她说：“是这样，我才到这里几个星期。我帮你问下马克，他是经理。”

“谢谢。”我说，尽管她并没有给我回答。克洛伊说她今天工作，而且据我所知，她之前九个月一直在这里工作。

就在等待的时候，我看到一排脸上画着红色骷髅头的店员，还有一个堆满生日贺卡的置物架，贺卡上的寄语是“去他妈的生日”和“生日快乐，贱人”。

几分钟后，一位身型瘦长、留着一脸浓胡子的光头年轻人慢悠悠地走了过来。

“你好，我是马克，这里的经理。”

“你好。”

“你找克洛伊？”

我稍微松了一口气。他认识她。

“是的，我以为她在这儿工作。”

“她之前在这儿工作，但最近走了。”

“哦？好吧，她什么时候离开的？”

“肯定有一个月了。”

“好的，我知道了。”尽管我实际上并不明白其中缘由，“我们说的确实是同一个克洛伊吗？”

“很瘦，黑头发，经常扎个猪尾辫？”

“听起来像她。”

他谨慎地端详着我。“你说她是你的朋友？”

“我以为她是。”

“说实话，我不得不开除她。”

“这是什么意思？”

“她服务态度不好，对一些顾客很粗鲁。”

又一次，听起来很像克洛伊。

“在这样的商店不是就应该那样吗？”

他笑了。“在这里应该漫不经心，而不是冒犯别人。不管怎么说，她对一位来店里的女士大喊大叫，因为怕她们打起来，我不得不介入。后来，我辞退了她。”

“我懂了。”

我慢慢消化着这些信息，像沙门氏菌一样。我注意到他们都在看着我。

“抱歉，”我说，“我好像有些误会。”这是一种委婉说法，委婉地说出有人对我说谎，而且还是一个我自以为了解的人这件事。我走向商店门口，走着走着，我又转身，说：“跟克洛伊吵架的那个女人，她长什么样子？”

“苗条，虽然年龄大，但仍然很有魅力。她留着很长的红发。”

我僵住了，每个神经末梢都高度警戒起来。

“红头发？”

“是的，火红色。实际上，她仍然很性感。”

“你留她的名字了吗？”

“我写下来了——她并不想让我写，但是我必须那么做，以防她投诉什么的。”

“你还留着那张纸吗？我是说，我知道提得要求有点儿多。但是……这很重要。”

“没事，我很喜欢为顾客提供帮助。”他皱眉，拽了拽自己的胡子，上下打量着我，“你是顾客吧？不过我看你没背包。”

当然了，天下没有免费的午餐。我叹口气，走到商店里面，拿起了离我最近的一件黑色长袖运动衫，衣服上画着斜眼骷髅。我把它递给耳洞女孩。

“我买这件。”

她笑了笑，打开抽屉，拿出一个皱巴巴的纸条，递给我。我勉强辨认出上面的潦草字迹：

尼古拉·马丁。

是妮基。

1986

“你需要有梦想。如果你没有梦想，又何谈梦想实现呢？”

奇怪的是，每当回想起我们发现她那天的情形时，我总会想起这首歌。我知道很多过去老音乐剧中的插曲，或许这是因为每次我们去养老院看望爸爸时，那里总会放这类歌。妈妈最后无法在家中照顾爸爸后，我们还是把他送去了那里。

在爸爸还能自己领取养老金之前，我已经见识过不少惊恐之事。但能不断困扰着我，让我能从梦中惊醒、浑身冷汗的，仍然是爸爸急剧恶化的阿尔兹海默症。我见到过惨烈血腥的突然死亡，还看到过比这情况更糟糕的死亡方式。我知道，如果迫不得已的话，我会选择哪个。

父亲在我二十七岁时去世。而我十二岁零十一个月又八天时，见到了人生中的第一具尸体。

很奇怪，我一直在等着那一天的到来。那可能是从马丁牧师受袭开始的，也可能是从肖恩·库珀遭遇意外而我看到第一个粉笔人之后开始的。

而且，因为我做了一个梦。

梦中，我站在林子里，是林子深处。周围的树木像饱经沧桑的巨人，嘎吱作响的枝干伸向高空，在其扭曲变形的枝叶间朦胧的月色隐约可见。

我站在一个小林间空地中间，脚下是一堆腐烂的黄色树叶。夜间的潮湿空气打在我的肌肤上，渗进我的骨髓里。我当时只穿着睡衣、运动鞋和一件连帽衫。我冷得浑身哆嗦，于是赶紧把连帽衫的拉链拉上。冰凉的金属拉头触着我的下巴。

真实，太真实了。

除此之外还有其他的什么。有股味道，是有些让人恶心的甜味，还有些泛酸。有一次，我们在林子中踩到一只死獾，它已经完全腐烂，尸体上爬满了蛆。它散发出的味道就是这样的。

我立马就知道了。那已经是意外发生后的第三个月，他已经在地下度过了很长一段时间，已经在那结实光亮的棺材里躺了很长时间。鲜花已化作尘土，而棕色的蠕虫们则爬上那日渐软化的躯体，在其身上咬出个洞，然后钻进去。

我回头看。是肖恩·库珀，又或者是他的残骸，他正对着我笑，嘴唇裂开，挂在他那又长又白的牙齿周围，牙床已经腐烂变黑。

“嘿，大便脸。”

他的眼睛已经消失，只剩下黑洞洞的两个窟窿。然而，它们也并非空无一物。那里面还有什么在动，是亮晶晶的黑色生物，正忙着吃他眼窝中残留的柔软肉质。

“我为什么在这儿？”

“你说呢，大便脸？”

“我不知道。我不知道为什么会在这儿。我不知道你为什么会在这儿。”

“这很简单，大便脸。我是死亡——是你第一次近距离接触的死亡。看来我一直在你心上。”

“我不想见到你。我想让你走开。”

“这太难了。但也别担心——你马上就会因为其他烂事儿做噩梦了。”

“什么？”

“你以为呢？”

我望向四周，发现树干上画满了白色的粉笔人。它们在动。它们在树皮上走动、摇摆，好像正在跳什么怪异又吓人的吉格舞，拼命晃动着自己如同棍子般的四肢。它们没有脸，但不知怎的，我感到他们在笑，而且是不怀好意的笑。

我的皮肤发紧。“是谁画的？”

“你以为是谁呢，大便脸？”

“我不知道！”

“哦，你知道的，大便脸。你只是目前还不知道。”

他眨了个眼，尽管没有眼睛也没有眼皮，之后他就消失了。这次没有化作烟雾，而是变成许多突然飘落的树叶，陷入地底后，立马卷曲枯黄。

我又抬头望，粉笔人已经消失。林子也消失了。我在自己的卧室里，身体因恐惧和寒冷而颤抖，双手又痛又麻，我把手插进口袋。就在那时，我发现了什么。

我的口袋里装满了粉笔。

自从霍普和米基打架之后，我们就没怎么聚过了。妮基已经搬走，米基如今又有了新朋友。每当他看见胖子盖文、霍普和我的时候，一般选择直接无视。有时，当我们经过他们那帮人身边时，总能听到有人咕哝，“同性恋”或“基佬”，或是其他损人的话。

那天早上，当我走进游乐园时，我几乎没认出他。他的头发长了些，颜色变浅了。他开始变得与他哥哥十分相像，这有点儿吓人。我很确定他甚至还会穿肖恩的衣服。

事实上，有那么一瞬间，我以为坐在旋转圆台上等着我的，就是他哥哥。

“嘿，大便脸，想舔我的老二吗？”

而这一次，我很确定——好吧，几乎很确定——这不是梦。首先，现在是白天，而鬼或僵尸都不会在白天出现。它们只会在半夜向黎明过渡的间隙出现，因为这段时间万籁俱寂，而它们又会在第一缕阳光出现之前化作尘埃。或者，在十二岁的时候，我仍然那么相信。

然后米基笑了，是他。他从旋转圆台边缘上滑了下来，嘴里嚼着口香糖，慢慢朝我走了过来。

“嘿，怪物埃迪。你收到信息了？”

收到了。车道上的蓝色粉笔画，我下楼的时候看到了。那个记号的意思是在游乐场见面，旁边还画了三个感叹号。一个感叹号表示十分紧急，两个表示你要立即赶过去，三个则表示性命攸关。

“见面有什么事吗？什么事如此紧急？”

他皱眉。“我？我没有留信息啊。”

“你给我画了一个粉笔人，是蓝色的。”

他摇头：“没有。我收到的是霍普留的信息，是绿色的。”

我们看向彼此。

“哇哦。浪子回头啊！”胖子盖文大步走进来时说道，“发生什么事了？”

“有人给你留了信息让你过来这边吗？”我问他。

“是啊。就是你啊，混球。”

霍普到的时候我们正在梳理头绪。“是谁叫你来的？”胖子盖文问。

霍普满脸狐疑地看着他：“你啊。发生什么了？”

“有人想让我们聚在一起。”我说。

“为什么？”

哦，你知道的，大便脸。你只是目前还不知道。

“我想可能有人要被伤害了，或者已经被伤害。”

“滚蛋。”米基哼了一声。

我望向四周，寻找线索。我很确定还有其他信号，于是开始在游乐场上四处寻找。其他人都以为我疯了。我找到了。在儿童秋千下面画着一个白色粉笔人。但是这个与之前的不同。这个小人有长头发，还穿着裙子。不是粉笔男人，而是女孩，她身边还画着几棵树。

我对当时的场景记忆犹新。黑色柏油马路上的白色粉笔人锐利清晰。老旧生锈的儿童秋千吱吱呀呀。清晨的凉风十分刺骨。

“搞什么鬼?”铁牙米基边问边走过去。霍普和胖子盖文跟了过去，全都低着头看那幅画。

“我们得去林子里看看。”我说。

“你开玩笑呢吧!”胖子盖文喊道，但这话并非其真心实意。

“我不去林子里，”铁牙米基说，“太远了，再说了，去那儿干吗?”

“我去。”霍普说，尽管我知道他这么说可能只是为了气米基，但还是很高兴获得了他的支持。

胖子盖文翻了个白眼，又耸了耸肩，说:“好吧，我也去。”

铁牙米基站在一边，两手插在口袋里。

我看向其他两个人:“走吧。”

我们走到游乐场后面推自行车。

“等等，”铁牙米基大步走过来，看着我，“这个最好别他妈的是恶搞玩笑。”

“不是玩笑。”我说。他点点头。

我们把自行车推出游乐场。我回头瞄了一眼秋千，不确定是否有其他人注意到，这个女孩粉笔人有些不同之处，她的身体是断裂的，构成她身体的线条都是断开的，她的胳膊、腿和头，彼此都没有连接在一起。

奇怪的是，当有坏事发生时，你抑制不住自己想笑的情绪——我们那天早上出发去林子的途中乐趣横生，是有史以来最愉快的一次。

除了霍普时不时要去林子里捡柴之外，冬天我们一般不去林子。今天，阳光四射，冰凉的风拍在脸上，吹拂着头发，让人感觉肌肤清爽惬意，脚下生风，还能蹬得更快，没有什么能阻止我们。我本想一直这么骑下去，但是，当然不能。不一会儿，我们就看到了黑压压的林子。

“现在干什么?”米基问，稍微有些气喘吁吁。

我们从自行车上下来。我凝视四周，然后发现了信号。就画在梯磴附近的木栅栏上，是一个指向正前方的手势。

“那就往前走吧。”胖子盖文边说边把自行车扛过梯蹬。

他眼中流露出的神情也折射出我的心情。我们高度警觉，异常兴奋。我不知其他人是否确切知道他们寻找的是什么，或者他们知道，但只是不想说出来。

每个小孩都想发现尸体。对一个十二岁的男孩来说，在其之上的，恐怕只有宇宙飞船、宝藏或色情杂志。我们那天想找寻一些不好的东西，也的确找到了。我只是不确定有谁想过那会有多么不好。

胖子盖文领路，我记得那让我有些恼火。这本该是我的探险，这是我的爱好。但是胖子盖文总是我们的小领头，从另一角度来说，感觉让他领头才对。我们几个又重新聚在一起了，算是吧。

我们在林子里走了很久才看到另一个记号。另一个画在树干上的手势。

“这边。”胖子盖文说，有些喘不上气。

“知道了，我们能看见。”铁牙米基说。

霍普和我相视而笑，越来越感觉我们又回到了从前，愚蠢地斗嘴，铁牙米基时不时说些挖苦的话。

我们继续前进，慢慢离开了林间小道，更深入林子的中心地带。偶尔会传来一阵噪音，会有一群椋鸟或乌鸦从树上惊起。有几次我似乎还听见矮灌木丛中沙沙作响。可能是兔子，有时候在这里还能看见狐狸。

“停。”胖子盖文下令，我们全都停了下来。

他指向另一棵在我们正前方的树。这棵树干上画的不是手势，而是另一个简笔画女孩。树下面有一大堆树叶。我们互相看看，又看向那堆树叶。有什么东西从那里伸了出来。

“妈的！”胖子盖文叫道。

是手指。

她的指甲不长，很干净，涂着漂亮的淡粉色指甲油。指甲没有剥落，也没有受损或者其他什么。警察肯定会说她没有反抗，或者她没有反抗的机会。她的肤色比我印象中更浅，本是古铜色的肤色现在褪成了更加寒冷的色系。她的中指上戴着一个小银戒指，戒指上镶着一颗绿色石头。我知道，从我看到它的那一刻起，我就知道那是华尔兹女孩的胳膊。

霍普第一个弯下腰去看。他总是最淡定的。我有次看见他用石头终结了一个受伤小鸟的痛苦。他拂走了许多叶子。

“哦，妈的。”铁牙米基小声说道。

比起血迹，我更多注意到的是，胳膊被砍断地方露出的森森白骨。现在那里已经风干，变成了晦暗的铁锈色，几乎和半盖着胳膊的树叶融为一体。这里只有胳膊，是从肩膀处砍下来的。

胖子盖文突然重重地坐在地上。“那是一条胳膊，”他咕哝，“那他妈的是一条胳膊。”

“说得好，夏洛克。”米基说，但是即使是他一贯的嘲笑听起来也有些颤抖。

胖子盖文满怀希望地看着我。“或许这是个玩笑？或许这胳膊不是真的？”

“是真的。”我说。

“我们该做些什么？”

“报警，”霍普说。

“对，对，”胖子盖文咕哝道，“我是说，可能她还活着……”

“不可能活着，你个胖白痴，”米基说，“她死了，就像肖恩一样。”

“你怎么知道？”

“我们知道，”我说，然后指向另一棵树，上面画着另一个手势，“还有更多的手势……指向她身体的其余部分。”

“我们需要去找警察，”霍普又说。

“他说得对，”米基说，“走吧，我们该走了。”

大家一致点头同意，我们都开始行动起来。这时胖子盖文又说：“是不是应该有个人留下来……以防……”

“什么？以防胳膊站起来跑掉吗？”铁牙米基说。

“不是，我也不知道。就是想确保它们不被破坏。”

我们面面相觑。他说得对，需要有人留下来看守，但是没人想留下来。没人想独自留在寂静的林间空地，和一条被砍下来的胳膊待在一起，听着从灌木丛时不时传来的沙沙作响，每听到鸟从树上飞起都吓得跳起，想象着……

“我留下来吧。”我说。

其他人离开之后，我坐在她旁边。试探性地，我伸出手，碰了下她的手指。因为那看起来就是她的意思，把手伸出来，恳求谁来握一下。我以为她的手会像冰一样凉，但实际上，它仍然柔软，基本上还留有余温。

“抱歉，”我说，“非常抱歉。”

我不太清楚我在林子里待了多长时间。可能不超过半个小时，其他伙伴终于赶了回来，带了两名当地警察，我的腿已经完全没有知觉，我可能陷入了某种奇怪的恍恍惚惚的状态。

但我仍然能够向警察保证没人动过胳膊。它仍然保持着我们发现它时的原样。这基本属实。

唯一的不同是，她中指那里有圈比周围肤色浅些的印痕，那儿本戴着一个戒指。

他们在林子的其他树叶堆下找到了她身体的其余部分。好吧，是差不多找齐了。可能这也是他们为什么花了一段时间才查清楚她是谁。当然，我早就知道了，但是从没人问我。他们问了很多其他问题。我们来林子里做什么？我们是怎么找到尸体的？当我们告诉他们树上的粉笔画时，他们表现出了浓厚的兴趣，但是当我试图告诉他们其他粉笔小人，其他信息，我感觉他们似乎没有真正理解。

成年人就是这样。有时候，你说什么并不重要；他们只听自己想听的部分。

就警察所知，我们只是在林子里玩耍，跟随粉笔记号，不小心撞到一具尸体。这与事实并不完全相符，不过我觉得已经很接近了，我想也许这就是谜团和留言得以滋生的源泉。过去的事情被人们说来说去，事实逐渐模糊扭曲，最终，新的故事变成了事实。

自然而然地，学校里的每个人都想跟我们聊上一句。有点儿像游园会刚结束那会儿，不过这次人们的兴趣更为浓厚，因为她死了。而且还惨遭肢解。

我们几个被召集在一起，一位警察告诉我们一定要格外小心，不要和任何陌生人说话。是的，现在镇上有很多陌生人。他们拿着相机和话筒，站在街道或林子外面报道。我们不能再去林子。那里拉了很多警戒线，还有警察看守。

胖子盖文和铁牙米基十分热衷于向别人讲述骇人听闻的惨案细节，还不忘添油加醋。霍普和我一般让他们负责发言。我的意思是，虽然这很让人激动，但我也有些愧疚。这么做似乎不对，从一个死去的女孩身上取乐。而且这对华尔兹女孩非常不公，游园会那天她幸存下来，腿也被保住，而如今却又再次被砍下。这算怎么一回事儿啊？

我也为哈洛伦先生难过。我最后一次见他时感觉他很伤心，而那时华尔兹女孩尚在人世，他们即将要一起生活。现在她死于非命，除了和肖恩·库珀一样待在黑暗寒冷的地下，哪儿也不能去了。

一天晚饭的时候，我试图把这些告诉爸妈。

“我替哈洛伦先生伤心。”

“哈洛伦先生？为什么？”爸爸问。

“因为他救了她，但她现在又死了，所有的一切都白费了。”

妈妈叹气。“那天你和哈洛伦先生所做的事情还是很勇敢的，一切并没有白费。你别这么想，不管别人怎么说。”

“人们说什么了？”

爸爸和妈妈交换了下“大人间”的眼神，就是那种大人似乎以为——因为你是小孩，不知怎的，如同魔法般的，你看不到的那种眼神。

“埃迪，”妈妈说，“我们知道你喜欢哈洛伦先生。但是有时我们无法知晓别人是不是和我们想的一样。实际上，哈洛伦先生来这儿还没多长时间。我们谁也不是真正了解他。”

我看着他们：“人们认为是他杀了她？”

“我们没这么说，埃迪。”

他们没必要说出口，我虽然只有十二岁，但我并不傻。

我喉头一紧。“他不会杀她的。他爱她。他们本要一起离开，他告诉我的。”

妈妈皱眉。“他什么时候说的，埃迪？”

我暴露了自己。“我去见他的时候。”

“你去见他了？什么时候？”

我耸耸肩，“几个星期前。”

“在他家？”

“是的。”

爸爸咣当一声放下刀叉。“埃迪，你今后再也不能去那儿了，听见了吗？”

“但他是个朋友。”“不再是了，埃迪。现在，我们不知道他到底是什么样的人。你再也不要见他了。”

“为什么？”

“因为我们不让你去，埃迪。”妈妈厉声说道。

妈妈从没这么说过话。她总是说你不能指望让小孩子对你言听计从，而不给他们理由。但现在，她脸上闪现着我从未见过的神情。包裹寄来时，砖块砸进家里时，马丁牧师遭遇袭击时，她都没有这样，她都不曾面露惧色。

“现在，向我保证？”

我垂下眼，咕哝道：“我保证。”

爸爸用他那巨大的手掌重重地拍了下我的肩膀：“好孩子。”

“我现在能离开了吗？回我的房间待一会儿？”

“可以。”

我从椅子上滑下来，拖着脚步回到房间。回去的路上，我原本交叉的手指松开了。

2016

答案——一个我甚至还未问出口的问题的答案。我也从未想过要问。克洛伊真如她外表看起来那般吗？她一直在对我说谎吗？

我不得不辞退她。她和一位顾客吵了架。那顾客正好是妮基。

我翻看着厨房抽屉，浏览着以前的外卖菜单，商人名片和超市传单，试图捋顺杂乱的内心，找一个合理的解释。

我是说，可能克洛伊另找了一份工作，只是懒得告诉我。可能她觉得被炒鱿鱼很丢人——尽管这并不是克洛伊的风格。可能她和妮基吵架只是偶然。可能那并不是我认识（或曾经认识）的妮基。对，就是这样。我只是在猜测，但那是可能的。

有几次，我差点儿忍不住打电话给她。但是我没有。还没有。首先，我需要先打个别的电话。

我猛地关上抽屉，走上楼去。不是去卧室，而是收藏间。我看着那些堆放着的盒子，心中直接排除了某些盒子。妮基离开之后，她曾给我们寄过明信片，上面有她的新地址。我曾给她写过几封信，但她从没回过信。

我从较高的那层拿了三个盒子下来，开始翻找。第一个盒子里没有我要找的东西，第二个也是。我沮丧地打开第三个盒子。

爸爸死后，我收到了另一张明信片。上面只有四个字：抱歉，妮基。这次她留了电话号码，但是我从没打过。

当看到一张已经起皱的伯恩茅斯码头明信片后，我双眼放光。我一把把它抓起，翻过去看。太好了！我拿出手机。

“喂？”

“妮基，我是埃德。”

“埃德？”

“埃迪·亚当斯——”

“不，不，我知道你是谁，只是有些意外而已。我们已经很久没联系了。”

的确如此，但她说谎时我仍能察觉到。她并不意外，而是有些担心。

“我知道。”

“你过得怎么样？”

问得不错。这个问题可以有很多种回答。我选择了最容易的那个。

“我过得比从前更好了，是这样，我知道可能有些突然，但是我们能谈一下吗？”

“我们不正在谈吗？”

“见面谈下吧。”

“谈什么？”

“克洛伊。”

沉默。她沉默了好长一段时间，搞得我以为她已经挂了电话。

随后她说：“我三点下班。”

开往伯恩茅斯的火车在三点半出发。旅途中，我心不在焉地看着悬疑小说家哈兰·科本最新出版的小说，偶尔才翻翻页。火车到站停车后，我拖着沉重的步伐走出车站，加入拥向海滨区的人潮。我按照指示灯穿过马路，还去了伯恩茅斯花园漫步。

尽管伯恩茅斯离我家只有二十英里，我也没怎么来过。我不是那种有大海情结的人。甚至当我还是个孩子的时候，我还稍微有些害怕奔腾的波浪，而且很讨厌松软的沙子粘在脚趾缝里的感觉。尤其是我还看到过有人把吃了一半的三明治埋在沙子里，这让我的厌恶之情有增无减。自那时起，如果没穿着人字拖或运动鞋，我绝对不会踏上沙滩一步。

今天，就仲夏来说，不算是最热的，公园里还有很多人在散步，玩小型高尔夫（我小的时候也很喜欢玩）。

我来到滨海大道，它包围着的空场地原本是个超级巨幕影院，因为常年废弃不用而慢慢萧条了。我经过娱乐购物商场，后又右转来到海边咖啡店。

我坐在商店外面，手中拿着一杯温暖的卡布其诺咖啡，还吸着烟。只有一张桌子坐着一对年轻人。女人留着漂染的金色短发，同伴则绑着吓人的长发绺，还打了很多耳洞。我感觉……自己很老也很阳刚。

我拿出书来看，但我仍然无法集中精神。我瞄眼手表，已经差不多四点一刻了。我又抽出一支烟——这是半个小时内的第三支了——然后弯腰点着了烟。等我抬起头时，妮基已经站在我面前。

“惹人厌的坏习惯。”她拉出一张椅子，坐下，“还有吗？”

我把烟盒和打火机一并推给她，暗自庆幸手没发抖。她抽出一支烟，点着，这让我有机会将她仔细端详一番。她看上去老了一些。红色头发变直了一点儿，头上间或有些黄色的头发。她仍然很苗条，穿着牛仔裤和方格衬衣。在她精致的妆容下面，我还是能看到一些淡淡的却又闪闪发光的雀斑，还是能看到长大成人之前的那个女孩。

她抬头看着我：“是的，我老了。你也是。”

我突然意识到自己在她眼中的形象，我应该是一个头发稀疏、不修边幅的男子，穿着发霉的夹克、褶皱的衬衫，打了一半的领带。我头发凌乱，而且我还戴着眼镜读书，她能认出我来真的是个奇迹。

“谢谢，”我说，“很高兴我们直接省掉了嘘寒问暖的环节。”

她明亮的绿色眼瞳看着我：“你也知道那件怪事？”

这个问题也有很多答案。“那件事指的是哪件事？”

“你打电话过来，我并不惊讶。实际上，我觉得我一直在等你打电话。”

“我都不确定电话号码对不对。”

一位穿着黑色衣服，留着不合年龄的时尚胡子的服务员不紧不慢地走了过来。

“要杯特浓咖啡。”妮基说道。

他几乎没有任何已经听到妮基点单的表现，然后又慢吞吞地走了。

“所以？”她说，转身看向我，“我们谁先说？”

我发现自己不知从何说起，只好看着杯中的咖啡寻求灵感，然而什么都想不出来。我决定还是从最显而易见的事情说起：“那么，你就住在伯恩茅斯？”

“我曾经因为工作离开了一段时间，现在又搬回来了。”

“好的。你做什么工作？”

“没什么特别让人激动的，就是一些文职工作。”

“很棒。”

“不算是。我的工作实际上挺无聊的。”

“哦。”

“你呢？”

“教书。我现在是个老师。”

“在安德伯雷？”

“是的。”

“很不错。”

服务员端着她的咖啡回来了。她向他说了声谢谢。我啜饮着卡布奇诺。我们的对话有些刻意和夸张。说着说着我们都沉默了。

“那，你妈妈现在怎么样？”我问。

“她去世了。乳腺癌。五年前走的。”

“抱歉。”

“没事。我和她关系不太好，十八岁的时候我就离开家了。从那之后我也没怎么见过她。”

我看着她，我总以为逃离爸爸的魔掌，妈妈回到自己身边，妮基最终会有个幸福结局。但是我想，在现实生活中，并没有所谓的幸福结局，大部分都说不清道不明。

她吐了口烟，说：“你还和其他几个人来往吗？”

我点头：“是的。霍普现在是个管子工，盖文接手了公牛酒吧。”我犹豫片刻，“你知道那个意外吗？”

“听说了。”

“从哪儿听说的？”

“露丝过去经常给我写信。我从她那里知道了你爸爸的事情。”

露丝？久远的记忆被掀起波澜。我想起来了，是马丁牧师的鬈发朋友。她在马丁牧师受袭后照顾过妮基。

“但她总是去看望我的父亲，”她接着说，“过了一阵子之后，我不再读她的信件了。后来我换了地址也没告诉她。”她抿了口咖啡，“你知道吧，他还活着？”

“我知道。”

“哦，对了。”她点头，“你妈妈，却十分仁慈地对待他，是不是很讽刺？”

我微微一笑。“你一次也没去看过他吗？”

“没有。等他死了我再去。”

“也从没想过回安德伯雷看看吗？”

“那里有太多不美好的记忆。尽管我甚至还没经历过最坏的事情。”

的确，我心想。她没经历过。但她仍然是这里的一部分。

她向前倾了倾身子，捻灭手中的烟头。

“那么，热身对话就到这里，我们现在直奔主题吧？你为什么打听克洛伊？”

“你是怎么认识她的？”

她端详了我一会儿，然后说："你先说说？"

"她是我的房客。"

她睁大了眼睛："妈的。"

"备感欣慰吧。"

"抱歉，但是……好吧，就是有些——"她摇着头，"我无法相信她会这么做。"

我看着她，十分困惑。"做什么？"

她伸过手来，问也没问就又拿了一支烟。她的衣袖往后滑了一下，露出了手腕上的文身，是一对天使的翅膀。她注意到我发现了那个文身。

"这个是为了纪念我爸爸。向他致敬。"

"他现在不是还活着吗？"

"我不认为那也算活着。"

而我不认为那个文身算是致敬，那其中还有其他意味，一些让我不太舒服的意味。

"不管怎么说，"她边说边点着烟，使劲儿吸了一口，"我直到一年之前才认识她。当时是她找到我的。"

"找你？她是谁？"

"我妹妹。"

"你还记得汉娜·托马斯吗？"

我想了一会儿才突然想到，那是华尔兹女孩的金发朋友，曾是抗议者之一，还是位警察的女儿。当然……

"她是被肖恩·库珀强奸了的那个女孩，"我说，"后来她怀孕了。"

"然而他没强奸她，"妮基说，"那是谎言。肖恩·库珀没有强奸汉娜·托马斯。他也不是孩子的父亲。"

"那是谁？"我看着她，十分困惑。

她则像看傻子一样看着我："拜托，埃德，你仔细想想。"

我想了想，终于恍然大悟。“是你爸爸？你爸爸害她怀了孕？”

“不要表现得这么震惊。那些抗议者就像是爸爸的三妻四妾、粉丝团。她们像崇拜摇滚明星一样崇拜他。爸爸呢？就让我说是他的肉体禁不住诱惑吧。”

我试着消化这些信息。“那么为什么汉娜说谎，还说这是肖恩·库珀的孩子？”

“因为爸爸让她这么做。因为她爸爸不能杀一个已经死了的人。”

“你是如何发现的？”

“有天晚上我听到了他们因为这个吵架。他们以为我已经睡着了，就像他们做爱时也以为我睡着了一样。”

我回想起那天汉娜·托马斯和妈妈一起坐在我家起居室时的场景。

“她曾去找过我妈妈，”我说，“她当时非常苦恼。我妈妈还安慰了她。”我勉强笑了笑，“当你怀了不想要的孩子时，那些原则就被抛诸九霄云外，真有趣。”

“实际上，她本想留下那个孩子。是爸爸想让她打掉。”

我不敢相信地望着她：“做了那么多过分的事情，却是他想让她人工流产？”

妮基挑起一个眉：“当那是你的私生子而又事关自己的名声时，神圣的信仰就被抛之脑后了，真有趣。”

我摇着头：“混蛋。”

“是的，基本上算是了。”

我的脑子又一次乱作一团，我试着理清头绪。

“所以她生了那个孩子吗？我记不清了。”

“他们全家都搬走了。她爸爸申请了调任。”

后来马丁牧师受袭，他肯定无法保持联系。

妮基把烟灰弹进烟灰缸，那画面已经可以去做政府的健康警示了。

“快进近三十年，”她说，“克洛伊出现在我门前时，我还不太清楚她是如何找到我的。”

“她说自己是汉娜的女儿，是与我有一半血缘关系的姐妹。起初我也不相信她，让她走开。但是她给了我她的手机号码。我本来不准备打的，但是也不知为什么，我可能是好奇……”

“我们约了一起吃午饭，她带了照片来，跟我说了很多，说服我相信她是谁。我发现自己很喜欢她。可能是她有些让我回忆起年轻的时候吧。”

我想，可能这也是为什么我喜欢她的原因。

“她告诉我她妈妈已经去世了——癌症，”她接着说，“她和继父的关系不怎么样。再一次地，我产生了同情心。”

“我们又见了几次面。后来，有天她告诉我她不得不从原来的公寓搬出来，但又找不到新的住处。我跟她说可以在我那里住一段时间，如果需要的话。”

“那后来发生什么了？”

“什么都没发生。三个月来她一直是个很完美的房客——可以说是太过完美了。”

“后来呢？”

“有天晚上我回到家，发现克洛伊出去了，但她的卧室门开着，桌上放着电脑。”

“你偷偷进了她的房间。”

“是我的房间，而且……我不知道为什么，我只是——”

“侵犯了她的隐私？”

“好吧，我很高兴我那么做了。我发现她一直在写一些关于我、关于粉笔人的东西。关于我们所有人，好像她正在做什么研究。”

“研究什么？”

“谁知道呢？”

“她解释了吗？”

“我没给她那个机会。当天晚上我就让她收拾行李走人了。”

她捻灭了第二支烟，又喝了一大口咖啡。我看到她的手有些发抖。

“那是多久之前的事情了？”

“大概九到十个月了？”

那么，差不多就是她出现在我门前，感谢我能临时通知她住进来的时候。

滨海大道上狂风阵阵，我有些颤抖，把夹克领子拉高，只是因为风太大。就是这样。

“如果你已经数月没见过她，那又为何在商店吵架呢？”

“你知道了那件事？”

“我是因为那件事知道她认识你的。”我皱起了眉，“你是怎么知道她的工作地点的？”

“在安德伯雷并没有几家店能雇用克洛伊。”

这倒是事实。

“我收到一封信……”

我的心脏顿时停止跳动。“是吊死鬼和粉笔吗？”

她看向我：“你怎么知道？”

“因为我也收到一封，盖文、霍普……还有米基。”

妮基皱了皱眉：“所以她给我们每个人都寄了吗？”

“她？你认为这些信是克洛伊寄的？”

“当然了。”她厉声说道。

“好吧，她承认吗？”

“没有。但还能有谁呢？”

我们一时语塞。我回想了下我所了解的克洛伊，她是个无礼、有趣而又开朗的人，我对她的存在已经十分熟悉。但妮基说的那些没有一点能对得上。

她耸了耸肩，说："好吧，随你便。"

说到这里，我等她喝了一小口咖啡后，才用更轻柔的语气说："你听说米基的事情了吗？"

"他怎么了？"

埃德·亚当斯——幸福美好消息的使者。

"他死了。"

"天哪。发生什么了？"

"他掉进河里，淹死了。"

她只是看着我："是安德伯雷的那条河吗？"

"是。"

"他去安德伯雷干什么？"

"他来看我。他本打算写一本关于粉笔人的书，想找我帮他写。我们喝了不少，他坚持自己走路回旅店……但是他没能走回去。"

"妈的。"

"是啊。"

"但那是个意外？"

我犹豫着。

"埃德？"

"可能是。"

"可能？"

"你看，这听起来可能很疯狂，但是那晚他离开前曾告诉我，他知道谁是杀死埃莉莎的凶手。"

她哼了一声："你相信他？"

"万一他说的是真话呢？"

"好吧，那一定是他说的第一句真话。"

"但如果的确如此，他的死可能就不是意外。"

"为什么？有人在意吗？"

有那么一瞬间，我被吓了一跳。我在想她是不是一直这么难说话，像一块贴满“有本事你咬我啊”的石头。

“你不是那个意思。”

“不，我就是这个意思。米基这辈子一直在到处树敌，他没有朋友。你曾经是。这就是我为什么会来见你的原因。但是现在我要走了。”

她把椅子往后推了一下。“听下我的建议——回家，把克洛伊赶出去，然后……继续你的生活。”

我应该接受她的建议，应该让克洛伊走。我应该喝完自己的咖啡，然后去赶火车，但那样的话，我的生活就会变成一串长长的“本应如何做”构成的残骸，它们互相碰撞，变成一大团彼此交织的后悔事。

“妮基，等等。”

“怎么了？”

“那你爸爸呢？难道你不想知道是谁吗？”

“埃德，随它去吧。”

“为什么？”

“因为我知道谁是罪魁祸首。”

这句话让我那天第二次手忙脚乱。“知道？你怎么知道的？”

她看着我，表情凝重。“因为她告诉了我。”

回安德伯雷的火车晚点了，我试着把它当作巧合忽略，但做不到。我在火车站大厅来回踱步，在心里咒骂自己为什么要坐火车而不是开车（又为什么要留在那里又喝了一杯酒而不是换一班早点儿的车。）我时不时看下列车时刻表。晚点了。那下面的意思也可能是：“就是要跟你过不去，埃德。”

我九点之后才回到家，又热又疲惫，车上一个男人挤得我只能紧贴着窗户，搞得我一边身体都麻了。那个男人好像是为泰坦打橄榄球的人（是泰坦众神，不是那个球队）。

等到我从车站坐上回去的公交车，到最后终于回到家时，我感觉又累又烦，更让人悲伤的是，我还很清醒。我推开大门，走上车道，家里黑洞洞的。克洛伊肯定出去了。可能这对大家都好，我感觉自己还没准备好和她交流。

当我走到前门，却发现门没上锁时，脖子背后感觉到一丝不适。克洛伊有时是很轻率，但通常很负责，也不健忘。

我在门外徘徊片刻，像个不招人待见的推销员一样站在自家门前，随后我推开了门。

“有人吗？”

唯一回应我的只有家里的无声寂静，还有从厨房那里传来的微弱的嗡嗡声。我打开门厅的灯，站在那里，手里攥着一把钥匙。

我走进厨房，打开灯，环视四周。

后门半开着，一阵冰凉的穿堂风迎面而来。厨房的操作台上堆着剩下的晚饭食材：桌子边上放着一个披萨，碗里还有些沙拉。桌上放着半杯酒。我听到的嗡嗡声是从烤炉里传过来的。

我弯下腰，关上烤炉，屋里一下子变得更安静了。我现在唯一能听见的声音只有耳朵中血管跳动的声音。

“克洛伊？”

我往前走了一步，脚下踩到什么东西滑了一下，向下看的时候我的心脏跳得飞快。耳朵中的轰鸣声更大了。

“克洛伊？你在外面吗？”

我小心地走到房屋背后，用手电筒照了照过度繁盛、已经蔓延到灌木丛那里的野草，一些长草已经被人踩倒了，最近经常有人会踩着草地穿过花园。

我沿着那条踩出来的路走了过去，杂草和荨麻总是缠住我的运动鞋。借着手电筒的光我看到草丛里有什么东西——一个红色、粉色和棕色交织的东西。我弯下身子去看，胃里像俄罗斯体操运动员一样一阵翻滚。

“妈的。”

是一只老鼠。一只被开膛破肚的死老鼠。

我的右边有什么东西在沙沙作响。我跳起来扭身去看，一双绿色的圆眼透过长长的杂草看着我。小猫喉咙里发出嘶嘶声，跳了过来。

我趺趺撞撞地往后退了一步，一声尖叫卡在了嗓子里。“妈的。”

小猫很是欢快地打量了我一番——“吓到你了吧，埃迪，孩子？”——随后又漫不经心地溜到前面去，用它尖利的牙齿叼起那只老鼠的残余，慢悠悠地晃进了黑夜中。

我一时没忍住，歇斯底里地笑了起来。“去他妈的。”

一只老鼠。那只是一只老鼠的血，还有他妈的一只猫。我浑身都放松了。但又有一个小声音在我的耳边低语：

“但是你看到的猫和老鼠并不能解释后门为什么开着，不是吗，埃迪？那准备了一半的晚餐又是怎么回事？”

我返回家里。

“克洛伊！”我大声叫着。

接着我跑了起来，冲上楼去，跑到她的房门前，先敲了一下，随后推开了门，本有些以为会看到她头发散乱地躺在床上，但是床上什么都没有。房间里空荡荡的。由于一时冲动，我打开了她的衣柜，空空的衣架哐当作响，再拉开大柜子的抽屉，空的，空的，空的。克洛伊走了。

1986

我以为得过一阵子才能有机会溜出去。像以前一样，我只需多等几日，等到周末即可。

妈妈接到电话，冲去了诊所。爸爸本应该看着我的，但他有一篇稿子的最后约稿期限快到了，就不得不把自己关在书房里。我看到了妈妈给他留的便签："给埃迪做早饭。麦片或面包。别让他吃薯片或巧克力。爱你的，玛丽安。"

爸爸估计看都没看。他似乎比平常更心烦意乱。我去碗柜拿东西的时候发现，他把牛奶放在那里，而把咖啡放进了冰箱。我摇摇头，拿出一个碗，倒了一些脆米花，又倒了一点儿牛奶，然后就把它们扔在滴水板上，碗里还扔着一把勺子。

随后我拿了一包薯片，然后在起居室边看《周六超级商场》边飞速吃完了。吃完，我就开着电视，踮着脚尖回到了楼上的卧室。我把抽屉拉出来，拿出藏在里面的鞋盒，掀开盒盖。戒指就躺在里面，上面还有些从林子里沾上的尘土，但是我不想把它弄下来。如果弄干净的话，那戒指就不再属于她了，就不再有特殊意义了。而这很重要。如果你想要守护什么，就要守护它的方方面面，要记住它的时间和地点。

但是，还有个人更需要它。一个爱她的人，一个没有任何东西能用来纪念她的人。我是说，虽然他有她的画像，但是画像不是她的一部分，不曾接触过她的肌肤，当她的躯体在林子里逐渐冰凉时，也没有陪在她的身边。

我用一些卫生纸又把戒指包了起来，将它小心翼翼地放在口袋里。我并不知道那一刻我想做什么。我心里想着要去找哈洛伦先生，告诉他我很抱歉，把戒指给他，而他肯定会无比感激，这样我就能还清他为我做过的所有事。不管怎么说，我觉得这就是我想要的。

隔壁房间传来一阵爸爸的咳嗽声，还有椅子吱呀作响和嗡嗡不断的打印机声音，我把抽屉放归原位，又悄悄溜下楼去，拿起厚厚的冬天外套和围巾，为了以防爸爸下楼后发现我不在而担心，我又匆匆写了一个纸条："去找霍普了，不想打扰你。埃迪。"

我通常都很听话。但是我很固执，甚至有些强迫症。一旦我有什么主意，是绝对不会动摇的。当我把自行车从车库中推出来，而后又骑车去哈洛伦先生家时，也不是丝毫没有怀疑或恐惧。

哈洛伦先生本应已经离开，前往康沃尔了。但是因为调查需要，警察要求他先不要离开。我当时并不知道，但是他们已经马上就能断定是否有足够的证据来起诉他和华尔兹女孩的死亡有关。

实际上，他们几乎没有真正有效的证据，大部分都是推测和传闻。大家都希望他就是犯罪的那个人，因为这种结果最好，最干脆，也最好理解。因为他是个外人，不仅如此，他还是个奇怪的外来者，是个与小姑娘纠缠不清的变态。

人们认为，华尔兹女孩本打算与他一刀两断，但哈洛伦先生却勃然大怒，于是当华尔兹女孩跟他说分手时，他便趁机杀了她。这些传言得到了华尔兹女孩妈妈的部分证实，她告诉警察女儿前一天晚上是哭着回去的，因为和哈洛伦先生吵了一架。哈洛伦先生承认他们确实吵了架，但并没有分手。他甚至承认她被杀的那晚，他们本约好了在林子见面的，但是因为发生了争吵，他那晚没去赴约。我也无法完全知晓真相是什么，也没有谁能证实或推翻任何一个版本。人们能确定的只是，这个女孩再也不能开口说话，她将永远沉睡在满是泥土和蠕虫的地底。

这个周六早上格外安静，但有时候老天似乎也不想在清晨中起床，就像某个闷闷不乐的少年，不愿意掀开夜的帷幕，不愿意换上拂晓的窗帘。已经上午十点，但外面仍然昏暗无光，路上偶尔有几辆车经过，带来零零星星几点亮光。大部分房子都还黑着灯。尽管已经快到圣诞节了，但还没有几户人家开始装扮。我想几乎没人想庆祝节日吧。爸爸到现在也没买圣诞树，我也几乎忘了自己的生日。哈洛伦先生的小屋像一个白色幽灵般立在那里，房屋轮廓的边缘与雾蒙蒙的光线融为一体。他的车停在外面。我在稍微远一点的地方停下来，朝四周望了望。他的房子孤零零地立在艾莫里路的尽头，这条小街上只有几户人家。周围再没有其他房屋。然而，我还是把自行车停在了路对面的树篱那里，而不是哈洛伦先生家门口，这样就没人能轻易看见我的自行车了。随后，我快速穿过马路，又赶紧走过小路。

小屋的窗帘没拉，但是房间里没有一点儿亮光。我敲了敲门，屋内没有动静。我又敲了敲，仍然一片安静。好吧，也不是一点动静都没有，我感觉自己听到了什么。我在内心与自己辩论着，也许他谁都不想见，也许我应该径直回家。我差点儿就走了。但不知是什么——我到现在也不知道是什么——似乎在向前推着我，说：推下门试试。

我扭了一下门把手，门便开了，屋内一片漆黑。

“有人吗？哈洛伦先生？”

没有回应。我深深吸了一口气，走进屋内。

“有人吗？”

我望了望屋内，盒子堆得到处都是，但是小起居室内新添了许多酒瓶，有葡萄酒瓶、啤酒瓶和几个相对比较大的酒瓶，瓶子上面写着占边·波本。我皱皱眉，也许所有的大人偶尔都会喝酒，但这里的酒瓶有些过多了。

我听见楼上传来水龙头流水的声音，刚开始我就听到了那个声音，哈洛伦先生正在洗澡，所以他没有听到我敲门。

当然了，这也让我处于有些尴尬的境地。我不能直接冲楼上喊，他可能光着身子或者别的什么。而且，他肯定会知道我未经允许就进来了。但是我又不想去外面等着，怕别人看见我。

我和自己辩论着，最终做了个决定。我偷偷溜进厨房，小心翼翼地从口袋中拿出戒指，把它放在桌子正中央，这样他一定能看见。

我本应该留个纸条的，但是手边没有纸和笔。我瞄了一眼楼上，天花板上有一块儿很奇怪，比周围颜色都深，我的心中快速闪过一个念头，再想想持续的水流声，不知怎的感觉有些不对劲。那时街道上突然有一辆汽车回火。我吓得跳了起来，那一声噪音让我想起自己在别人的家中，也想起了妈妈和爸爸的警告。爸爸现在可能已经完成工作了，妈妈万一已经回家怎么办？我虽然留了一个便条，但万一妈妈疑心，给霍普的妈妈打电话确认怎么办？

我赶忙走出他家，关上房门，心怦怦直跳。接着小跑过马路去推自行车。我快速骑车回家，能骑多快骑多快，到家后把自行车支在后门那里，脱了外套和围巾，一屁股坐在起居室的沙发上。爸爸直到二十分钟后才下楼，探进头来。

“没事吧，埃迪？出去了？”

“去找霍普了，但他没在家。”

“你应该跟我说一下的。”

“我留了一个便条，怕打扰你。”

他笑了笑：“好孩子。要不我们在妈妈回来之前先做些饼干吧？”

“好的。”

我喜欢和爸爸一起烘焙。有些男孩觉得烹饪是女生干的事，但是爸爸烹饪的时候我不会这么觉得。他不会照着什么菜单来做，还总会放些奇怪的佐料，做出来的东西有时很棒，有时味道有一点儿奇怪，但这一过程就如同探险一般。

妈妈回来已经是一小时以后了，我们当时正把加了葡萄干、酵母酱和花生酱的饼干从烤箱里拿出来。

“我们在厨房呢！”爸爸喊道。

妈妈一走进来，我就知道发生了什么事情。

“诊所一切都还好吗？”爸爸问。

“什么？对了，都安排妥当了。一切都很好。”但是看起来并非如此。她满脸愁云，还有些担忧的神情。

“怎么了，妈妈？”我问。

她看了一眼我和爸爸，终于，她说：“我开车回家的时候经过了哈洛伦先生家。”

我顿时紧张起来。她看见我了吗？肯定没有。我很久之前就回到家了。或者，也许有人看见了我，随后又告诉了她，或许她就是知道我做了什么错事，因为她是我的妈妈，第六感很强。

但实际上，事情与我想的完全不一样。

“他家外面有警察……还有一辆救护车。”

“一辆救护车？”爸爸说，“为什么？”

她轻声说道：“他们用担架抬出了一具尸体。”

他自杀了。警察本要去他家逮捕他，但在满溢的浴缸中发现了他的尸体。地板已经开始起泡下陷。淡粉色的水渗透地板，滴落在厨房的桌子上。而浴缸中的水则是暗红色的，哈洛伦先生的胳膊上有一道很深的伤口，从手腕一直延伸到了胳膊肘。他没喊一声痛，也没有喊一声告别。

他们发现了戒指，上面还带着林子地面上的泥土。这让警察有了定论，这就是他们需要的确凿证据。哈洛伦先生杀了华尔兹女孩，后又自杀。

我从未说出实情。我知道，我本应该说出来的。但是我当时只有十二岁，我很害怕，而且我不确定有没有人会信我。妈妈肯定会以为我是想帮哈洛伦先生，而事实是，现在没人能帮他，也没人能帮华尔兹女孩。说出真相又有什么用呢？

那之后，再没出现其他信息。再没有出现粉笔人，也再没有恐怖的意外或糟糕的谋杀发生。接下来几年，我觉得安德伯雷发生的最糟的事情，也就是吉卜赛人从教堂房顶上偷铜了。哦，还有就是米基开车撞到了树上，他自己和盖文差点儿死于那场车祸。

这并不是说人们就会立即忘了那些事。那次谋杀，还有其他所有发生的事情，都让安德伯雷声名狼藉。当地报纸连续报道了数周。

“不久他们就要在出版周末报纸时赠送免费粉笔了。”有天晚上我听见妈妈咕哝道。

胖子盖文的爸爸寻思着要不要把酒吧的名字改成粉笔人，但被他妈妈劝住了。

“为时过早。”她说。

此后的一段时间里，你总是能看到镇上有好些陌生面孔。他们穿着连帽夹克和休闲鞋，手中拿着相机和笔记本，排队走进教堂，去林子里漫步。

“一群幸灾乐祸的看热闹之人。”我爸爸这么说他们。

我问了问才知道他说的是什么意思。

“那是一群喜欢围观不幸事件或者造访曾发生不幸事件之地的人。也有人说他们是变态的死亡猎犬。”

我感觉自己更喜欢第二种描述，*死亡猎犬*。他们看起来就很像，头发稀疏平直，耷拉着张脸，他们似乎还会把脸贴在别人窗户上，又或者躬身趴在地上，用一次性成像相机咔嚓咔嚓地拍着照片。

有时还能听到他们问问题：*那个粉笔一样的男人住过的小屋在哪儿？有谁认识他吗？有谁曾收到过他送的画吗？*

他们从没追问过华尔兹女孩。没有一个人。她的妈妈曾经接受过一次报社采访。她说埃莉莎热爱音乐，想要成为一名能救死扶伤的护士，就像她一样，还说她在意外发生之后如何坚强地挺了过来。但那只是一小篇短短的文章。就好像人们想要忘记她是一个真实存在的人，而只记得她的死亡使这个故事情节更加恶劣。

最后，就连死亡猎犬也不动声色地回到了狗舍，因为其他糟糕事件占据了头版头条。这个谋杀事件只是时不时地出现在杂志文章中，或在一些真实犯罪电视节目中重新上演。

当然了，这起事件中还有很多谜团，还有很多解释不通的奇怪事件。大家都认为是哈洛伦先生袭击了马丁牧师，在教堂墙上画了那些粉笔人，但没人能解释他为什么那么做。警察也始终没找到凶手作案时用的斧子……

还有就是，他们也始终没能找到华尔兹女孩的头颅。

我想，尽管我们无法就故事的开端达成一致，但我们都相信，哈洛伦先生死去的那天是故事的终结。

2016

在一定程度上，我爸爸的葬礼，来得晚了几年。我知晓的那个男人很久之前就死去了，留下的只不过是一具空壳。所有能定义他是谁的特征：他的怜悯之心、幽默、温暖，甚至是他那让人讨厌的天气预报，都早已不见。他的记忆也随之消失，或许这才是最糟糕的。如果除去我们经历的总和，除去我们在生活中的积淀，我们又是谁呢？一旦剥去这些东西，我们就只是一个由肉身、骨头和血管组成的行尸走肉而已。

如果灵魂真的存在——我现在还不确信——那么早在肺炎夺走爸爸的生命，让他在无菌、洁白的病床上，在神志不清的昏迷中死去之前，他早就已经死去了。躺在病床上的他已经缩水，瘦骨嶙峋，而我印象中的他身材魁梧，富有活力。我不认为那一副空壳称得上“人”。而当医生告诉我他走了之后，我首先感到的并非悲伤，而是解脱，这让我有些羞愧。

我们在火葬场为他举办了一场小型葬礼。参加的人只有妈妈、我、几个他长期供稿的杂志社的朋友、霍普和他妈妈、胖子盖文和他的家人。我不在意这些，因为我觉得不能仅凭有多少人出席葬礼来判断一个人的价值。大部分人都有很多朋友。而我对朋友的定义十分宽泛。“网友”并非真正的朋友。真正的朋友有着不同的意义，他们不管发生了什么都会陪在你身边。他们是你又爱又恨的人，又像是你自身的一部分。

悼念仪式结束之后，大家都去了我家。妈妈做了些三明治，还有些小点心，但大部分人只是喝水而已。尽管爸爸早在去世前一年就一直住在疗养院，尽管现在房间里比以往人都多，但我觉得那天的家里是有史以来最空的。

每年爸爸的忌日，我和妈妈都会一起去火葬场。妈妈去的次数可能更多。他小小的牌匾周围总有鲜花围绕，牌匾上面刻着他名字和从《记忆》引用的两句话。

我今天到的时候，妈妈正坐在花园的长椅上，花园里阳光斑驳。小风十分不耐烦，催赶着灰色的云朵，使得它们在天空急促地飘来飘去。妈妈穿着蓝色的牛仔裤和一件时髦的红色夹克。

“好啊。”

“好啊，妈妈。”

我在她旁边坐下。她鼻子架着以前的小圆眼镜，转身看向我的时候闪闪发光。

“你看上去很累，埃德。”

“是的，这周很难熬。很抱歉让你不得不提前结束假期。”

她摆了摆手：“不是不得已，是我选择提前结束的。再说了，看过一个湖就知道其他湖的景色了。”

“不管怎么说，谢谢你回来。”

“嗯，你和猫咪一起度过了四天，已经够了，对你们俩来说都够了。”

我笑笑，这四天不好熬。

“你现在要告诉我发生了什么吗？”她仍然像看孩子一样看着我。那种感觉让我觉得，她一眼就能看出我有没有说谎。

“克洛伊走了。”

“走了？”

“收拾了东西，走了，不见了。”

“没留一句话？”

“没有。”

但我也没期望她留什么话。而事实上，我说了谎。前几天的时候，我半期待，半希望着能联系上她，希望她能漫不经心地走进房间，倒杯咖啡，挑起一只眉毛看着我，给我一个简单而合乎情理的解释，让我觉得没什么大事，是自己犯傻，又有些偏执。

但是她没有。现在，已经差不多过了一周，不管我怎么看待这件事，也想不到任何解释，除了最明显的那个——她是一个奸诈的年轻女人，将我玩弄于股掌之中。

“好吧，我从来都不喜欢那个女孩。”妈妈说，“但这行事风格很不像她。”

“可能是我不擅长看人吧。”

“别怪自己，埃德。是有些人太擅长撒谎而已。”

是的，我心想，确实如此。

“你还记得汉娜·托马斯吗，妈妈？”

她皱眉：“记得，但我……”

“克洛伊是汉娜·托马斯的女儿。”

眼镜后的眼睛微微睁大了些，但她仍然保持着镇静。“我明白了，是她告诉你的吗？”

“不是，是妮基告诉我的。”

“你和妮基聊过了？”

“我去见了她。”

“她怎么样？”

“应该和你五年前去看她时差不多吧……那时你还跟她说了她爸爸到底出了什么事。”

我们停顿了许久没有说话，妈妈低下了头，她的双手粗糙，有许多血管凸起。我想，手总是能暴露我们——我们的年龄、我们的情绪。妈妈的手，能够抚顺我打结的头发，轻抚我的脸颊，清洗我受伤的膝盖，并上药。但那双手也能做其他事情，一些在其他人看来没有那么光彩的事情。

最终，她说：“是格里说服我的，我把一切都告诉他了。而且坦白说出一切，让人感觉很好。他让我明白我应该告诉妮基真相。”

“真相是什么?”

她苦笑着:“我总是跟你说，不要做会让你后悔的事情。不光要做决定，还要在当时有正确的理由。即使之后证明那个决定不对，你也要忍受。”

“不要回想过去。”

“是的，但说起来容易做起来难。”

我等着，她叹口气。

“汉娜·托马斯当时是个脆弱的小女孩，很容易被误导，总是在找能够跟随的人，能崇拜的人。不幸的是，她找的人是他。”

“马丁牧师?”

她点头:“有天晚上她来找我……”

“我记得。”

“是吗?”

“我看到她和你在起居室坐着。”

“她本应该在诊所预约的。我本应该坚持，但她当时非常苦恼，非常可怜，不知道应该找谁去说，所以我让她进来了，给她倒了杯茶——”

“尽管她是抗议者之一?”

“我是一名医生。医生不能评判别人。她已经怀孕四个月了，不敢告诉她爸爸，而且她当时只有十六岁。”

“她想生下那个孩子?”

“她不知道自己想要什么，她只是个小女孩。”

“那你跟她说了什么?”

“说了跟其他来医院的女人一样的话。我跟她说了所有的选择。当然，我也问了孩子的爸爸是否想帮助她。”

“她怎么说?”

“起初，她不想说是谁搞大了她的肚子，但慢慢地还是说了出来，说她和牧师如何相爱，但教会在他们之间横加阻拦。”她摇摇头，“我给了她我认为最好的建议，她离开的时候稍微冷静了些。但是我承认，我有些苦恼，内心有些矛盾。后来，到了葬礼那天，她爸爸闯进来，指控肖恩·库珀强奸了她……”

“你知道真相？”

“是的，但我能做什么？我又不能泄露汉娜的秘密。”

“但你告诉了爸爸？”

她点点头：“他本来就知道她过来找我。那天晚上，我就都告诉他了。他本想报警，想向教会告发，想揭露马丁·牧师，但是我说服他保持沉默。”

“但他做不到，是吗？”

“不，那天有砖块飞进我们家时，他非常生气，我们吵了一架……”

“我知道，爸爸出去了，还喝醉了……”

我知道故事的剩余部分，但还是让妈妈继续说了下去。

“汉娜的爸爸那天晚上和一些好友那晚也在酒吧。而你爸爸，已经喝了很多，他很生气……”

“他跟他们说马丁牧师是汉娜所怀孩子的生父？”

妈妈又点了下头：“你得理解，他无法预见会发生什么事情，无法知晓他们会对马丁牧师做什么，不知道他们会闯进他家，把他拖到教堂，将他一顿惨打。”

“我知道，”我说，“我理解。”

就像盖文无法预知他偷走肖恩的自行车会导致什么后果一样，就像我把戒指放在哈洛伦先生家里时也无法预见会发生什么一样。

“你后来为什么仍然什么都没说，妈妈？爸爸为什么也没说？”

“安迪·托马斯是名警官，我们也没有什么证据。”

“所以就这样了？任由他们逍遥法外？”

过了一会儿她才回答。“并非就那样了。安迪·托马斯和他的朋友们都喝醉了，那晚就想找事，我敢肯定他们就是把马丁牧师打趴下的人……”

“但是？”

“那些骇人的粉笔画，还有他背上的伤口，我还是很难相信，那是他们做的。”

天使的翅膀。我突然想到了妮基手腕上那个小小的文身：“为了纪念我的父亲。”

还想起了一些她离开前曾说过的话，当我问她那些画时，她说：

“我爸爸很爱那座教堂。那是他唯一爱的东西。但那些画，玷污了他珍贵的圣殿。那顿打算什么。那些画才真正要了他的命。”

我周身扫过一阵寒意，像是披上了一层冰凉的薄纱。

“肯定是他们干的，”我说，“除了他们还有谁？”

“我想是吧。”她叹气，“我做错事了，埃德。告诉了你爸爸实情，没有揭发袭击牧师的真正凶手。”

“这就是你为什么会每隔几周就去看他的原因吗？你觉得自己有责任？”

妈妈点头：“他可能不是一个好人，但是每个人都或多或少值得被原谅。”

“但妮基不会原谅他，她说等他死了才会去看他。”

妈妈皱眉：“那很奇怪。”

“是啊。”我说。

“不，我之所以说很奇怪，是因为她一直都会去看他。”

“什么？”

“据疗养院的护士说，她上个月每天都会去。”

随着你长大，你周围的世界却反而缩小了。就好像你变成了格列佛，局限于自己的小人国中。我记得圣玛格达莱妮疗养院的房子古旧而华丽。壮观的它坐落在一条蜿蜒狭长的小路尽头，周围有一大片条纹状的绿色草坪。

如今，车道变短了，外面的草坪和位于郊区的大型花园差不多大，有些生长过盛，缺乏修剪。草坪没有一点儿园丁打理和修剪过的迹象。破旧的小屋已经倾斜失衡，房门开着，能让人看见里面的一些不起眼的家具，还有一些挂在衣钩上的旧工作服。沿着草坪往前走，一直走到我遇见那位女士的地方时，就是那位头戴时髦帽子的女士，你还能看见之前那套熟铁花园家具，它们已经生锈，上面落满鸟屎之类的东西。

房子本身也变小了，需要重新粉刷的白墙，亟需替换的老木窗。看起来就像——像一些居于其中的住户一般，我心想——曾经是性感尤物，如今却已近残年。

我按了一下前门的门铃，停了一会儿它才噼啪作响，紧接着一个不耐烦的女人说道："谁呀？"

"是爱德华·亚当斯，来看马丁牧师的。"

"好的。"

门嗡嗡响了一下后，我推开门进去。房间里面和我记忆中相比，没有变化太多。屋内的墙壁仍然是黄色的，也可能变得越发暗黄了。我很确定墙上挂的还是之前的旧照片，屋内的味道也和之前无差别，是那种机构特有的香味，洗涤剂、小便和变质食物的混合味道。

服务台在门厅的一个角落里，没人，桌上的电脑屏幕上闪着屏保画面，电话的指示灯闪烁着。访客登记册开着，我走上前去，望了望四周，之后便开始看本子上登记的名字和日期……

名字并没有多少。要不然就是这里的房客没什么家人，或者，就像克洛伊说的那样，是他们的家人将他们抛弃，任由他们在这里慢慢沉入自己心灵的沼泽中。

我一下子就看到了妮基的名字，她上周来过。那么，她为什么要撒谎？

"需要帮忙吗？"

我吓了一跳，访客登记本从手中滑落。一位身型肥胖、表情严肃的女人走了过来，她的头发盘在后面，手上贴着吓人的假指甲。她挑起了眉，看着我。至少，我感觉她挑着眉，也可能只是画出来的效果。

“你好，”我说，“我就是，呃，想自己登记一下。”

“是吗？”

护士的表情和妈妈的一样。那种表情像是在说：别想骗我，孩子。我知道你刚才到底在做什么。

“抱歉，登记册刚才翻开的地方不对，所以……”

她轻蔑地哼了一声，走过来，一下子把登记册翻到了今天这页，用她闪闪发光的紫色爪子指了指。“名字，看望谁，是朋友还是亲戚。”

“好的。”

我拿起一支圆珠笔，写下我的名字和“马丁牧师”。犹豫片刻后，我选了“朋友”。

护士看着我。“你之前来过？”她问。

“哦，我妈妈经常来。”

她仔细看着我：“亚当斯，当然了，玛丽安。”

她突然缓和下来。“她是个好人。这么多年来，每周都会过来看他，给他读书。”她突然皱了下眉，“她还好吧，不错吧？”

“嗯，不错，她感冒了，所以今天是我来。”

她点点头：“马丁牧师现在自己房间，我正准备把他推出来喝下午茶，但如果你想的话？”

我不想。实际上，虽然我现在人在这里，但一想到即将看到他，跟他近距离接触，就感觉十分反感，但是我别无选择。

“当然。”

“沿着走廊径直走，牧师的房间在右手边第四个。”

“好的，多谢。”

我慢慢走着，拖着脚步。我来并不是为了这个。我来是为了弄清楚妮基到底有没有来看过她爸爸。我不知道为什么，莫名觉得这很重要。现在我已经置身于此，除了继续演戏，却反倒不知道自己来这里的真正原因了。

我来到了牧师的房间。房门关着，我差点儿转身就走，径直返回。但不知是什么——可能是病态好奇心的驱使吧——阻拦了我。我敲了敲门，并非真的想得到什么回应，但我觉得这样比较有礼貌。过了一会儿，我推开了门。

如果说疗养院的其他地方已经尽力——却没能——让自己看上去不只像一个看护失智病人的医院，那么牧师的房间可以说是丝毫没有温馨的感觉。

房间内空荡荡的且毫无装饰。墙上没有挂一幅画，花瓶中没有花。房间中没有书，没有装饰品，也没有纪念品。只有一个十字架挂在墙上，桌边放着一本《圣经》。双层窗户——但只装了一层玻璃，上面的锁破破烂烂，不太符合健康和安全标准——外面是未经打理的草坪，一直延伸到了林子边缘。我心想，如果你有能力欣赏的话，这风景还不错。但我怀疑牧师没有病。

这个男人，或者说，这个男人的残存部分坐在轮椅中，面前放在房间角落里的小电视。但电视屏幕黑着。

我好奇他是不是睡着了，但紧接着我发现，他的眼睛睁得大大的，目光空洞，和之前一样，让人有些不安。他的嘴微微动着，似乎正在内心独白什么，让人感觉他正在和某个只有他能看见或听到的人进行对话。也许，是上帝。

我强迫自己走进房间，手足无措地来回踱步，感觉自己像是个入侵者，尽管牧师几乎意识不到我进了房间。终于，我尴尬地坐在了他身旁的床边。

“你好，马丁牧师。”

没有回应。但是，我又有何期待呢？

“你可能已经不记得我了？我是埃迪·亚当斯。我妈妈就是那个不管……不管发生了什么每周都会来看你的人。”

沉默，我只能听到他低沉、粗重而刺耳的呼吸声，甚至连滴答的时钟声都没有。房间内没有任何可以衡量时间流逝的工具。但是，在这里，或许那是你最不想看到的东西。因为它会让你想起时间流逝缓慢。我低头看，避开牧师瞪着的双眼，感觉很不舒服。

“你最后一次看到我时，我还只是个孩子。十二岁，是妮基的朋友。你记得她吗？你女儿？”我顿了一下，“愚蠢的问题。你肯定记得。在你心里的某个地方记着。”我又停顿了一下，我本没想着要说什么，但我既然来了，却还是有些想说的话。

“我爸爸，他脑子上也出了问题。但和你的不一样，他的问题是渐渐丧失了所有能力，像是有一个缺口，但他什么都没能保住：记忆、语言能力——最后，是他自己。我想你和他正相反。你是被封锁了起来，在你的内心深处，但你还在。”

不管是我想的这样，还是它只是被擦除、被破坏，永远消失了，我都不信。因为我们的思绪、我们的记忆，它们需要在某处停留。爸爸的记忆可能溜走了，但妈妈和我试着尽我们所能记住他，想要将最宝贵的时光妥善保存，保留在我们的心中。

除此之外，随着我年龄逐年增大，我发现保留记忆也变得更难。有人说，事件的外表，或者它们看上去如何，会变得越来越模糊。过去正在消失，就像某张旧照片，不管我怎么努力，也无力回天。

我抬头看牧师，又赶紧看向床边，又看向地面。

他正瞪着我看，灰色的眼瞳变得清澈锐利。

他嘴唇动了动，轻轻说了声：“忏悔。”

我头皮一紧：“什么？”

他突然抓住我的胳膊。虽然过去三十年，在没有帮助的情况下，他都上不了厕所，力道却大得惊人，

“忏悔。”

“忏悔什么？我没有……”

还没等我说下去，外面传来一阵敲门声，我扭头看向那边。牧师松开我的胳膊。

一名护士探头进来，和之前接待我的不一样，这位很瘦，留着金发，表情和蔼。

“你好。”她笑笑，“我只是进来看一下你们相处得如何？”她的笑容慢慢变僵，“没事吧？”

我努力让自己平静下来。我可不想听到有人按下紧急警报，然后在警察的护送下从这里走出去。

“是的，很好。我们只是……是我刚才在自言自语。”

护士笑了。“我总是告诉人们：你们必须和病人说话，这对他们好。可能看起来他们没听，但是他们比你想象中理解的更多。”

我挤出一个微笑。“我知道你的意思。我爸爸有阿尔兹海默症。有时候你觉得他一点儿都没理解，但他竟然会做出回应。”

她深有同感地点点头。“对于心理疾病，我们有很多不明白的地方。但是就内心深处而言，他们仍然是人。不管这里发生了什么——她拍了拍自己的头——心还在那里没有变。”

我回头看了一眼牧师。他的眼睛又恢复了之前目不转睛凝视的状态。忏悔。

“也许你说得对。”

“我们的公共房间那里有茶点，”她说，情绪高昂了些，“你能推着牧师过来吗？”

“可以，当然可以。”

只要能离开这里，做什么都行。我抓住轮椅，把他推出门外。我们和护士一起走着。

“我之前没见你来过。”护士说。

“我确实没来过，一般都是我妈来。”

“哦，玛丽安？”

“是的。”

“她还好吗？”

“她感冒了。”

“哦，希望她能早些好起来。”

她推开公共房间的门——正是我和妈妈曾经去过的地方——我跟在她身后把牧师推了进去。我决定赌一把。

“听我妈说他女儿一直有来探望。”

护士若有所思。“实际上，是的，我最近看到有个年轻女孩一直来看他。是不是瘦瘦的，长着黑色头发？”

“不，”我说，“妮基是……”

但我马上就停了下来。

我在心里拍了拍脑门。*当然了*，不管那个年轻女孩写了谁的名字，来这儿的并不是妮基。但是，牧师还有一个女儿，*克洛伊*。一直来看他的是克洛伊。

“抱歉，”我收回之前的话，“是的，应该就是她。”

护士点点头。“我之前不知道她是亲属。不管怎么说吧，我现在得去上茶了。”

“好的，没问题。”

她走开了。有几件事情突然变得明朗了：克洛伊不上班的时候去哪儿了？上周去哪儿了？为什么她当天回来时醉醺醺的，泪流满面，还说了些关于家庭的奇怪言论？

但是她为什么这么做呢？是为了研究？重新拜访她的过去？她想做什么？

我把牧师推进去，把他安置在一个能看到电视的地方，电视上正在播放老版的《谋杀诊断》。天哪，如果你来到这时心智尚且健全，那么每天看迪克·范·戴克和他那伙人如此浮夸的表演，倒可能会让你崩溃。

随后，别的什么吸引了我的注意。我的视线穿过电视机，看到了一个人懒洋洋地坐在高椅背椅子上，就在法式玻璃落地门外面。她蜷缩在一件厚厚的皮毛大衣中，头上的紫色无檐帽摇摇欲坠，一小撮白色的头发从帽子里露出来。

花园女士，是那位曾告诉我一个秘密的人。但那已经差不多是三十年前的事情了。她居然尚在人世，可能她之前只有六十多岁吧。但那样的话，她现在已经九十多岁了。

因为好奇，我走上前去，推开门。外面很凉，但太阳还算有一丝暖意。

“你好！”

花园女士转身。因为得了白内障，她的眼睛变白，看不清东西。“是斐迪南吗？”

“不是，我的名字叫埃德。我之前来过一次，很久很久之前，是和我妈妈一起来的。”

她向前斜了斜身子，眯着眼看我。棕色的眼部皱纹把她的眼睛都埋住了，像发皱的旧羊皮纸。

“我记得你。男孩，你是个小偷。”

我感觉自己应该否认，但又有什么意义呢？

“不错。”我说。

“你放回去了吗？”

“放回去了。”

“好孩子。”

“我可以坐下吗？”我指了指那里唯一的一个座位。

她犹豫了一下，又点头同意。“但只能坐一小会儿。斐迪南很快就来了。”

“好的。”

我坐下。

“你来看他。”她说。

“斐迪南？”

“不是。”她不屑地摇摇头，“牧师。”

我瞄了一眼他坐着的地方，他靠在自己的椅子上。忏悔。

“是的，你之前说过——他骗了所有的人。你为什么这么说？”

“他的腿。”

“什么？”

她又向前倾斜了一下身子，用瘦骨嶙峋的手抓了一下我的大腿。我缩了一下，即使在状态最好时，我也不习惯别人突然碰我。今天显然不是我最好的状态。

“我喜欢腿好看的男人。”她说，“斐迪南，他的腿就很好看，强健的双腿。”

“我明白了。”其实并不是，但似乎表示赞同更容易些，“这和牧师有什么关系？”

“牧师？”她的脸上又写满不解，清醒的状态慢慢消失，我几乎可以看见她的思绪慢慢转变，从现在回到了过去。她松开了我的腿，看着我。“你是谁？你为什么坐着斐迪南的座位？”

“抱歉。”我站了起来，左腿被她抓得有些痛。

“去把斐迪南找来，他来晚了。”

“我会的。很高兴……再次见到你。”

她不屑地摆摆手。我从法式门回去，不远处，那个接待我的护士正在给病人擦嘴。她向上瞄了一眼。

“你还认识佩妮？”她说。

“几年前，我和妈妈一起来的时候碰见了她。她居然还在这里。”

“现在已经九十八岁了，身体很硬朗。”

强健的双腿。

“还在等斐迪南？”

“哦，是的。”

“一定是真爱，这多年来一直在等她的未婚夫。”

“嗯，应该是。”护士站直身体，朝我明媚一笑，“但据说，她那位过世的未婚夫叫阿尔弗雷德。”

我快步走回家。我本可以开车去圣玛格达莱妮疗养院的，但从那里到我家走路只要三十分钟，而且我想理理思路。说实在的，我并没有理清什么思路。我的脑海中飘荡着许多只言片语，就像水晶球里的小亮片儿一样。

忏悔。强健的双腿。她已过世的未婚夫其实叫阿尔弗雷德。

这其中一定暗含着什么，在雪一样的小亮片中若隐若现。但是我似乎无法理清我那旋涡一般的思绪，无法看清那到底是什么。

我把大衣的衣领竖了起来。太阳已经落山，取而代之的是灰色的云。黄昏即将来临，像是躲在日光肩后的黑色阴影。

周遭和地标虽然都很熟悉，我却有种陌生感，好像我是自我世界的外来者。好像，一直以来，我看事物的方式都不对，没有从正确的角度来看。现在，所有的一切看起来都更尖锐，更难应付。我几乎可以想象，如果我伸手去摸树上的树叶，那叶子可能会直接划破我的手指。

我沿着原来林子的外缘走，那里现在是正在扩张的房地产圈地。我发现自己不停地回头看，每有一阵风吹来总会让我打颤。我在路上只看到一个牵着拉布拉多的男人，那狗满脸不情愿。还有一位年轻的母亲推着童车往车站走。

但情况也并非如此。有一两次我感觉自己看到了一个人或一个东西，在我身后的阴影中若隐若现，像象牙一样白的肌肤，黑色帽子的帽檐，浅浅的白发，从我的眼中闪过。

我终于回到了家，感觉很紧张，喘不上气，气温虽然很低，我却大汗淋漓。我用黏黏的手打开门。我还是得找个锁匠来换下锁。但现在，我真的想喝一口。不对，我是需要喝一杯。几杯。我走进厅里，又停下来，感觉自己听到了什么声响，但只有风声和房子墙面缝隙开裂的声音。然而……我向四周看了看……什么东西不对劲。房间有些不对劲。有股味道，淡淡的香草香味。是女性的味道。这不对。还有就是厨房门，是开着的。我走之前不是关上了吗？

我喊道："克洛伊？"

房间内安静得出奇。当然了，我又犯蠢了。这都是因为我的神经十分紧张，比小提琴的琴弦绷得还要紧。我把钥匙随意扔在桌子上。紧接着我听到从厨房传来一个简短但拉长的声音：

"是时候了。"

2016

她的头发披散着，垂在肩上。她把头发染成了金色，但金色不适合她。她穿着牛仔裤、匡威鞋和一件喷火战机乐队的纪念运动衫。今天没化大浓妆，看起来都不像克洛伊了。不像我的克洛伊。但是，我想，她从来都不是我的。

“新形象？”我说。

“只是想改变一下。”

“我感觉还是喜欢以前的你。”

“我知道，抱歉。”

“别这样。”

“我从没想过要伤害你。”

“我没受伤害，我只是很恼火。”

“埃德——”

“省省吧。你有什么能让我不报警的好理由吗？”

“因为我没做错任何事。”

“跟踪，恐吓信，是不是还有谋杀？”

“谋杀？”

“那晚，你跟着米基到了河边，然后把他推下水。”

“天哪，埃德。”她摇摇头，“我为什么要杀米基？”

“你自己说？”

“你是想让我承认一切，就像一部烂侦探小说写的那样吗？”

“我以为你就是为了这个回来的？”

她翘起一边眉毛。“实际上，我在冰箱里留了一瓶杜松子酒。”

“请自便。”

她走过去拿出一瓶孟买蓝宝石金酒。“想喝一杯吗？”

“还用问？”

她倒了两大杯，坐在我对面，举杯。“干杯。”

“我们为什么干杯？”

“忏悔？”

忏悔。

我喝了一大口，我不怎么喜欢杜松子酒，但此时此刻，一瓶变质酒精也让人心满意足。

“好的，你先说吧。你为什么来这儿，搬来我这里住？”

“可能，我是大叔控吧。”

“曾经，你这样说会让一个大叔非常开心。”

“现在呢？”

“我只想听真相。”

“好吧，一年前，你的朋友米基，联系上了我。”

“米基？”那不是我期待听到的话，“他怎么找到你的？”

“他没找到我。他找到了我妈妈。”

“我以为你妈妈已经过世了。”

“没有。那只是我对妮基撒的谎。”

“又是假话。见怪不怪了。”

“说她死了也不为过，她算不上是位好母亲。我半个青春期都是在时而有人照料时而风雨飘摇中度过的。”

“我以为她找到了内心归属？”

“好吧，在他之后，她酗酒，吸毒，只要是能给她买伏特加和可可的男人，她都贴上去。”

“抱歉。”

“没事。总之，米基没费什么劲，也就半瓶司木露[①]，就从我妈妈

---

① 一种伏特加酒的商标名。

口里套出了我真正的父亲是谁。”

“随后米基找到了你？”

“对。”

“你之前知道自己的父亲吗？”

她点头：“妈妈几年前喝醉酒的时候告诉了我。但我不在意。他只是一个捐精子的人，这是生物学上的意外事件。但我感觉米基的到来激起了我的兴趣。而且，他还给我提供好处。如果我帮他做研究，为他正要写的书搜集资料，他会时不时地给我一些现金。”

我有种绝望的似曾相识[①]感。

“听起来有些熟悉。”

“是的，但不像你，我坚持要预付款。”

我很懊悔，尴尬地笑了笑。“你当然会这么做。”

“听着，我并不以此为荣，但我告诉自己，这么做是为了我自己，是为了找寻我的家庭、我的过去。”

“再说了，钱不扎手，不是吗？”

她的脸绷直了。“你想让我说什么，埃德？”

我不想听她说这些。我想听的是这些都只是糟糕透顶的噩梦。但现实却总是更冷酷残忍。

“所以，基本上就是，米基付钱让你潜伏在我和妮基身边。为什么？”

“他说你可能会说更多，能提供更多的背景资料。”

背景资料。我想，我们在米基心中原来一直是这样的存在。不是朋友。只是他妈的背景资料。

“后来妮基发现了你的勾当，把你赶了出去？”

“差不多。”

“而我又恰好有一个空房间，时间完美契合。”

---

① 原文为法语 déjà vu。

当然，有些过于完美。我当时还奇怪，为什么即将搬进来的年轻人（一个非常大胆的医学生）突然改变主意，想要回押金。但我现在明白了。

“你是怎么搞定我另外一个租客的？”我问她。

她推了推镜框。“他可能和一个年轻女士喝了几杯，而她告诉他，你是个色鬼，就喜欢学医的学生，还告诫他晚上要锁好卧室门。”

“把我说得跟《我与长指甲》电影中那个同性恋叔叔蒙蒂似的。”

“其实，我算是帮了你。那个人有些蠢。”

我摇摇头，除了我这个中年蠢货，再也没有比老蠢货更蠢的人了。我又倒了满满一杯杜松子酒。接着一口气喝了半杯。

“那些信是怎么回事？”

“不是我寄的。”

“那是谁？”

还没等她回答，我就自己想通了。“是米基吧，不是吗？”

“说对了。恭喜你获得我们的明星奖。”

当然了。搅动过去，制造让我们恐惧的东西，给米基提供更多写作素材。但我想，最终，那笑话在他自己身上应验了。

“你没伤害他吗？”

“我当然没有。天啊，埃德。你真的认为我会去杀人？”她停顿了一下，“但你是对的，我那晚的确跟踪了他。”

我突然又明白了一件事。

“你拿了我的大衣？”

“那天很冷。出去的时候我就披上了。”

“为什么？”

“好吧，因为我穿上好看。”

“我的意思是，为什么你要跟踪他？”

“我知道你可能不会相信我。但我当时已经厌倦了说谎。我无意中听到他对你的那套说辞，很是气愤，所以我跟着他出去，想告诉他我已经受够了。”

“后来发生了什么?”

“他嘲笑我。骂我是你的马子，还说他等不及要把这一段写进书里，增添情趣。”

真不愧是米基。

“我扇了他一巴掌，”她接着说，“整张脸都扇了。可能比我想的下手要重，我打破了他的鼻子。他咒骂着我，跌跌撞撞地走了。”

“走向河边?”

“我不知道，我没有停留。但是我的确没推他。”

“我的大衣呢?”我问。

“大衣脏了，上面有米基的血。我没法再把它挂在衣钩上，所以我只好把它塞在你的衣柜下面。”

“谢谢。”

“我没想到你会想起它，我想着等风波过去了，就把它弄干净。”

“到目前为止，都很让人信服。”

“我来这里不是为了让你信服的，埃德。随你想相信什么都可以。”

但我的确相信她。当然了，后来米基遭遇了什么仍然是个谜团。

“你为什么要离开?”我问。

“衣服店有个朋友看到你去了，听说你在找我。他们给我打了电话。我想到你会发现妮基，也会发现我一直在说谎。我没办法面对你，没办法当即面对你。”

我低头看向杯子。“所以你就打算一逃了之?”

“我回来了。”

“为了喝杜松子酒。”

“不光是酒。”她拍了拍我的手，“之前我对你说过的话并非全是谎言。你的确是我的朋友。那晚我喝醉之后，我真的想告诉你真相，告诉你一切。”

我本想把手抽回来。但事实上，我并没有那么骄傲。我任由她苍白冰冷的手放在我的手上，直到她自己将手抽了回去，重新插回口袋。

“听着，我知道我无法让一切重回正轨，但我觉得也许这会有所帮助。”

她把一个黑色小笔记本放在桌上。

“那是什么？”

“米基的笔记本。”

“你怎么弄到的？”

“他那晚来时，我从他的大衣口袋里偷的。”

“你的诚信真是让我十分信服。”

“我从没说自己是个诚信的人。我说那并非全是谎话。”

“笔记本里记了什么？”

她耸耸肩。“我没怎么看过。我不怎么能看懂，但也许你能看懂。”

我快速翻看了几页。米基的字迹没比我的字迹好认多少。里面的句子甚至不连贯，更像是笔记、想法、名字（我的名字也赫然在列）。我把笔记本合上。笔记本里面记的东西可能有意义，也可能毫无意义，但我宁愿之后再看，单独看。

“多谢。”我说。

“不用客气。”

我还有一个问题：“你为什么去看望你的父亲？那也是为了米基和他的书吗？”

她看了我一眼，十分惊讶。“一直在自己做研究呀？”

“做了一点儿。”

“好吧，那和米基一点儿关系也没有，只是为了我自己。当然了，那也毫无意义。我是谁，他一点儿线索都没有。可能这是最好的，嗯？”

她站起身，从地板上拿起一个旅行包，上面绑着一顶帐篷。

“米基给的钱不够你住家五星级酒店吗？”

“我连经济型连锁酒店都不会去住。”她冷冰冰地看了我一眼，

“我要用这个钱来付明年大学的学费，如果你非要知道的话。”

她把旅行包背在肩上，在大书包的映衬下，她显得十分瘦弱。

不管怎么样，我还是说：“你不会有事的，对吧？”

“在林子里野营一两晚不会有事。”

“林子。你不是认真的吧？你不能找个廉价旅馆什么的吗？”

她看了我一眼。“没事。我之前就这么做过。”

“但这不安全。”

“你是说那里有大灰狼，或者邪恶巫婆和姜饼屋吗？”

“好吧，尽管取笑我。”

“这就是我的工作。”她走向门口，“再见，埃德。”

我本该说些什么的。*在你的梦里。如果我没有先看到你。你从来不知道。*说什么都行，只要合适用来结束我们的关系的都行。

但我什么都没说。时机也过去了，和其他我错过的时机一样，一起掉进了巨大的深渊之中；那些本应做、本该做和要是能做的事情，一起构成了我生活中心的黑洞。

前门猛地关上，我想举起杯子一饮而尽，却发现酒杯早空了，杜松子酒瓶也空了。我站起身，又拿了瓶波旁威士忌酒，倒了一大杯。随后我坐下，再次翻开笔记本。我只是想快速浏览一下。但四大杯酒又下肚之后，我仍然在看。说实在的，克洛伊说得不错：笔记本里面的大部分东西都让人摸不着头脑，随想、意识流、很多毫无意义的谩骂；此外，米基的拼写比他的字迹还要糟。但是，我总是会翻回其中一页看，差不多就在最后那里：

谁想杀埃莉莎？

粉笔人吗？没人。

谁想伤害马丁牧师

每个人！嫌疑人：埃迪的父亲，埃迪的妈妈，妮基。汉娜·托马斯？她怀了马丁的孩子。汉娜的父亲？汉娜？

汉娜——马丁牧师。埃莉莎——哈洛伦先生。相关？

没人想伤害埃莉莎——重点。

头发。

不知什么搞得我脑子里面有些痒，但我无法找到它，然后好好地挠一挠。最终，我合上笔记本，把它扔在一边。已经很晚了，而我又喝了酒。没人能在酒瓶子底上找到任何答案。当然了，喝酒的重点不是这个。喝个底朝天，通常是为了忘记问题。

我关上灯，摇摇晃晃地走上楼去。后来我又重新想了一下，又回到了厨房。我拿起米基的笔记本，一起带了上去。我上了个洗手间，把本子随意扔在床边的桌子上，倒头就睡。我希望在睡意笼罩我之前，波旁威士忌能先让我晕过去。这两者有很大不同。喝醉了睡着是不同的，那是直接失去意识，可能会倒在石头上；而真正地入睡，你的思绪会流动，会做梦，有时……你还会醒过来。

我猛地睁开眼。不是慢慢地从睡梦中醒来。我的心怦怦直跳，又出了一身亮晶晶的汗，满眼都是震惊。是什么扰醒了我。不，纠正一下。是什么猛地把我从睡梦中拽了出来。

我望了望屋子周围。空荡荡的，但在黑暗中，每个房间都不是真的空无一物。阴影潜伏在房间的角落中，在地板上形成一个黑色池子，有时静止不动，有时暗暗浮动。但那并不是惊醒我的原因。而是我感觉有个人，几秒钟前，坐在我的床上。

我坐起来。卧室门大开着。我知道睡觉的时候我把它关上了。一束微弱的月光透过落地窗照进门厅。今夜是满月啊，我想。很合适。我从床上坐起来，挪到床边，即使我脑子里有一个不大而又理智的声音，告诉我这是个坏主意，很坏的坏主意，是我做过的最坏的决定之一。我需要醒过来。立即醒过来。但是我醒不过来。无法从这个梦境中醒来。有些梦，就像生活中的某些东西，不得不进行下去。即使我的确醒过来了，梦境也会再次回来。这种类型的梦总是这样缠人，直到你跟随它们直捣其腐烂的核心部分，砍掉其溃烂的根部。

我穿上拖鞋，穿上便袍，把腰带紧紧系上，然后走出房间，走到了楼梯间那里。我向下看。地板上有泥土，还有些别的什么。树叶。

我加快步伐，飞速走下吱呀作响的楼梯，穿过门厅，走进厨房。后门开着。一股幽灵般的凉风吹着，轻抚着我裸露的脚踝，而漆黑的外面伸着它如冰一般的手指向我招着手。透过敞开的门，我闻到的不是清新的夜间空气，而是一股不同的味道：阴湿，腐臭。我立即伸出一只手捂住口鼻。同时，我向下看了一眼。在深色的厨房地板上，画着一个粉笔人——一只胳膊指向门那边。当然了。一个粉笔人来带路。就像之前一样。

我仍然像以前一样，稍作停留，随后，内心满是遗憾地看了一眼身后熟悉又让人舒服的厨房，然后走出门去。

我没有去车道上。梦境直接跳到了另一个地点，就像其他梦境那样，梦总是这样。我来到了林子里，周围的阴影中沙沙作响，喃喃细语。树木咯吱作响，树枝不断地摇晃着，像被那些被夜精缠身的失眠症患者似的。

我手中拿着手电筒，但我不记得自己什么时候拿起来的。我用它到处照着，发现灌木中有什么东西在移动。我走上前去，试图忽略心脏的疯狂跳动，专心注意咔嚓声不断、坑坑洼洼的地面。我不确定自己走出了多远。我似乎走了很长时间，但梦中可能只有两秒钟。我感觉自己肯定接近了。但是，接近什么了呢？

我停下来。突然，林子没那么浓密了，我站在一个小林间空地中。一个我认识的林间空地。和多年前的那个空地一样。

我向四周照了下手电筒。除了几小堆树叶之外，地上空无一物。不像之前有松脆、橙色和棕色的落叶。这里的落叶死气沉沉，蜷缩一起，腐烂变灰。而且它们在移动，这又让我十分恐惧。每一小堆树叶都不安地到处移动着。

“埃迪！埃迪！”

不再是肖恩·库珀的声音，也不是哈洛伦先生的。我今晚有了新的伴，是个女伴。

第一堆树叶爆开，一只苍白的手朝空中抓着，就像从休眠中醒过来的夜行动物一般。我抑制着自己没叫出声来。一只脚从另一堆树叶中跳了出来，粉色的脚指甲卷曲着。一条腿在一个血淋淋的树桩上慢吞吞地走着。终于，最大的那堆树叶爆裂开，一个苗条而强健的躯干滚了出来，然后它自己在地上滚了起来，看上去像是某种十分丑陋的人形毛毛虫。

但仍然有一个部分缺席。我向四周望的时候，那只手指尖立在地上，急匆匆地跑向最远的那堆树叶。它跑进树叶下面，接着，近乎魔术般地，它从那堆树叶中升了起来，头发盖着她那半张被毁掉的脸，被砍断的手把她自己的头举向高空。

可是她砍下了她的手臂，我内心呜咽着，好像那是这个怪诞场景中的重要细节。

我的装满了波旁威士忌的膀胱，就那么不雅地自我解放了。温暖的尿液沿着我的睡裤留了下来。我几乎没有意识到。我只看到她的头颅穿过林地急匆匆地朝我这边来了。她的脸上依然裹着一层如丝般的头发。我向后踉跄几步，脚被一个树根绊住，我向后狠狠摔了一跤。

她的手指抓住我的脚踝。我想大喊，但我发不出声来，声带麻痹了。头和手合为一体的她小心翼翼地爬上我的腿，避开我尿湿的裆部，在我肚子上稍作停留。我已经不再害怕，不再极度反感，可能就快神志不清了。

“埃迪，”她轻声说，“埃迪。”

她的手爬上我的胸脯，开始把头部抬起来。我屏住呼吸，等待着看到她控诉的眼睛。

忏悔，我心想，*忏悔*。

“抱歉，真的很抱歉。”

她的手指划过我的下巴，抚过我的嘴唇。随后我意识到了什么。她的指甲。现在涂成了黑色，这不对，这不……

她把头发撩到后面，那头发本来刚染成金色，但因为脖子被砍断，又被染成了红色。

并且，我明白自己错在哪里了。

我躺在床边的地板上，被卷在一团被子中醒来，感觉自己的尾骨有些受伤。我躺在那里，气喘吁吁，让现实重新充斥我的感官。然而，这并没有什么效果。我仍然无法摆脱梦境的袭扰，现在还能看到她的脸。我还能感觉她的手指触摸我的嘴唇。我把手插进头发里，绕开一个发结。我低头看脚，发现睡裤边角上和拖鞋底上都有泥土和碎叶。我还能闻到一股尿骚味儿。我咽了口唾沫。

有情况，而在它像梦中那个丑陋的人头蜘蛛一样跑开之前，我需要尽快搞清楚。

我强迫自己站起来，爬过床，打开床边灯，从桌上拿起米基的笔记本。我快速翻找，一直翻到最后一页。我看着米基潦草的笔记，脑海中突然清晰明了起来，好像灯泡突然“砰”的一声亮了起来。

这种感觉就像你盯着一张让人产生视力错觉的图片看，尽管你看得很认真，但你能看到的只有一系列的点或者弯弯曲曲的线条。然后你稍稍离开一会儿，再看的时候，突然就看到了其中暗藏的图形。无比清晰。而且一旦你看到了它，你就会奇怪自己之前为什么竟然没看到。太盲目，太疯狂，太明显了。

一直以来我的看法都是错的。大家的看法都错了。或许，那是因为他们始终没有找到她的头颅。或许，因为此前所有的报纸，新闻报道里登出的都是埃莉莎发生那次意外之前的照片，因此，那个印象，那张照片，就变成了埃莉莎，那个死在林子里的女孩。

但那并不是死者真正的照片，并不是那个被残忍夺走美貌的女孩，并不是那个我和哈洛伦先生试图营救的女孩。

最为重要的是，埃莉莎当时准备换个造型，染了头发，甚至，从远处看起来都不像她了。

没人想伤害埃莉莎——**重要**。**头发**。

1986—1990

大约九岁到十岁的时候，我非常喜欢看《神秘博士》。到了十二岁时，这个剧成了个烂片。实际上，在十二岁的我看来，彼得·戴维森重生成为科林·贝克之后，穿上了五颜六色的夹克，戴着波点领带，变得不酷了。不管怎么说，那之前我每集都爱看，尤其是那些有机器人戴立克的剧集，还有那些结果悬而未决的也喜欢。这叫作悬念。

现实情况是，“悬念”总是比你心心念念等了一整周等来的结局要好。第一集通常是让博士陷入巨大的危难之中，一群戴立克机器人围住他，想要置他于死地。或者让他身处一个即将爆炸的飞船中，又或者让他面对一些逃也逃不开的巨型怪兽。

但他总是能逃脱，胖子盖文总是把他其中的某些举动称为“逃避”。一个秘密逃跑工具，或者突然被联合情报特派组解救，又或者，博士会用他的音速起子做些不可思议的事情。尽管我仍然喜欢看第二部分，但总是有些失落感，好像不知怎的，我被人欺骗了一样。

在现实生活中，你不会被欺骗。因为没有能匹敌赛博人自毁程序的音速起子，所以你无法逃离糟糕的命运。生活和电视剧不同。

然而，有一段时间，当我知道哈洛伦先生死去之后，我希望自己被骗了。我希望哈洛伦先生没有死去。希望他能再次出现，告诉所有人：

其实，我还活着，我没有自杀，事实真相是这样的……

我想，即使结局已经知晓，我们还是会觉得那个结局不对，不好，令人扫兴。让人感觉还应当有后续。还有什么烦扰着我。如果说到《神秘博士》的话，也许你会说，是“情节漏洞”。剧作家希望你注意不到这些，但你确实注意到了。尽管只有十二岁。其实，尤其是十二岁的孩子，他们会尤其注意不让自己被骗。

我想说，那之后，每个人都只是说哈洛伦先生疯了，好像那就能解释一切。但是，即使你发疯了，或者变成了《神秘博士》里六英尺高的蜥蜴，你所做的事情也都是有理由的。

当我跟别人说这一理论时，跟胖子盖文和霍普说时（因为，尽管我们一起发现了尸体，但这并没有拉近我们和米基的关系，而且那之后我们也不经常一起出去），胖子盖文总会露出不耐烦的表情，用手指指着自己的脑袋，说："他之所以那么做，是因为他是个怪人，兄弟。他惹恼了所有人。就像兔八哥。他是个疯子，像是疯狂旅团中的付费会员。"

霍普没有说太多，但有一次，胖子盖文开始发火，差点跟霍普吵起来。霍普就小声插了一句话："可能他有自己的理由。只是因为我们不是他，所以不理解而已。"

我想，我心里还是有些愧疚的，为我做的事情感到愧疚，尤其是那个破烂戒指。

如果我那天没有把戒指放在那里，那么大家还会认为哈洛伦先生有罪吗？我的意思是，他们可能会，因为他自杀的事实。但只是可能，如果没有戒指，他们不会如此之快地将埃莉莎的死因归咎于他。

可能他们也不会如此迅速地结案。可能他们会继续搜寻更多的证据。找作案工具，找她的头颅。

我永远无法就那些问题、那些疑惑，给出一个满意的回答。所以，最终，我将它们，连同那些幼稚举动都搁置一旁。但我不知我是否真正将它们搁置一旁了。

生活继续着，那年夏天发生的事件也逐渐淡出我们的脑海。我们长到了十四岁，又长到十五岁、十六岁。考试、荷尔蒙和女孩逐渐占据了我们的思想。那时我心里还装着其他事。当时爸爸病情已经很严重了。接下来的几年，生活的苦痛成为家常便饭，我日渐习惯。白天学习，后来变成工作。晚上，则是应对爸爸日益减退的记忆，还有倍感无助和沮丧的妈妈。那变成了我的日常生活。

胖子盖文开始与一个叫谢丽尔的女孩约会，她很漂亮，身材稍微有些丰满。他也从那时开始减肥。他加入一个跑步俱乐部，尽管刚开始时他只当是个玩笑，但很快他的速度和耐力都提上来了，体重也随之下降。就好像他要将之前的自己削掉，他做到了，我想。随着体重减少的，还有他的古怪行为，以及他停不下来的插科打诨。相反，他变得更加严肃，更加刚强。他开的玩笑少了，更专注于学习，而他不学习的时候，总是与谢丽尔在一起。就像米基之前一样，他也慢慢变了个人。就只剩下我和霍普原地踏步。

我谈过几个不太认真的女朋友。还有几段无疾而终的邂逅，其中有一位外表严肃的英语老师，她一头黑发，戴着小眼镜，她有着绿色的眼瞳，是巴福德女士。

霍普——好吧，霍普似乎从没真正为女孩烦恼过，直到他遇见那位叫露西的女孩（就是那位最后和米基出轨，导致他们在那场派对上打了一架，而我不在场）。

霍普摔了一跤，摔得很惨。还是孩子的时候，我一直没有明白透。我是说，她确实很漂亮，但并没有特别之处，甚至还有些无趣。她留着直直的棕色头发，戴着眼镜。她的穿着打扮也有些奇怪：长款流苏裙，大靴子，扎染短袖，一身嬉皮士打扮，看上去并不怎么酷。

直到后来一点儿的时候我才明白她让我想起了谁：霍普的妈妈。

不管怎么说，他们看起来相处得很好，很般配。他们喜欢的东西也一样。尽管，我认为在两性关系中，我们都会有所退让，假装喜欢一些我们不喜欢的东西，来讨好另一半。

朋友也会这么做。我并不怎么喜欢露西，但我假装喜欢她，让霍普高兴。当时，我正在和一个比我小一届的学妹接触，她叫安琪，留着蓬松的鬈发，身材也很好。我并没有爱上她，但喜欢她，而且她很好到手（虽然不是指那种，但是，说实在的，那种也不难）。她很好相处：容易相处，很好相处。在爸爸发生那么多事情之后，我正需要这样的人。

我们曾经与霍普和露西进行了四人约会。我无法说露西和安琪有许多共同之处，但安琪是那种十分好相处的女生，而且她会主动付出，这很好，因为这样我就不用费劲了。

我们去看电影，去酒吧，后来，有个星期天，霍普建议我们做些不同的事情。

"我们去游园会吧。"

我们当时正在酒吧，不是公牛酒吧，因为胖子盖文的爸爸是绝不会卖酒给我们的。我们去的那家叫惠特谢夫，在镇子的另一边，酒店老板并不认识我们，而且说实在的，他也不在意我们是不是只有十六岁。

当时正值六月份，所以我们坐在了外面的啤酒花园中，其实就是店后面的一个小院子，里面摆着几张摇摇晃晃的木头桌椅。

露西和安琪对这个提议都很兴奋，我沉默不语。自从那次糟糕的意外事件发生后，我就再没去过游园会。我不会说自己一直尽量避开游园会或游乐场，我只是对于那种地方不感兴趣。

但那是假话。其实，我当时是怕了。有年夏天他们说要去索普公园时，我声称自己肚子不舒服就没去，也不完全是借口。每次我一想到要玩娱乐设施，胃里就一阵翻滚，我能想到的只有华尔兹女孩，躺在地上，腿几乎掉下来，她可爱的脸上只剩下骨头。

"埃德？"安琪说，捏了一下我的腿，"你怎么说？想去明天的游园会吗？"她在我耳边低语，有些小醉，"我们一起坐魔鬼火车时，你可以摸我。"

这个提议非常撩人（到目前为止，我只在我的卧室摸过她，一点儿都不刺激），但我也只能勉强一笑。

"听起来很棒。"

其实并不棒，但我不想让人觉得我胆小，不想让安琪这么觉得。在一定程度上，也不想让露西这么想，她当时正奇怪地看着我。我不喜欢那种表情，好像她知道我在撒谎似的。

游园会那天很热，就像那次一样。安琪很守诺言，然而，那并没有让我感受到预想中的快感，而且我从魔鬼火车上下来的时候还有些走不动路。当看到我们出来的地方时，我一下子就泄气了，我们就在旋转华尔兹的正对面。

不知怎的，我之前肯定没看到，或许因为人太多，也许是因为我心里在想其他事，比如安琪的迷你莱卡牌短裙，还有在那短裙下等着我的、充满诱惑的东西。

现在我站在这里，浑身僵硬，看着那些快速旋转着的飞车，不知哪里放着邦乔维乐队[①]的歌。游园会工作人员不断旋转着飞车，女孩子们欢乐的尖叫声持续不断。

“如果你想转得再快点儿，就大叫出来。”

“嘿。”霍普来到我旁边，看到我正在望着什么看，“你还好吗？”

我点头，不想在一群女孩面前看起来像个胆小鬼。“很好，没事。”

“那我们接下来去旋转华尔兹吗？”露西说，挽着霍普的手。

当时她说这话时天真十足，但现在我很确定那其中藏着其他情感，不真诚，狡猾。她知道那件事。而且嘲弄我使她很享受。

“我以为咱们要去玩陨石降落。”我说。

“我们可以之后再去。来吧，埃迪。旋转华尔兹很好玩的。”

我也很讨厌她叫我埃迪。埃迪是孩子的名字。十六岁时，我更喜欢别人叫我埃德。

“我只是觉得旋转华尔兹很逊，”我耸耸肩，“但你们想去玩那个

---

① 摇滚乐队名。

烂玩意儿的话，我也没问题。”

她笑笑。“安琪，你怎么想？”

我知道安琪会说什么。露西也知道。

“如果大家都想玩的话，我也随便。”

但有一瞬间，我希望她不这么说。我希望她能有自己的主意，有自己的主心骨。因为“容易相处”的另一层意思就是“容易掌握”。

“很好。”露西笑笑，“我们走吧。”

我们走向旋转华尔兹，在旁边排队。我的心跳加速，手心出冷汗，我感觉自己可能要吐了，然而我甚至还没开始玩，还没开始忍受那让人想吐的旋转。

我还没从之前玩的那个喘过气来。我帮安琪先上去，女士优先，似乎是绅士行为。我踏上木制平台后，停了下来。不知什么吸引了我的注意，或者，有什么突然出现在角落里，让我回头去看。

一个身材瘦高的身影出现在魔鬼火车旁边。穿着一身黑色的衣服，黑色的紧身牛仔裤，宽松的扯衫，黑色的宽帽檐牛仔帽。他背对着我，看着魔鬼火车，但我能看到散在他背上的金白色头发。

“埃迪，你还在听我说吗？”

太疯狂了，这不可能。那不可能是哈洛伦先生。不可能。他已经死了，下葬了。但是，肖恩·库珀也是啊。

“埃德？”安琪疑惑地看着我，“你没事吧？”

“我……”

我望着魔鬼火车。那身影已经离开。我看到一个黑色的身影消失在角落里。

“抱歉，我得去确认一些东西。”

我跳下旋转华尔兹。

“埃德？你不能就这样跑掉！”

安琪瞪着我，她真正被惹恼的时候差不多就是这样。这无疑告诉我，我们在魔鬼火车那里的缠绵将是一段时间内的最后一次，但是，在那时，这并不重要。我必须走，我必须弄清楚。

“抱歉。”我又咕哝一声。

我小跑着穿过场地。等到我跑到魔鬼火车那里时，那身影已经消失在一堆棉花糖和气球摊位中。我加快步伐，其间撞到了几个人，他们啧啧不已，甚至还会咒骂我。但我不在乎。

我不确定自己是否相信我正在追逐的人影真实存在，但我对鬼魂早已不陌生。虽然我已经进入青春期，但每晚睡觉前，我还是会检查一下窗外，以防肖恩从那儿上来。每每闻到臭味时，我都会担心那暗示着很快就会有一只腐烂的手伸到我脸上来。

我快速走过碰碰车和三百六十度转椅，它们曾经非常吸引人，但现在，自从过山车和更刺激的娱乐项目出现之后，它们就变得有些逊色了。我已经逐渐接近那人，但就在那时，那身影站住了。我也停下来，藏在一家热狗摊后面。我看着那身影将手伸进口袋，又从口袋里拿出一盒烟。

就在那时我发现自己失误了。那双手，不美，也不苍白，却是粗糙、黑棕色的，还留着长长的、参差不齐的指甲。那人转过身来，我盯着他憔悴的脸看。他脸上有着很深的皱纹，像用刀刻上去的；蓝色石头一样的眼睛埋在伤疤中。长长的胡子几乎从下巴长到了胸脯那里。那不是哈洛伦先生，甚至不是青年男子，而是一位老人；是位到处给别人打零工的人。

他的声音像是生锈铁桶里的碎石：“你在看什么，孩子？”

“什么都没有，我……抱歉。”

我转身，在仅剩的自尊心的驱使下，飞速跑开。等我跑得足够远，远到那人看不见我的时候，停了下来，我试着呼吸，试着控制住那股翻涌而上的恶心感。接着我摇摇头，没有吐出来，反倒是笑了起来。那不是哈洛伦先生，不是粉笔人，而是一位上了年纪的场地助手，那顶牛仔帽子下面可能是个地中海。

疯了，疯了，疯了。好像《威尼斯疑魂》里该死的侏儒一样（几年前，我们一起在胖子盖文家偷看了这部电影，因为我们听说唐纳德·萨瑟兰和朱莉·克里斯蒂在电影里真的“做了”。其实，电影非常扫兴，因为几乎看不到朱莉·克里斯蒂，能看到的只有萨瑟兰瘦瘦的白屁股。）

“埃德，怎么了？”

我抬头看到霍普朝我跑过来，两个女孩跟在后面。他们肯定都没玩旋转华尔兹。露西看起来很生气。

我试着止住笑声，让人看起来理智。

“我以为我看见他了。哈洛伦先生。粉笔人。”

“什么？你在开玩笑吗？”

我摇摇头。“但那不是他。”

“当然不是，”霍普说，皱起了眉头，“他已经死了。”

“我知道，”我说，“我只是……”

我看着他们担心又困惑的脸庞，慢慢点着头。“我知道，我看错了，太蠢了。”

“走吧，”霍普说，看起来还是很担心，“我们去喝一杯。”

我看向安琪。她冲我微微一笑，伸出了手，已经将我原谅。

还是和之前一样，她太容易搞定了。

但我还是抓住了她的手。非常感激。接着她问：“谁是粉笔人？”

那之后没多长时间我们就分手了。我想是因为我们的共同处不多，对彼此的了解不够多。或许，可能是因为，我已经是个有历史和心事的年轻男子，而只有一个特别的人才能和我共同分担。可能这也是为什么那之后我很长一段时间都是单身状态。我仍然没能找到那个人。现在没找到，可能永远也找不到。

游园会之后，我和安琪吻别，拖着疲倦的步伐走回家里时，已是傍晚，但天气仍闷热难耐。不同于平常，街道上没几个人，人们都去啤酒花园和后院草坪上乘凉去了；甚至马路上也没几辆车，没人想闷在大铁罐子里。

我走到了我们这条街的街角，游园会上的小插曲仍然让我身体不适。我想自己也有些蠢笨，竟然如此容易被吓到，如此轻易就相信那可能是他。当然不会是他。不可能是。那只是另一个把戏而已。

我叹口气，拖着重重的步子走到车道上，推开前门。起居室里，爸爸正坐在他最喜欢的单人沙发上，目光空洞地看着电视。妈妈站在厨房里，正在做饭。她红着眼，好像她一直在哭。妈妈之前不哭，至少不会轻易哭。我想，在这方面我和她很像。

“怎么了？”我问。

她擦擦眼睛，但懒得跟我说没事。妈妈也不会说谎，或者只是我当时这么认为。

“因为你爸爸。”她说。

好像除此以外还能有别的什么事似的。有时候——而且我现在也觉得承认这一点很是羞愧——我真的很恨爸爸，因为他生病，因为他生病而导致的说话和做事方式，因为他的眼睛六神无主，因为他生病而对妈妈和我造成的影响。一个少年最想要的，就是正常，但触及爸爸的每个方面都是不正常的。

“他做什么了？”我问，基本上没有掩饰我对他的轻蔑之情。

“他忘记我了，”妈妈说，眼中又充满泪水，“我带他去吃午饭，有一瞬间，他像看陌生人一样看着我。”

“哦，妈妈。”

我拉住她，把她紧紧抱在怀里，好像这样就能把所有的伤痛挤出去。尽管，我内心中有时会想，忘却是否也是一种仁慈呢？而铭记，可能才是残忍。

2016

“永远不要自以为是，”爸爸有次告诉我，“自以为是会让你我都被蒙蔽双眼。”

当我茫然地看向他时，他继续说：“看到这把椅子了吧？你相信它明天早上还会在这个地方吗？”

“是的。”

“那你就是自以为是。”

“我在推断。”

爸爸搬起椅子，把它立在桌子上。“如果想确定它会待在原地丝毫不动，只有用胶水把它粘在地板上。”

“但那不是作弊吗？”

他的声音变得更加严肃：“人们通常都会作弊，埃迪，还会撒谎。这就是为什么我们要质疑所有事物，要看穿最简单的表象。”

我点头：“好的。”

厨房门打开，妈妈走了进来。她看着椅子，然后又看看我和爸爸，接着摇了摇头。

“我不知道自己是否想看透表象。”

永远不要自以为是，要质疑所有事情，永远要看穿最明显的表象。

我们之所以会自以为是，是因为这样更容易，更省事。它让我们不用费力思考——通常是那些让我们感觉不舒服的东西。但不去思考有时会导致误解，有时候，还会导致悲剧。

就像胖子盖文一时冲动的恶作剧，最后却有人因此而死。而那只是因为他是个孩子，没有真正思考过后果。而妈妈呢，她也没有想到告诉爸爸汉娜·托马斯的事情会带来那么严重的伤害，她自以为丈夫会替她保密。还有一个小男孩偷了一枚小小的银戒指，他本想将其物归原主，因为他以为自己做的是正确的事情，当然了，他也大错特错。

自以为是也能在其他方面绊倒我们，它会阻碍我们看清别人的真实面目，让我们忽略身边的人。我自以为去圣玛格达莱妮疗养院看望马丁牧师的是妮基，但却是克洛伊。我自以为我在游园会追的人是哈洛伦先生，但那只是一位上了年纪的帮工。即使是那位花园女士——佩妮女士，也让很多人走上了自以为是的路：大家都以为她等待着已死去的未婚夫，斐迪南；但斐迪南并不是她的未婚夫，她的未婚夫是阿尔弗雷德。这么多年来，她一直在等自己的情人。

那并不是真爱不死的故事，而是不忠和弄错了身份。

第二天一早，我起床先打了几个电话。好吧，实际上，我先冲了几杯超级浓的咖啡，吸了十几支香烟，然后才打电话。先给盖文和霍普打，之后给妮基打。意料之中的是，她没有接。我随便给她留了个言，留完之后又希望她听都不要听，直接删掉。最后，我打给克洛伊。

"我不确定，埃德。"

"我需要你这么做。"

"我好多年没有和他说过话了。我们其实没那么亲近。"

"是时候重新联系了。"

她叹口气。"你这么做不对。"

"可能不对，也可能对。但是，无需我再多言吧，你欠我的。"

"好吧。我只是不明白这个为什么如此重要。为什么是现在？那他妈的已经是三十年前的事情了。为什么不能任由它过去？"

"我不能。"

"这与米基无关，是吗？因为你肯定什么都不欠他。"

“无关。”我想的是哈洛伦先生和我偷来的东西，“可能我欠别人什么吧，我现在该还债了。”

埃尔姆斯是伯恩茅斯市附近的一个小型养老地产，在南部海岸还分布了不少这样的地产。实际上，南海岸是一个很大的养老地产聚集地，尽管有些区域会比其他区域更高档。

平心而论，埃尔姆斯在当地地产中比较不受欢迎。它地处街道尽头，方形的小别墅时日已久，有些破败。小花园保持得还不错，但房屋上的粉饰已经开始掉落，全是岁月打磨的痕迹。房外停靠的小汽车，虽然外表闪闪发光，但也都是开过数年的旧车，它们也有自己的故事。看起来，这些车每个周末都会被认真清洗一番。从另一方面来讲，这也表明四十年来这里并没有被费力打理。

有时候，我感觉我们穷尽一声去追逐的东西，也许最终毫无意义。你卖力工作，这样你就能给你的家人买一个又大又好的房子，还能开上最新款的锐铃皮卡。然后慢慢地，孩子们长大，离开家去外面闯荡，所以你又换回小一些的、经济友好型的房子（可能就是那种最多只能再养条狗的房子）。接着，你退休了，那么大型的家庭住房一关门就变成了监狱，房间里往往落满灰尘，大大的花园虽然很适合烧烤聚餐，但日常打理却很费劲，而且孩子们都已经有了他们自己的家庭烧烤聚餐。所以，房子自身也变得更小了。或者，再过不了多久，就只剩下你需要照顾。搬家时，你告诉自己这样做很好，因为房间越小，寂寞感越难以入侵。如果你幸运的话，你会在自己情况恶化之前找好退路，避免睡在一个单人房间，睡在有护栏的床上，连自己的屁股都擦不了。

带着这些快乐的想法，我把车停在了两个相邻车道之间的小空地上，第 23 号楼外。我走过小路，按响门铃，等了几秒。正当我准备再按一下门铃时，我透过毛玻璃看到一个模糊的身影向门这边走过来。锁链咔嗒作响，门开了。安全意识很强，我想。但想到他之前的职业，这并不稀奇。

“爱德华·亚当斯？”

“是的。”

他伸出一只手，犹豫片刻后，我和他握了握手。

我最后一次如此近距离地见托马斯警官还是三十年前，在我家门前。他现在还是很瘦，但没有我记忆中那么高了。

很明显，我自己也长高了些，但是岁月的确会让人缩水。他的黑发已经掉了不少，剩下的头发基本上都变成了灰色。他的方脸不如先前粗犷，反倒憔悴了不少。他看起来还是有些像巨型乐高，但稍微有些融化。

“谢谢你同意见我。”我说。

“我不得不同意，因为我不确定……但我觉得是克洛伊激起了我的好奇心。”他让开门的位子，“进来吧。”

门厅不大，十分狭窄，屋内有股轻微的食品过期味儿，还有很浓的空气清新剂的味道，那味道有些过度浓重。

“起居室在左手边。”

我向前走，打开门，发现客厅非常大，米色的沙发中间凹了进去，窗帘是印花的。我想，那应该是之前的女主人选择的。据克洛伊所说，她的祖父几年前退休后，搬到了南边。两三年之后，他的妻子过世。我想是否这就是他不再刷墙，不再给花园除草的原因。

托马斯示意我坐在那两个没那么旧的沙发上。“要喝的吗？”

“哦，不了，谢谢。我刚喝了一杯咖啡。”我撒了个谎，因为我不想让这次拜访像普通社交一样，尤其是考虑到我想讨论的话题。

“好吧。”他站了一会儿，有些迷茫。

一般应该没人来找他，我心想。所以有人在他家里时，他就有些手足无措。有些像我。

终于，他僵硬地坐下，双手放在膝盖上。“行，那就说说埃莉莎·伦德尔的案子吧。已经很久了。一群孩子发现了她的尸体，你是其中一个？”

“是的。”

“现在，你对于到底谁是凶手有不同的见解？”

“的确。”

“你认为警察搞错了？”

“我认为我们都搞错了。”

他摸了摸胸脯，说：“当时的间接证据非常具有说服力。但我们掌握的也只有那些证据，只能按情况推测。如果哈洛伦先生没有自杀，我不敢确定是否还能定罪，因为这个案子里，最有力的证据就是那枚戒指。”

即使是现在，提起那枚戒指我仍然觉得脸红。那枚该死的戒指。

“但是并没有找到任何凶器，没有血液证据。”他停顿了一下，“当然了，我们也始终没有找到她的头颅。”他看我的目光更加锐利，好像过去三十年被抹掉了一样，好像他眼中的火花又重新被点燃了一般。

“所以你有什么说法？”他问，身子向前倾了倾。

“我能先问你几个问题吗？”

“其实，我对这个案件没那么关注，也没怎么紧密参与。我只是一个的普通警官。”

“不是这个案件，是关于你女儿和马丁牧师的事。”

他僵了一下。“我不明白，这件事能与别的事情有什么关联。”

它和每件事都有关联，我心想。

“就迁就我一下吧。”

“我可以直接让你走人。”

“你可以。”

我等着。其实是虚张声势。我可以看出他想把我扔出去，但我希望好奇心和一名警察最原始的直觉能够阻止他。

“好吧，”他说，“我就迁就一下你，但这么做是为了克洛伊。”

我点头："我明白。"

"不，你不懂。她现在是我的全部。"

"那汉娜呢？"

"我很久之前就失去了我的女儿。今天是两年以来第一次接到孙女的电话。如果跟你交谈意味着我能再见她一面，那我选择和你谈话，你能懂这种感觉吗？"

"你想让我说服她来见你？"

"很明显，她会听你的。"

不算是，但她确实还欠我的。

"我会尽力的。"

"好吧。这就是我的所有要求。"他重新坐下，"你想知道什么？"

"你对马丁牧师作何感想？"

他哼了一声。"那还用说，我能想到的都是非常显而易见的。"

"那汉娜呢？"

"她是我的女儿，我爱她。现在仍然爱她。"

"当她怀孕的时候也爱吗？"

"我当时很失望——每个父亲都会失望——也很生气。我想她之所以没告诉我孩子的亲生父亲是谁，就是因为这个。"

"她说是肖恩·库珀。"

"是的。她不应该那么做。后来想起来我对那孩子做了什么，我都很不好受。但是，如果当时他没死，我也会杀了他。"

"就像你试图杀了牧师那样？"

"那是他罪有应得。"他淡淡地笑了一下，"我想，这得多谢你爸爸。"

"我也这么想。"

他叹口气。"汉娜，她也不完美。她只是一个普通少女。我们曾经也有那些父母与孩子之间常见的分歧，关于化妆、裙子的长短等。所以当她加入马丁的宗教团体时，我很高兴。我以为这对她来说是件好事。”他苦笑一番，“可是我却大错特错了。他毁了她。我们之前很亲近的，但是那之后，我们之间就只剩争吵。”

“埃莉莎被杀的那天你们吵架了吗？”

他点头。“是吵得最凶的一次。”

“为什么？”

“因为她要去看他，去圣玛格达莱妮疗养院看他。去告诉他，她要留着那个孩子，要等着他。”

“她爱上了他。”

“她还是个孩子，不知道什么是爱情。”他摇摇头，“你有孩子了吗，埃德？”

“没有。”

“明智之举。孩子们，从他们出生的那天起，填满你内心的不只是爱……还有恐惧，尤其是小女孩。你想从方方面面保护她们。如果你做不到的话，你就感觉自己是个失败的父亲。没有孩子让你省去了很多痛苦。”

我在沙发上稍微动了一下。尽管房间内没有多热，但我感觉很热，有些窒息。我试着让谈话重回正题。

“所以，你想说的是，汉娜去找马丁牧师那天，正是埃莉莎被杀的那天？”

他打起精神。“是的。我们那天吵得很凶，她跑出去了，没有回家吃晚饭。所以那天晚上我出去了，去找她。”

“你去林子附近了？”

“我想着她可能会去那里。我知道他们经常在那里见面。”他皱了皱眉，“所有这些情况当时都上报了。”

“哈洛伦先生和埃莉莎也经常在那里见面。”

“很多孩子都在那里偷偷摸摸地做些不该做的事。不光是孩子们……还有变态的人。”

他恶狠狠地说出最后一个词。我低下头。“我曾经十分敬爱哈洛伦先生，”我说，“但是，我想，他只是又一个喜欢年轻女孩的大叔，就像牧师一样。”

“不。”托马斯摇摇头，“哈洛伦和牧师一点儿都不像。并不是说我认同他做的事情，但是他们不同。牧师是个伪君子，骗子，他嘴里每天滔滔不绝地说着上帝箴言，但他的真实目的，却是借此来哄骗年轻女孩。他改变了汉娜。他假装用爱装满她的内心，但一直以来，他都是在毒害她的心灵，当她中毒已深时，就搞大她的肚子，害她怀上私生子。”

他的蓝色眼睛中燃烧着怒火。嘴角挂着白色唾沫星子。人们说没有什么能比爱更强大。他们说得对。这就是为什么最糟的暴行都是以爱为名实施的。

“所以，这就是为什么你那么做吗？”我轻声问。

“做什么？”

“你去了林子，在那里看到了她，不是吗？她就站在那里，像往常一样在等着见他？就在那时，你是不是气疯了？抓住她，砍她，她甚至连转身的机会都没有。而当你杀了她之后，你发现自己错了，但为时已晚。所以你后来又返回去，把她肢解。我不知道这么做的确切原因是什么，是为了藏尸吗？或者，只是为了让让事情更复杂——”

“你他妈的在说些什么？”

“你杀了埃莉莎，因为你误以为她是汉娜。她们身高差不多。埃莉莎还把头发也染成了金色。在黑暗里，很容易让人认错，尤其是你十分情绪化、很生气的时候。你以为埃莉莎是你的女儿，是那个被毒害、变堕落的怀着牧师私生子的女儿——”

“不！我爱汉娜。我想让她保住那个孩子。不错，我想着她应该把孩子送给别人，但是我从没想过要伤害她。从来没有——”

他突然站起身。“我不应该同意见你的。我以为你是真的知道些什么，但这些？现在，我只能请你离开了。”

我抬头看他，如果我想在他脸上看到愧疚或恐惧的话，那就错了。我能看到的只有愤怒和痛苦。非常痛苦的表情。我感觉有些恶心，感觉自己很混蛋。最重要的是，我感觉我错得非常非常离谱。

“抱歉，我……”

他的表情让我一下子泄气。“为指控我杀了自己的亲生女儿而道歉吗？我觉得这用处不大，亚当斯先生。”

“不……不，我不这么认为。”我站起身，朝着门走过去。接着我听到他说：“等下。”

我转身。他朝着我走过来。

“你刚才说的话，让我想给你一拳……”

我觉得他要接下来要说“但是”。至少，我在等他说但是。

“但是认错了人？你这个推想太有趣了。”

“而且不对。”

“也许不是完全错了。只是搞错了人。”

“你在说什么？”

“除了哈洛伦，没有人有伤害埃莉莎的动机了。但是汉娜？好吧，马丁牧师当时有很多支持者。如果他们中有人知道了他们的关系，知道了那个孩子，难免会有人心生妒忌，而那人嫉妒心颇重，而又足够疯狂的话，可能会为了牧师而去杀人。”

我想了一下。“但是你也不知道他们如今都在哪儿？”

他摇摇头。“不知道。”

“好吧。”

托马斯揉了一下胸脯。他似乎在和自己辩论着什么。终于，他说：“那晚，当我在林子附近寻找汉娜时，我曾看到一个人。那时已经黑了，但从远处看，能看出他穿着工作服，看起来像个工人，他有些跛。”

“我从没听说还有一个嫌疑人啊。”

“从来没有人追查过。”

“为什么？”

“为什么要麻烦呢？我们手中已经有了罪犯，而且还是个死人，省去了审讯的过程。再说了，只凭那些信息很难展开调查。”

他说得对。那没什么用。“不管怎么样，谢谢了。”

“三十年是个很长的时间啊。你知道的，可能永远也找不到你想找的答案……”

“我知道。”

“也可能更糟。你找到了答案，但那并不是你期待的答案。”

“我也知道这一点。”

终于爬进车里以后，我浑身颤抖。我把车窗玻璃摇下来，拿出一支烟，十分贪婪地点着。我拿出进小平房前设置成静音的手机，发现有一个未接电话。实际上有两个。我还从未如此没受欢迎。

我转到语音信箱，听到两个含糊不清的语音留言，一条来自霍普，一条来自盖文。他们说的都是一件事：

“埃德，是米基。他们查出是谁杀了他。”

2016

他们坐在老位子上，但不同于往常的是，盖文面前放着的，不是他常喝的健怡可乐，而是一杯麦芽啤酒。

我刚端着自己的啤酒坐下，他就把报纸甩在我面前。我看向头条新闻。

袭击河边行人，少年被捕。

两名十五岁少年涉嫌杀害原当地居民米基·库珀，目前正接受审讯（42 页）。被捕原因是，两天前的晚上，他们企图在同一段河边小路进行抢劫。警察对这两起案件之间是否关联“持开放态度”。

我扫了一眼余下的报道。我还没听说过抢劫案，但那时，我心里已经装着其他事情了。我皱了下眉。

“有什么不对吗？”盖文问。

“报道里没有直说那两个男孩袭击了米基。”我指出这一点，“实际上，那只是推测。”

他耸耸肩。“那又怎样？这两者能说得通啊。他们抢错了人，与他的书或粉笔人无关。只是几个小混混，想抢几个钱。”

“我觉得不对。他们知道那几个孩子是谁吗？”

“我听说有一个是你学校的。叫丹尼·迈尔斯？”

丹尼·迈尔斯。我本应感到惊讶，但没有。好像与人类天性相关的所有事情都无法让我惊讶。然而……

“看起来你并不信。”霍普说。

“不相信丹尼抢劫了别人？我能看出他有时会做一些傻事吸引同

伴注意。但是杀害米基……”

我不信。太蹊跷，太简单了，有些太容易让人自以为是。除此之外，还有些东西萦绕在我的心里。

同一段河边小路。

我摇摇头。“盖文说得肯定没错。那也许是最可能的解释。”

“现在的孩子啊……”霍普说。

“是啊，”我慢条斯理地说，“谁知道他们能做出什么事来？”

我们一时无言，抿着自己的酒，沉默了许久。

终于，我说：“米基如果知道他被写成原当地居民肯定会被气死的。他肯定会觉得至少应该写成成功的广告执行。”

“是啊，但，当地或许并不是最糟的，”盖文说，接着他的表情严肃起来，“我还是不能相信他付钱让克洛伊监视你。还有那些寄给我们的信。”

“我想他只是想给自己的书添些有趣的素材，”我说，“那些信是他创造情节的工具。”

“好吧，米基总是很擅长胡编乱造。”霍普说。

“还有搬弄是非，”盖文补充道，“现在就希望所有都能结束了。”

霍普举杯：“我要为此干一杯。”

我伸手去拿自己的酒杯，但有些心不在焉，手撞倒了杯子，我赶紧抓住它，不让它摔碎在地板上，但酒还是洒了出来，洒到了桌子另一边，盖文的大腿上。

盖文摆了摆手。“没事。”他用手擦了擦牛仔裤上的啤酒。而他健硕的手与肌肉萎缩的大腿之间形成强烈反差，再一次让我惊讶。

强健的双腿。

这些话不自觉地闪进我的脑海。

他骗了所有人。

我急忙站起来，差点儿把杯子里剩下的酒也洒出去。

他们经常在那里见面。

盖文手里拿着酒，“搞什么鬼？”

“我是对的。”我说。

“什么？”

我看着他们。“我错了，但我也对了。我想说的是，这有点儿疯狂，难以相信，但……能说得通。妈的。全部都能说得通。”

披着羊皮的狼。忏悔。

“埃德，你在说什么？”霍普问。

“我知道是谁杀了华尔兹女孩，埃莉莎。我知道她遭遇了什么。”

“什么？”

“天灾。”

“我在电话中已经告诉您了，亚当斯先生，现在已经过了探望时间。”

“我也告诉你我需要见他。有要紧的事。”

护士——之前接待我的，那个肥胖、说话毫不客气的护士——瞪着我们三个人。（霍普和胖子盖文坚持要和我一起来。所以老兄弟一起去了，我们最后一次探险。）

“事关生死？”

“是的。”

“等不到明天？”

“是的。”

“牧师一时半会儿也去不了哪里。”

“我可不确定。”

她用怪异的目光看着我，而我突然意识到，她知道，他们都知道，但大家都对此保持沉默。

“我想，那样看起来一定很不好吧？”我说，“病人跑出疗养院，你们找到他时发现他在外面闲逛。但对这种事最好保持沉默，尤其是你们还想继续享受教堂的资金补助的话，是吗？”

她眯起了眼睛。“你跟我过来。你们两个，”她朝霍普和盖文打了个响指，“在这儿等着。”她又神情凝重地看了我一眼。“等五分钟，亚当斯先生。”

我跟着她穿过走廊。条形荧光灯发出刺眼的光芒。白天时，这个地方还能勉强说它不只是家医院，但到了晚上就不能这么说。因为医院没有夜晚可言，这些地方总是灯火通明，没有片刻安宁，充满了呻吟声、房门吱呀声、软底鞋踩在油毡上的咯吱声。

我们走到了牧师的门前。护士最后给我了一个警告的眼神，举起手敲了下门。

“马丁牧师？有人找你。”

有一个疯狂的瞬间，我想象着门随即打开，而他出现在我们眼前，朝我冰冷地笑着。

“忏悔。”

但，当然了，唯一的回应仍然是一片沉寂。护士又得意地看了我一眼，轻轻推开门。

“牧师？”

我发现她声音中有迟疑，同时，也有一股凉风迎面吹来。

我没有再多等待，推开她走进房间。房间内空无一人，窗户大开着，窗帘在夜风中飘动着。我转身看向护士。

“你们的窗户上没装安全锁吗？”

“看起来从没那个必要……”她支支吾吾地说。

“是吗，尽管他之前也出现过类似的情况？”

她镇定地看着我。“他只在烦恼的时候才会出去走。”

“那他今天肯定很烦恼。”

“其实，是这样的。今天有个人来看他，让他有些激动。但他没有再多其他情绪了。”

我跑到窗户那边，向外看。黄昏的帷幕急速落下，我只能看出那黑乎乎的一片是林子。离得很近。而且从这里穿过院子过去，又有谁能看到他呢？”

“他不会造成任何伤害的，”她继续说道，“通常他都会自己回来。”

我转身看她。“你说有个人来看他。谁？”

“他的女儿。”

是克洛伊。她过来道别。我顿时害怕起来。

在林子里野营一两晚不会有事。

“我得按下警报器。”护士说。

“不，你需要*立即*报警。”

我抬腿跨过窗台。

“你要去哪儿？”

“去林子里。”

与儿时相比，林子变小了。并不是因为我们长高了，林子确实一点一点缩小着，房地产商盖楼房的速度可比旁边的老橡树和山毛榉的成长速度快多了。但今晚，这些树木看起来又十分高大，林子也很大，像是一个黑暗禁地，到处潜伏着危险和见不得人的勾当。

这次是我带路，脚踩在落叶上咯吱作响。举着“甜心护士”很不情愿地借给我的手电筒，我们往前走着。有一两次手电筒照到了圆如光盘的双眼，接着它们就跑掉了，又藏入黑暗之中。我想，既有夜间动物，又有日间动物。尽管我失眠，还会梦游，但我不是个夜间动物，算不上是。

“你还好吗？”霍普在我身后轻声问，吓了我一跳。

他坚持要和我一起来。而盖文则在疗养院等待，确认他们的确报警。

“没事，”我轻声回应，“只是想到了我们小时候来林子里的场景。”

“是啊，”霍普轻声说，“我也是。”

我好奇为什么我们要轻声说话。没有人能听到我们的谈话，有也只是夜间动物。也许我想错了，也许他不在这里。也许克洛伊听了我的劝告，预订了一家旅店。也许……

林子里传来的尖叫声像报丧的女鬼。树木似乎抖动了一番，一群鸟儿拍打着翅膀飞向漆黑的高空。

我看了下霍普，我们两个人都跑了起来，手电筒的灯光在我们前面左右乱晃。我们躲开树枝，跨过草堆……最后，来到一个小林间空地，就像之前一样。就像在我的梦中一样。

我停下来，霍普撞在了我的背上。我用手电筒四处照了照。我们面前有一个单人小帐篷，已经坏了大半。帐篷前有一个旅行包和一堆衣物。她没在这儿。我瞬间松了口气……接着，我又用手电筒四处照了照。那堆衣物，太大，太鼓。那不是衣服，而是一个人。

不！我跑前去，跪在地上。“克洛伊。”

我掀开连帽衫，看到她惨白的脸，她的脖子周围有些红色的血迹。但她还在呼吸，虽然很微弱，但还在呼吸着。她还没死，现在还没死。

我们来的还算及时，尽管我很想看到他，很想和他当面对峙，但现在，确保克洛伊的性命安全更为重要。我看了看霍普，他在空地边缘来回徘徊着。

“我们得叫一辆救护车。”

他点头，拿出手机，却又皱起眉头。“没什么信号。”但他还是把手机举到耳边……

……突然它不见了。不只是他的手机，还有他的耳朵。一道银光闪过，他耳朵那里开了个大血口子，暗红色的血喷涌而出。接着，他的胳膊掉到了腰那里，仅靠一些肌肉连着。

我听到一声尖叫，但不是霍普的。他只是无言地望着我，随着一声沉闷的呻吟瘫倒在地。发出尖叫的是我。

牧师跨过面朝下倒在地上的霍普，手中拿着银光闪闪又沾了不少血的斧子。他在睡衣外面套了园丁工作服。

他穿着工作服，看起来像个工人，还有些跛。

他拖着一只脚朝我走过来，脚步有些不稳。他呼吸急促，面容消瘦但皮肤很光滑，看起来就像行尸走肉一般。但他的眼睛除外，那双眼很有生机，我之前曾见识过这样的眼神。和肖恩·库珀一样，他们的眼中充满了疯狂。

我尽力站直身子，身上的每个神经末梢都告诉我赶紧跑。但是我怎么能丢下克洛伊和霍普呢？说得更直白些，失血过多的霍普又能撑多久呢？我感觉自己听到了远处的警报声。但那可能只是我的想象。从另一方面来讲，如果我能一直和他交谈的话……

“你是要把我们全部杀了吗？谋杀难道不是罪孽吗，牧师？”

我尽量站稳，尽管看到那闪闪发亮的斧头上流淌着霍普的血液，我感觉自己双腿发软。“这就是你为什么要杀掉汉娜的原因？因为她有罪？”

“‘要知道，为了妓女，会卑贱如一块饼。而通奸的女人，会猎取宝贵的灵魂。如果人取火，放在自己的怀中，难道他的衣服不会被烧掉吗？’”

他走近，一条跛腿拖起很多树叶，手里还拎着斧子。我像在跟《圣经》中的终结者对话。然而，我还是试着跟他交流，尽管我很绝望，声音也变了。

“她怀着你的孩子，她爱你。那对你来说毫无意义吗？”

“如果你的一只手或一只脚使你绊倒，就把它砍下来丢掉！对你来说，缺一只手或缺一只脚进入永生，要比手脚双全被丢进永远的火里好多了。”

“但你没有砍掉自己的双手。你也没有杀死汉娜。你杀了埃莉莎。”

他停下来。我看到他有瞬间迟疑，我抓住那个机会。

“你搞错了，牧师。你杀错了人。你杀了一个无辜的女孩。但你知道，不是吗？请你直面这个问题，你从心底里知道，汉娜也是无辜的。你才是那个有罪的人，牧师。你是个骗子、伪君子、凶手。”

他咆哮一声，朝我冲过来。最后一刻，我躲开并用肩膀撞向他的肚子。我撞向他时感觉自己十分有力量，他向后踉跄几步。但我立马感觉头皮疼得一紧，斧子的木头手柄砸到了我的头，力道很重。牧师倒在地上。而我因为自身的惯性，重重地摔到了他的身上。

我试着站起来，去抢斧子，但我的头传来阵阵疼痛，还有些头晕目眩。斧子就在我手边稍远一些的地方，我伸手去够，结果摔到了另一边。牧师又反压在我身上，双手掐住我的脖子。我朝他脸上打去，想把他甩开，但我四肢无力，一点儿用也没有。我们两人扭在一起，像脑震荡大战活死人。他掐得更紧了，我拼命地掰着他的手指，感觉胸口马上就要爆炸，眼球像热碳一样要从眼窝中爆出来。我的视线渐渐模糊，就像有人慢慢拉上了窗帘。

结局不应如此，我已经缺氧的大脑费力地想着。这不是我的大结局。我会大难不死的，这都是骗人的，这时……突然，传来一声沉闷的“砰”声，他紧握的手松开了。我可以呼吸了。我把他的手从脖子上拉开，眼睛又能看清了。牧师瞪着我，因为惊恐眼睛睁得大大的。他张着嘴。

“忏悔……”

他说出最后一句话，暗红色的鲜血从口角流了出来。他仍然瞪着我，但是眼中已经无光。那眼睛现在只是软组织和液体构成的球体；不管那眼中有着怎样的情愫，现在都已经消散了。

我从他身下爬起来。斧子插在他的背上。我向上看。妮基踩在她父亲的身上，她的脸和衣服上溅上了血点，双手则满是鲜血。她看着我，好像她刚注意到我在那里。

“很抱歉，我不知道。”她蹲在她的父亲的身旁，脸颊上血泪横流，“我应该早点儿来的，我应该早点儿来的。”

2016

有很多问题，很多很多问题。我只能理解到它们是在哪儿以何种方式发生的，以及发生了些什么，但是至于为什么，我就无法想到所有答案了，一点儿也想不到。

很明显，妮基收到我的信息后就开车赶了过来。看到我不在家后，她又去酒馆找我，谢丽尔告诉她我们去了哪里，护士又告诉了她余下的。名副其实的妮基，找了过来。她能来，我很高兴，不只是高兴。

克洛伊决定最后看她父亲一次，她提到自己要在林子里过夜，这很不明智。她还把自己的头发染成了金色，我想正是这点刺激到了他。她突然变得和汉娜很像，刺激了他的内心。

说起牧师的心理状况，医生还在为此争辩。他突然清醒过来，到处走动（还有杀人），是短暂的偶发事件吗？还是完全是另一回事？而他的残疾就只是逢场作戏而已。一直以来，他内心都很明白。

如今他已死去，我们将永远无从知晓。尽管我很确定有人会以自己的名义，甚至还可能掏点儿钱，以此为主题写篇文章，也可能写一本书。米基知道了，肯定会在棺材里吐口水。

整个事件的来龙去脉——主要是我的想法——就是，牧师杀了埃莉莎，因为他把她错认为汉娜，那个怀着他的私生子的女孩。在他精神错乱的内心很怕那会毁了他的名声。为什么他要将她碎尸万段？我能想到的唯一解释，就是他在林子里引用的话：

“如果你的一只手或一只脚使你绊倒，就把它砍下来丢掉！对你来说，缺一只手或缺一只脚进入永生，要比手脚双全被丢进永远的火里好多了。”

我想，他把她四分五裂的原因是想以自己的方式，确定她还能够进入天堂。可能他后来发现了自己的错误。可能就是因为他发现了自己的错误，但谁又知道真正的原因呢？也许上帝会审判牧师，但如果能把他送上法庭，让他被检举，让他面对陪审团不予原谅的表情，会更好。

警察讨论着要重新调查埃莉莎·伦德尔的案子。如今，他们有了更好的鉴定手段，还有那些你能在电视上看到的所有手段，那些都能有力证明牧师就是凶手。我并不惊讶。经过那晚林子中的事情之后，再回想起牧师双手死死掐住我脖子的场景，我怀疑自己是否还会那么做。

霍普的伤基本上全好了。医生帮他修复了耳朵，虽然没那么完美，所以那之后他总把头发留得长一些。他的胳膊也已经重新接了回去，情况已经非常不错，但神经的问题却很难解决。医生说他的胳膊也许能恢复，能稍微移动一下，但也可能不会。现在下结论为时尚早。胖子盖文安慰他，说他现在想他妈的在哪儿停车就在哪儿停车（而且，他的右胳膊还很好）。

有几个星期，聒噪的新闻媒体记者拥进这里，挤在我家门前。我并不想说什么，但胖子盖文接受了他们的采访。在采访中，他有几次提到了自己的酒吧。而我再走进酒吧时，也能看得出他的生意蒸蒸日上。至少这桩事有了一个好结果。

除了几件小事之外，我的生活又开始恢复到了日常状态。我跟学校方面说，会在秋季那半学期回来，之后就给房地产代理商打了电话。

我的代理人是一名短小精悍的男子，他留着昂贵的发型，穿着便宜的套装，来到我家后四处看了看。他看看碗柜，看看地板上的邮票，嘴里时不时发出“嗯，哼”的声音，还跟我说近几年房价大涨，但尽管如此，房间还是需要稍微“修整”一下。我只好咬着舌头，尽量抑制自己感觉被入侵的感觉。他最后给出的报价还是让我稍微竖了竖眉毛。

“此房出售”的标牌随后在门前竖了几天。

那天之后，我穿上了自己最好的黑色正装，理顺了头发，仔细地系了一条暗灰色的领带。我正要离开时，有人敲响了前门。我啧啧一声——来得真及时——然后赶紧走过门厅，猛地把门打开。

妮基站在门前。她上下打量了我一番。“这身不错。”

“谢谢。”我瞄了一眼她十分显眼的绿色外套，“我以为你不会来。”

“不，我今天回来只是和律师谈谈。”

尽管救了三个人的命，妮基仍然有可能因为过失杀人而被起诉。

“你不能多待一段时间吗？”

“我预订了火车票，帮我跟其他人道个歉吧，但……”

“他们肯定会理解你的。”

“谢谢。”她伸出一只手，“我只是想说——再见，埃德。”

我看着她的手，然后，就像她许多年前那样，我向前走了一步，用胳膊抱住她。她稍稍紧张了一下，随后也抱起了我。我闻着她身上的味道，不是香草味或口香糖味，而是汗味和烟味。我没有再多生眷恋，而是放手。

最终，我们松开了彼此。她脖子上有什么东西闪闪发光。

我皱了皱眉。“你还戴着这条旧项链？”

她向下瞄了一眼。“是的，我一直留着。”她摸了摸那个小小的银色十字架。“可能看起来有些奇怪，保留有不好的回忆的物件。”

我摇摇头。“不奇怪。有些东西不是说扔就能扔的。”

她微笑。“保重。”

“你也是。”

我看着她走向车道，走到街角，走出我的视线。守护，我心想。也许，有时，放手和守护是一体的，是一样的。

随后，我拿上大衣，看了一下随身小酒壶还放在口袋里，接着就出门了。

十月的空气十分凛冽，风啃咬揉捏着我的脸颊。因此，钻进车里时我满怀感激，把加热器开到最大，但我快到火葬场时，车里才刚刚勉强有些暖和。

我很讨厌葬礼。除了殡葬人员，谁又不讨厌呢？但是，有些葬礼要比其他葬礼更糟。比如，被突然残忍地夺去性命的年轻人和婴儿。没人应该看到一个娃娃大小的棺材沉入黑暗之中。

但有些人的死亡不可避免。很明显，格温的死仍然让人很意外，但，就像我爸爸一样，当你不得不与自己的心灵告别时，到了特定的时候，身体也要无可避免地跟着离开。

葬礼上没有太多哀悼者。虽然有很多人都知道格温，但她的朋友不多。我妈、胖子盖文和谢丽尔，还有几个她之前的雇主。霍普的哥哥、李，不能——或不想——来送行。霍普坐在前排，包裹在粗呢大衣里，衣服看上去有些过大，胳膊上还绑着绷带。他瘦了不少，看上去老了些，前两天他才刚出院，但还需要回医院做理疗。

盖文坐着轮椅，待在霍普的旁边，谢丽尔坐在长木椅的另一边上。我坐在他们后面，妈妈旁边。我坐下后，她握了下我的手，就像我小时候那样。我抓住她的手，紧紧握着。

追悼仪式没有持续多长时间，这既仁慈又是个及时的提醒，提醒我们一个在地球上生活了七十多年的生命，如何能浓缩在十分钟的总结语和一些与上帝相关但毫无用处的言语当中。如果在我死后的悼文中提到上帝，我会诅咒他们被烧死在地狱里。

至少，火葬的话，一旦那遮挡棺材的帘子窸窣作响地拉上，那就是最后。人们不用再慢慢走出教堂院子，看着棺材被放入张着大口的墓穴。肖恩的葬礼让我至今记忆犹新。

相反，我们都走出去，围站在纪念花园那里，欣赏花朵，虽然感觉有些尴尬。盖文和谢丽尔在公牛酒吧办了一个小型守丧仪式，但我觉得没有人真的想去。

我和盖文聊了一会儿，之后便留下母亲和谢丽尔说话，溜到了角落里，主要是为了赶紧吸口烟，喝一口随身带的酒，但也是为了躲避人群。

有人想法和我一样。

霍普站在一排墓碑前，那些墓碑标志着骨灰掩埋地或洒落地。我总是觉得火葬场花园里的墓碑很像真实事物的缩小版：一个微型标准墓地。

我走过去时，霍普抬头看到了我。“嘿？”

“你怎么样？或者，那个问题是不是很蠢？”

“我感觉自己没事。尽管我知道最终会这样，但永远无法为此做好准备。”

是的。我们没人能为死亡做好准备，虽然它如此有限的事情。作为人类，我们总是能够掌控自己的生命，能够将生命延长到一定程度。死亡却没有任何商量余地。你无法向它提出最后一点儿请求，恳求也无效。死亡就是死亡，而且它手中握着所有的牌。即使你能骗它一次，却休想再糊弄它第二次。

“你知道最糟的是什么吗？”霍普说，“她走后，再也不用照顾她，竟然让我感觉有些解脱。”

“我爸爸走后我也有过这种感觉，别因为这个难过。你不是因为她走了而高兴，你是因为疾病走了而开心。”

我拿出随身携带的酒瓶，递给他。他犹豫片刻，接过去，喝了一口。

“你身体还好吗？”我问，“胳膊怎么样？”

“还是没什么感觉，但医生说这需要时间。”

当然了。我们总是给自己时间，然后，突然有一天，就把所有时间用尽了。

他又把酒瓶递回给我。尽管我心里稍微有些不愿意，但还是示意他再多喝一口。于是，他又喝了一口，我则点着一支烟。

“你怎么样？”他问，“做好搬去曼彻斯特的准备了吗？”

我计划去那儿当一段时间的代课老师。曼彻斯特的距离正好合适，适合思考一些事情。不，是许多事情。

“就快准备好了。”我说，“尽管我感觉孩子们会把我生吞了。”

“克洛伊呢？”

“她不去。”

“我以为你们两个……”

我摇摇头：“我觉得我们最好还是做朋友。”

“真的？”

“真的。”

因为，尽管想象一下如果我和克洛伊能有个结果，也许十分美好。但事实是，她不会用那种眼光来看待我。她也永远不会。我不是她喜欢的类型，而她也不适合我。再说了，我现在已经知道她是妮基的小妹妹，再去喜欢她，感觉像是做了件错事。她们两人需要重建关系，我可不想成为那个破坏者。

“不管怎么说，”我说，“可能我会遇到一个不错的北方姑娘。”

“但发生了更奇怪的事情。”

“难道我们发现的不是真相吗？”

他停下思忖片刻。同时，他把酒瓶递了过来，我接住了。

“我以为所有事情到此都结束了。”他说，我知道他说的不仅是粉笔人。

“我也这么想。”

尽管有很多事情漏洞百出，还有许多悬而未决。

“看起来你并不相信？”

我耸耸肩。“还有很多事情我没搞懂。”

“比如？”

“难道你从不好奇是谁毒死了墨菲吗？这件事从来没有理清过。

我是说，我非常确定那天是米基把它从狗链上放开的。可能他想伤害你，想让你感受到他所受的伤害。而那幅画，可能也是米基画的。但是，我不能理解为什么米基要弄死墨菲。你能理解吗？”

过了好一会儿，他才回答。有一瞬间，我觉得他会就那样闭口不言。接着他说：“不是他杀的。没人要杀它，没人要故意杀它。”

我看着他：“我不明白。”

他看着酒瓶。我又递给他。他仰头一饮而尽。

“妈妈那时候已经有些糊涂了。她总是丢三落四，或是乱放东西。有一次我发现她把麦片倒进了咖啡杯，然后加热水。”

这听起来很熟悉。

“有一天，可能是墨菲死后一年，我回到家，看到她正在喂巴迪。当时她已经往碗里倒了些湿犬粮，之后她又从碗柜里拿了个盒子给他加别的东西。我以为那是干狗粮，但马上意识到——那是除蛞蝓的药。她搞混了两个盒子。”

“妈的。”

“是啊，我及时阻止了她。我们甚至还拿这个开玩笑。但是，这件事也让我回想起墨菲：她之前是不是也犯过同样的错误，害死了墨菲？

我认为，这是无心之失，是非常糟糕、非常糟糕的失误。

“永远不要自以为是，埃迪。要质疑所有事物，要透过表面看本质。”

我笑了，情不自禁。“这么长时间以来，我们都搞错了，又搞错了。”

“抱歉，我之前没有告诉你。”

“为什么要告诉我呢？”

“好吧，我想你现在找到了想找的答案。”

“只是其中一个。”

“还有别的事吗？”

我狠狠地吸了一口烟。“那天聚会，发生意外的那天，米基一直说是别人在他的饮料里掺了酒？”

“米基总是撒谎。”

“不是这一点。他从来不会酒后开车。因为他很爱那辆车，无论如何也不会冒险开车的。”

“所以？”

“我觉得那晚的确有人在他的饮料里加了酒。有人想让他出事，那个人一定非常痛恨他，但他不知道盖文会因此遭殃。”

“那个人肯定不是什么好朋友。”

“我觉得那人肯定不是米基的朋友。当时不是，现在也不是。”

“什么意思？”

“米基回到安德伯雷的时候，你看到了他。就是他回来的第一天，你告诉盖文他跟你说话了。”

“所以呢？”

“大家都认为米基那晚之所以会到公园去，是因为他喝醉了，想到了他死去的哥哥，但我不这么认为。我觉得他本来就要去那里，去见某个人。”

“好吧，他的确见到了。几个青年混混。”

我摇摇头。“他们没有被起诉，因为证据不足。而且他们坚决否认自己那晚去了公园附近。”

他若有所思。“那么，可能就和我一开始时说的一样——米基喝醉了，他是失足落水？”

我点了点头。“因为那条小路上没有灯。我第一次告诉你米基落水淹死时，你就是这么说的，对吧？”

“对的。”

我的心稍微沉了一下。

“你是怎么知道米基在哪儿落水的？除非你在现场？”

他的脸拉了下来。“我为什么要杀米基？”

“他终于发现是你害他出了车祸？他想去告诉盖文，还要写进书里。你来说吧？”

他盯着我看了好一会儿，让人有些不舒服。接着他把酒瓶递给我，使劲儿按在我胸口的地方。

“埃德，有时候……还是不要知道所有答案的好。”

两周后

当你将生活抛诸脑后时，奇怪的是，它小得出奇。

四十二年后，我想象着我在地球上生存的空间会变大，我在时间涟漪中造成的凹陷会变大。但事实并非如此，就像很多其他人一样，我生活的大部分，至少是物质的部分——一个普通卡车就能全部搬走。

我看着车门被摔上，我的最后一些尘世财产被妥善打包并贴好标签。好吧，差不多是最后的财产。

我朝搬家工人笑笑，快乐而又如朋友一般。“全搬完了吧？”

“是的。”团队中年长一点且更饱经沧桑的人回答道，“已经妥当了。”

“好的，好的。”

我回头看了一眼房子。“出售”的标牌十分醒目，似乎想告诉我，不知为何我还是输掉了，承认自己被打败了。我以为卖了房子妈妈会更难过，但我感觉，她其实感觉解放了。她一直坚持不要一分卖房子的钱。

“你会需要它的，埃德。自立门户，重新开始吧。有时我们都需要这样。”

搬家卡车开走的时候，我摆了摆手。我要租一间单卧室公寓，所以大部分东西得直接储藏起来。我慢慢走回房间。

我的财产都被搬走之后，我的生活变小了，但房间不可避免地，变大了。我在门厅那里漫无目的地徘徊片刻，又拖着步子去了楼上我的卧室。

在窗户下面的地板那里，有一块儿颜色比周围暗些，那里之前放着我的衣柜。我走过去，蹲下来，从口袋里拿出一把小螺丝刀，伸进松动的地板中，把地板撬了起来。里面只放着两样东西。

我小心翼翼地拿出其中一个：一个大塑料盒子。第二个东西叠放在下面：一个旧旅行包，是妈妈后来买给我的，因为我在游园会上把腰包弄丢了。我之前提过吗？我很喜欢那个旅行包。书包上面印着忍者神龟。而且这个包既比那个腰包酷，又比它实用，也比它更适合收集东西。

在那个明亮而寒冷的清晨，我去林间晃悠时也背着它。不知道为什么，我是一个人去的。那天天色尚早，而且我并不经常自己骑车去林子里。尤其是冬天。可能我有直觉吧。再说了，你永远不知道自己会在什么时候发现有趣的东西。

而那天早上，我发现了一个非常有趣的东西。

其实我被一只手绊倒了。等我稳定下来惊恐的情绪之后，又在现场搜寻一番，我找到了她的脚。接着是左手、腿、躯干。最后，还有人体迷宫中最重要的一部分——她的头颅。

她的头颅躺在一小堆树叶上，双眼凝望着树冠。阳光从光秃秃的树枝中间照射下来，将林间空地上的小水坑染成了金色。我在她旁边跪下，接着伸出一只手——微微颤抖但满怀期待——摸了摸她的头发，轻轻将头发拨开，露出她的脸。她脸上的伤疤不再刺眼。就像哈洛伦先生用柔和的线条将伤疤画出一般，死亡也用它那骷髅手将女孩脸上的伤疤变得柔和。她重新变漂亮了，但很悲伤，命也丢了。

我用手抚摸着她的脸颊，随后，几乎想都没想，我捧起了她的头，比我想象中重些。既然我已经触碰了她，我发现自己无法再让她离开。我无法将她丢在那里，丢在腐朽的秋日落叶中。死亡不仅使她重新变美，还让她变得特殊起来。而我是唯一一个能看到这一点的人，是唯一一个能守护这一点的人。

轻轻地，又满怀敬意地，我拂去一些落在她头上的树叶，把她的头放进了背包里。书包里温暖干燥，她也不用继续盯着太阳看。我也不想让她盯着黑暗的夜空看，也不想让她的眼里有丝毫粉笔末掉进去。所以，我又将手伸进书包，合上了她的眼睛。

在我离开林子之前，我拿出一根粉笔，画了许多能够指引人们找到她尸体的记号，这样警察就能找到她，这样她身体余下的部分就不用被丢在这里太久。

回去的路上没有人跟我说过话，也没有人拦下我。也许，如果有人这么做的话，我可能就会招供。但就是那样，我回到了家，拿上书包，里面装着我新得来的珍贵物品，然后把书包藏在了地板下。

当然，紧接着我就面临一个问题。我知道我应该立即告诉警察我发现了尸体。但是，如果他们问我头颅在哪儿怎么办？我不擅长撒谎。如果他们猜中是我拿了怎么办？如果他们把我送进监狱怎么办？

所以，我想到一个点子。我拿上一盒粉笔，画了粉笔人，给霍普、胖子盖文和米基都留了记号。但是我混用了颜色，来掩护自己，这样就没人能知道到底是谁留了记号。

我甚至给自己留了粉笔人记号，假装——甚至对我自己也假装——我刚睡醒，刚刚发现那记号。之后我骑车去了游乐场。

米基已经到了。其他人也跟着去了。就像我知道他们会去一样。

我打开背包，看向里面。她空荡荡的眼窝也看着我。在她泛黄的头骨上，挂着几缕如棉花糖丝般脆弱的头发。如果你凑近了看，还能看到她脸颊上的小沟痕，那是旋转华尔兹上的铁块削掉她半张脸时留下的伤痕。

她的头颅并不是一直放在这里。几个星期之后，我房间里的味道开始变得不可忍受。青少年的房间味道从来都很差，但没那么差。我在花园尽头的地方挖了个坑，然后把她放在那里几个月。但是我又把她带了回来。为了让她离我近些，为了确保她的安全。

我伸出手最后抚摸了她一次，随后看了下表。虽然非常不情愿，我还是盖上盖子，把盒子放进书包里，走下楼去。

我把旅行包放在汽车后备厢，又在上面盖了几层，还有其他的盒子。我可不想被人拦下，询问车里装了些什么，但这很难说。如果这种事情真的发生的话，肯定会相当尴尬。

我正准备坐到驾驶室时，突然想起了房门钥匙。房地产代理商有一把钥匙，但我想在走之前把我自己的钥匙寄给新住户。我重新走回车道，路面咯吱作响，拿出钥匙，放进信……

我停了下来。信——?

我试图理解这个词语，但我越是尝试，它溜得就越快。信——?他妈的信——?

我想像着我的父亲，盯着门把手，却想不起这个显而易见却容易被忘记的词语，他的表情既绝望又迷茫。想想，埃德。想想。

终于，我想起来了。是信……投信口。是的，是投信口。

我摇摇头。太蠢了，我慌了。就是这样。我只是有些累，搬家让我有些压力。没事的。我不是爸爸。

我把钥匙扔了进去，听见它们哐啷一声掉在里面，随后便又上了车。

投信口。当然了。

我启动汽车，慢慢远去……去向曼彻斯特，去向我的未来。

致　谢

首先，感谢这本书的读者朋友。谢谢你们读了这本书，感谢你们用辛苦赚来的钱买这本书，感谢你们从图书馆或朋友那里借来这本书。不论你们是如何读到这本书的，我都深感荣幸，感谢你们。

感谢我的代理人马德琳·米尔本的出色工作，感谢他能在一堆言情小说中挖出我的手稿，并看到它的潜力。他真是有史以来最好的代理人！感谢海莉·斯特德、泰蕾兹·科恩、安娜·霍加蒂和吉尔斯·米尔本，感谢他们既专业又敬业。你们真的很棒。

感谢全世界每一位我的出版商，希望有天能与你们见面。

当然，还要感谢一直包容着我的另一半，尼尔，感谢你的爱和支持，感谢你与坐在电脑后的我深夜谈心。感谢帕特和蒂姆，感谢你们为我做了那么多。感谢我的父母——感谢他们对我的所有付出。

感谢卡尔，谢谢你在我们一起遛狗时听我唠叨创作的事情，感谢你的鼓励！

最后，我还要感谢克莱尔·马特，感谢你们送给我女儿的两周岁生日礼物——一盒彩色粉笔。

看看你们的杰作。